ao 愛呦文創

ao 愛吻文創

在暗殺目標前
Beta轉Omega了

蘭開斯

年齡：30歲
身高：200cm
體重：約100kg，但體脂率只有5%左右，所以穿衣後甚至給人修長的印象
髮色：淡金色，短髮
瞳色：天藍色
外貌特徵：五官像童話王子般俊美，但氣質卻是囂張加幾分孩子氣

常見服裝造型：白色系的休閒西裝（西裝外套搭高領衫或襯衫），配戴太陽造型的金屬別針
個性：自信也任性的天才，乍看沒心機實則心機重
身分：蘭皇集團前執行長
專長：機器人與人工智慧的編寫與控制，近身格鬥
興趣嗜好：逗耍周圍人，尤其是司寇夜
喜歡的顏色：黑色
討厭的顏色：深藍色，因為會聯想到司寇夜墜河的畫面
喜歡的食物：精巧的甜食
討厭的食物：辣的食物
喜歡的風景：星空
在意的人事物：司寇夜
討厭的人事物：奪走司寇夜的一切人事物

座右銘或口頭禪：「人皮對怪物是選配不是標配。」
一句話形容司寇夜：我可愛的小夜鶯。
代表性植物：向日葵

信息素：太陽（氣味介於曬被子後的暖香，到物品燒焦後的焦味，根據目的不同能讓嗅聞者感到溫暖或被焚燒的痛苦）

司寇夜

年　　齡：24歲
身　　高：約175cm
體　　重：約60kg，纖細精悍的體型
髮　　色：黑色，短髮
瞳　　色：翠綠色
外貌特徵：禁慾清麗型的美人，屬於第一眼不吸精，但越看越有韻味的類型

常見服裝造型：

暗色系服裝，不喜歡引人注目所以剪裁偏簡約，也沒多少裝飾品；為了藏槍袋會穿夾克之類的外套。偽裝Omega時戴的護頸款式是全黑，僅在右側鑲有幾顆白水晶的低調款式

個　　性：認真、責任心強，隱性貓奴，因為面癱給人高冷與穩重的印象，但骨子裡其實受不了他人拜託的老好人
身　　分：地下傭兵組織的狙擊手兼小隊副隊長、蘭開斯的保鏢與前男僕
專　　長：遠距離狙擊、槍枝運用
興趣嗜好：閱讀、擼貓
喜歡的顏色　天藍色
討厭的顏色：紅色（會聯想到血）
喜歡的食物：肉類和水果
討厭的食物：不挑食，但基於維持體能和最佳效率，會避開垃圾食物和麻煩不好入口的食物
喜歡的風景：廣闊的天空
在意的人事物：失憶前是蘭開斯，失憶後是祿猛祿陽父子，和蘭開斯重逢後漸漸轉為蘭開斯
討厭的人事物：沒有特別討厭誰，但不喜歡粗暴不講道理的人物

座右銘或口頭禪：「世間沒有幸運只有準備。」
一句話形容蘭開斯：各方面都不能掉以輕心的死小孩。
代表性植物：橙花

信息素　信息素氣味是橙花，本人也和橙花一樣纖雅高潔

目　錄
CONTENT

第一章

他是暗殺目標還是潛在客戶？

夜幕低垂，N國首都的市中心沒有因此顯得黯淡，反而被車燈、霓虹燈和街燈點綴得宛若珠寶盒。

司寇夜待在市內第二高樓的樓頂，身處欣賞夜景的最佳位置，眼中卻沒有一絲享受，只是冷漠地注視閃爍的車燈與萬家燈火。

為什麼？因為他不是來觀景，而是來工作的。

「紅虎剛剛進貨斗了。」

「白兔也是。」

「豺狼同上。」

「斑馬還要半個單位時間。」

「夜鴞已就位，看到老鼠了。」司寇夜對著貼在面頰上的通訊器低語。

與他對話的是專長暗殺的傭兵集團「純淨」的指揮官和成員，司寇夜在其中擔任狙擊手與副隊長之職，負責掩護同伴、監視暗殺目標。

司寇夜透過狙擊鏡窺視距離自己數百公尺遠的總統套房，代號「老鼠」的男性目標正站在落地窗後，將一名身材纖細的少年綁在四柱大床上，拿起注射器朝對方的脖子按下去。

司寇夜微微蹙眉道：「夜鴞報告，巢裡不只有老鼠，重複，不只有老鼠。」

「不止有老鼠！那還有誰？他老婆？」

「他老婆在溫哥華，昨天任務會報上不是說過，你是斑馬還是金魚啊！」

「你才金魚！你這隻死兔子全家都是金魚！」

「紅虎」追問：「是幕僚嗎？不會是保鑣吧！夜鴞你那邊……」

「我沒被發現。應該不是幕僚或保鑣，他穿著睡袍……」

司寇夜看著少年迅速臉紅、喘氣、顫抖不止，停頓一秒道：「是Omega男妓，已被藥物誘發發情期，請做好應對。」

耳機那端陷入短暫的寧靜，接著爆出複數的喊叫。

「又是找Omega暖床的老鼠——這都第幾次了啦！」

「今年宰掉的老鼠們都性慾充沛呢。」

「有錢Alpha的快樂真是樸實無華，白天領政府薪水，晚上拿道上傭金，住一晚十萬的飯店還有Omega服侍。」

「本貧窮Alpha不求雙薪和十萬元一晚的飯店套房，只要能和全世界的Omega一樣，人在家中躺，錢從別人手裡來就心滿意足了。」

「這位Omega不是躺著。」

司寇夜面無表情重複狙擊鏡中的影像：「他被老鼠吊在床上，正遭到鞭打。」

「SM？」

「不只召妓還玩性虐待，又一個虛假的愛妻家政治人物。」

「等會，我覺得不一定是召妓，也有可能是投懷送抱釣金龜婿不是？」

「召妓還是釣老公不重要啦！這種爛貨，家裡一個Omega，飯店房裡又一個Omega，而我人生二十五年連Omega的手都沒牽過！」

「有吧！上個月在輪船上不就有Omega搭訕妳？」

「那是個裝Omega的Beta，而且還是小偷……」

「好了好了！現在不是聊天的時候。」

指揮官「燈塔」拍手道：「所有動物，做好發情應對；夜鴞，繼續留意老鼠。」

「是！」小隊全體同聲回答。

耳機那端回歸寂靜，司寇夜在心中倒數隊友們到達房門口的時間，將目光放在落地窗兩秒，以窗戶為中心環顧周圍，然後再看回窗戶上。

而就在重複第三回時，一股異樣感忽然闖進心頭，他微微一愣迅速拉高警戒，將視線放回方才看過的位置。

那是落地窗右上角的牆面，乍看之下沒有不對勁的地方，但靜下心凝視後，便會注意到有不正常的扭曲——光學迷彩的痕跡。

司寇夜的心臟瞬間緊縮，迅速壓下情緒向通訊器道：「夜鴞報告，老鼠周圍有異狀，請燈塔考慮延後或終止行車。」

「……」

「燈塔？紅虎？有人聽見嗎？有人埋伏在大樓外！」

回應司寇夜的只有沉默，他看見披著光學迷彩的人型緩緩靠近窗子，顯然在守候二十秒後將突襲房間裡的隊友。

他拉平嘴角，在短短幾秒的猶豫後，將槍口轉向迷彩人型，扣板機送出子彈。

能輕易貫穿百米外鋼板的子彈命中迷彩人型的頭，光學迷彩大幅振晃後淡去，露出由圓球及圓錐組合成的鋼鐵之軀。

但也僅此而已，人型沒有停止運作，還將光滑的頭轉往司寇夜的方向。

司寇夜馬上射出下一發子彈，接著換上穿透力較差的彈頭，對著安全梯的位置射兩槍，咬牙祈禱在該處移動的夥伴能收到自己的警告。

他爬起來以最快速度收拾槍彈後往樓下奔，把裝著槍與面罩的高爾夫球袋扔進垃圾處理通道，掛好繩索從窗口一躍而下。

降落至小巷子後換上藏在該處的兜帽外套，手插口袋混入人群中。

司寇夜壓著頭往安全屋走，雙耳捕捉著左右動靜，沒有聽見不祥的機械聲或吆喝，緊懸的心紘稍稍鬆下，忽然尖銳的女子吶喊聲衝擊耳膜。

「小咪！不要！」

一名婦女站在馬路另一端，她的女兒蹲在路中央彎腰撿拾布偶，一輛大貨車朝著女孩駛來，圓亮的車頭燈打在孩子困惑的臉上。

司寇夜的身體在腦袋下令前就跑起來，一把撈起孩子與玩偶，將女孩拋向她的母親。

他看見婦女驚慌地接住女孩，剛鬆一口氣，劇痛就將思緒拍出腦袋。

當司寇夜再度睜開眼睛時，籠罩他的已不是夜空，而是醫院的白色天花板。

「喔，醒了啊。」

略粗的聲音從左側飄來，司寇夜緩慢地將頭轉向聲音源，在床邊椅子上瞧見一名頭髮半花、身形壯碩的中年男性。

「記得自己是誰嗎？」中年男性問。

「司寇夜……代號夜鴞，純淨亞洲區第一小隊副隊長。」

「沒錯，那我呢？」

「祿猛，代號燈塔，純淨亞洲區總指揮官，我的養父。」

「對。雖然撞到頭，但沒影響記憶和認知。」

中年男性——祿猛——安下心，靠上椅背問：「感覺怎麼樣？有哪邊不舒服嗎？」

「沒什麼——」

司寇夜拉長尾音，想挪動手腳，卻覺得皮下不是血肉而是鉛塊，皺著眉頭說道：「有些使不上力。」

「當然，你昏迷快三個禮拜，肌肉都縮回去啦。」

「我會盡快恢復……其他人呢？」

「都活蹦亂跳，大家在接到你的警告後直接撤了，路上沒碰到其他意外，也順利回收你的裝備。」祿猛聳肩，再斂起笑容道：「情報部的人分析了你槍上攝影鏡頭的資料，判斷你發現的伏兵是傀儡國王的子機。」

司寇夜目光轉銳。

傀儡國王是在一年半前出現的神祕人物，他（或她）多次妨礙純淨的任務，造成眾多純淨成員被逮捕或死亡，因為全身包裹於金白色的合金裝甲中，還攜帶數量不定的機械兵「子機」後，被純淨內部稱呼為傀儡國王。

「那混球又把自己的手下升級了。」

祿猛嘆氣，抬手輕拍司寇夜的肩膀道：「你當時的應對很正確，扣除最後被大貨車撞進醫院外，堪稱完美。」

「抱歉。」

「別跟我道歉，去跟貴小隊的小隊長、我那一聽到自家副隊受傷，就從人類變猛虎的蠢兒子道歉。」

「我等會就聯絡祿陽。」司寇夜掙扎地想坐起來。

「躺回去。」

祿猛一手將司寇夜壓回床上道：「不過阿夜啊，作為你的養父、教官和指揮官，我得提醒你一件事——你不會三百六十五天都有這種幸運。」

「我明白。」

司寇夜停頓片刻道：「我沒想過自己還能活著見到你，當我被車頭撞上時，還以為我的時候到了。」

「事實證明，遠遠還沒到。」

祿猛輕笑，見司寇夜眼中的陰霾沒有散去，收起笑容問：「你覺得那個小女孩的命比你的珍貴嗎？」

「我沒有這麼認為。」

「說謊。」

祿猛厲聲否定，臉上的悠哉輕鬆完全散去，嚴肅地注視司寇夜道：「這話我已經說過很多次了，可顯然你又忘了，我只能再講一次：人命沒有貴賤，純潔的小女孩是一條命，一槍爆一顆頭的狙擊手也是一條命，真要比較兩者的價值，後者還贏過前者，畢竟你不但能自食其力，還有能力救隊友和小鬼。」

「猛叔……」

「我還沒說完。別被那些吃好穿好愛打高空的人給騙了，決定人生死的不是因果業報，是金錢、權力和一點運氣，死在你槍下的人只是在這三樣上不如我們，你宰了他們不代表你比較邪惡，只表示你槍法好。」

祿猛彎腰靠近司寇夜道：「世上分分秒秒都有人喪命，差別只有死法，且和在床上躺十年二十年的慢性病患相比，被你狙掉還死得比較痛快，不是嗎？」

「……是。」

「答了是就別再胡思亂想啦。」

祿猛揉揉司寇夜的頭髮，動手讓床頭升起，「不過看你這麼有精神，我就不給你休息時間，直接交派下個任務。你知道蘭開斯嗎？」

「有聽過……是企業家吧？」

「答對了，他是蘭皇集團的董事與前執行長，最年輕的世界首富。」

「他是下個暗殺目標？」

「還不確定。」

「什麼意思？」

「情報部懷疑他是傀儡國王的資助者，如果真是，那他就是我們的目標；如果不是，他就是我們的潛在客戶。我希望你能弄清楚他是前者還是後者。」

「……我沒受過潛入搜查的訓練。」

「我知道，但我覺得你很有潛力，你觀察力強，耐得住性子，隨機應變能力不錯，然後還是個美人！」

「我只是不難看而已，況且搜查也不是靠臉就行。」

「一般而言不是，但這次是臉對就七十分起跳。」祿猛從外套中抽出一張照片，放到司寇夜腿上。

照片裡是一名十四歲左右的少年，烏亮的短髮梳理得整整齊齊，五官稱不上搶眼，但端正秀氣，配上碧綠色的明眸，彷彿映著月輝的湖水，清涼明媚引人注目。

「怎麼樣？和你簡直一個模子印出來的吧。」祿猛道。

「我沒這麼漂亮。這是誰？」

「蘭開斯的貼身男僕，十年前搭火車經過萊茵河時碰到恐怖分子劫車，捲入爆炸後失蹤，蘭開斯上個月發出千萬懸賞找這名男僕。」

祿猛指著照片道：「而你和他同名同姓同年齡，差別只有他是 Omega，你是 Beta。」

「你要我假扮 Omega 接近蘭開斯？」

「是啊，不用擔心性別問題，只要戴頸環遮住腺體，再搭配特製的香水就能蒙混過去，抑制劑也能掉包成你平時打的營養針，不會露餡。」

「一定會露餡好嗎！」

司寇夜垮下肩膀，「純淨中沒有 Omega，我雖然在任務中見過幾名 Omega，但也僅此而已，我對 Omega 的說話方式、肢體語言一點概念也沒有，就算生理特徵上做好偽裝，講幾句話就會曝光。」

「這好解決，情報部給你的人物設定是長期偽裝成 Beta 的 Omega 戰地記者，一個月前因為爆炸入院失去記憶，別說 Omega 的生活方式，你連爸媽是誰、長什麼樣子都不記得。」

「哪個世界的 Omega 能當戰地記者啊……」

「不這麼設定無法解釋你身上的刀疤和槍傷痕跡。然後『你』在十年前遭遇恐怖襲擊中落河失憶，被擔任戰地記者和攝影師的養父母撿到，養父母過世後拿起他們留下的攝影機，繼續捕捉戰火下搖搖欲墜的人性。」

祿猛舞動雙手增強戲劇張力，發覺司寇夜連眉頭都沒動一下，放下手問：「對『你』的人生不滿意？」

「稱不上不滿意，只是覺得不合理，一個人要運氣多差才會十年內嚴重失憶兩次？」

「不如說這人是有多幸運，遭遇兩次足以讓人失憶的腦損，還沒有變成白癡。」

祿猛哈哈笑，靠上椅背道：「別一副『聽你這麼說更不合理了』的表情啊，你自己不就是因為落水失憶被我撿起來，才成為純淨的一員嗎？雖然之後沒二度失憶過，但起碼證明這設定有五成可行性。」

司寇夜沉默，望著祿猛的笑臉嘆氣道：「我推不掉這個任務了，是吧？」

「是，不過你可以放輕鬆些，假扮男僕的人不只你一個，就算你初選就被刷掉，也還有其他人。」祿猛安慰道。

「既然有其他人，就別派我去啊……」

「我也不想啊，但你和蘭開斯的男僕實在像到不接這任務是浪費老天爺的恩賜。」

「我很確定老天爺沒賜東西給我。」

司寇夜嘆口氣，拿起男僕的照片，認命地朝祿猛伸手道：「任務收到，把蘭開斯和男僕的資料給我吧。」

「……」

「猛叔？」

「該怎麼說呢……」

祿猛搔搔頭，「情報部那邊考量到你的背景設定是一個失憶過兩次，且清醒不到一個月還無親無友的人，認為你知道太多反而會引起蘭開斯的疑心，所以沒準備資料給你。」

司寇夜雙眼圓瞪，沉默好一會才開口問：「這是要我在沒有受訓、對目標和假扮對象一無所知下執行任務？」

「沒到一無所知啦，你知道男僕的長相、落水失蹤的年齡，至於蘭開斯這邊……除了前面提過的世界首富、蘭皇集團前執行長，我還能多告訴你他是機器人和人工智能領域的權威、十三歲取得牛津入學資格的天才，且作為Alpha的數值是頂級中的頂級。」

祿猛忽然低頭看手錶，急匆匆地站起來，「我得走了。蘭家那邊近期會派人給你面試，不用給自己壓力，本色演出就行了。」

「本色演出我大概一分鐘內就會被刷掉。」

「那就刷吧！潛入調查本來就是情報部的工作，搞砸也不是我們實戰部隊的責任。」

祿猛輕拍司寇夜的肩膀，要狙擊手好好養傷後，轉身走出病房。

司寇夜看著上司消失在門板後，將目光轉到蒼白的天花板上，閉上眼無聲地嘆氣。

往好處想，這任務就算失敗也不會有傷亡，頂多成為笑柄……真的不能申請換人嗎？

司寇夜在掙扎一夜後，終究沒有請求上級改變決定，硬著頭皮為任務作準備。

何種準備？全力投入復健。

為了確保就算被識破身分，也有能力自行逃脫，司寇夜必須將體能拉回原本的水平，為此他成了醫院復健中心的常客。

時間在反覆的抬舉、步行、伸展……種種復健活動中流逝，就在司寇夜快忘記自己的任務時，他收到祿猛的訊息：下午三點蘭家的人會來面試，加油加油！

「加油啊……」

司寇夜在復健滾輪前輕嘆，拍拍面頰告訴自己盡人事聽天命。

不過在缺乏資料與訓練下，他能盡的「人事」也只有提前半小時離開復健中心，到浴室把自己洗得乾乾淨淨，再端端正正地坐在病床上恭候蘭家人大駕。

而這一候就是整整一個半小時。

敲門聲響起，打斷司寇夜的腦內拆槍訓練，轉過頭朝門口道：「請進。」

「打擾啦！」

彷彿搞笑藝人的誇張說話聲傳進病房，一名拱著背脊，頭戴藍色長假髮，眼掛星星墨鏡，還穿著紅藍黃三原色西裝的男性進入房內，咧著嘴向司寇夜問：「你就是司寇夜嗎？」

「是。」

「太好了，我沒有走錯病房。」

男性搓手走到床邊的椅子坐下，拿出平板電腦滑動道：「我是蘭開斯先生的代理人，負責替他給你們這些報名者做第一輪篩選……這裡有茶嗎？我好渴。」

「出去右轉有飲水機。」

「……」

「也有自動販賣機。」

司寇夜補充，見男性沒有起身，蹙眉問：「怎麼了？」

「我說這位可愛的小弟弟啊，你似乎不清楚自己的處境呢。」

男性放下平板一臉痛心地道：「我剛剛說了，我是替蘭先生做審核的人，換句話說，你今天是做白工還是一夜暴富都是看我的心情，作為一個成熟的男人，不應該溫柔體貼地跳起來問我：

『你要喝咖啡、茶，還是我』嗎？」

司寇夜嘴角抽動，告訴自己這肯定是測試的一部份，壓下怒氣回答：「我還在復健中，行動不是很方便，茶和咖啡自動販賣機都有。」

「那你呢？」

「我沒在做那種生意。」

「那你在做哪種生意？」

——從一千公尺外一槍打爆人頭的生意。

司寇夜將心底話吞回肚子裡，吐出設定好的回應道：「賣新聞的生意，我是戰地記者。」

「賺得多嗎？」

「無可奉告。」

司寇夜在男性開口前冷聲問：「面試開始了嗎？我想你應該是個忙人，為了彼此好還是速戰速決吧。」

「這就開始，你是個急性子呢。」

男性點點平板電腦，故作嚴肅地乾咳兩聲道：「接下來你的回答都會成為呈『蘭』證供，你有權保持沉默，我有權把你扣到負分。」

「……」

「那麼令人期待的第一題！最喜歡的食物是？」

「是——」司寇夜拉長尾音，本想回答「沒有特別喜好」，但在出聲前猛然想起這問題問的不是自己，而是擔任戰地記者與蘭家男僕的「司寇夜」，而他對此人的認識比白紙還白。

「喂——有聽見嗎？」

男性伸手在司寇夜面前揮了揮問：「你喜歡吃什麼？」

司寇夜張口再閉口，反覆幾次後別過頭道：「不知道。」

「那討厭的食物呢？」

「同上。」

「鍾愛的顏色是？」

「不曉得。」

「夢中情人的類型是？」

「沒想過。」

「你是在哪裡看到蘭先生的尋人啟事？」

「不記得。」

「報名的動機是？」

「不清楚。」

「為什麼整整十年都沒連絡蘭先生？」

「不知道。」

「……」

「……」

病房內陷入寂靜，男性深呼吸手壓太陽穴道：「看在千萬美金的分上，不能配合叔叔一點嗎？叔叔發誓不會把你的資料賣給奇怪的網站。」

「我沒有不配合，只是……」

——情報部沒給我資料啊！

司寇夜在腦中怒吼，鐵青著臉說出自己也不相信的說法：「我因為腦傷失憶，上禮拜才醒來，什麼都不知道。」

「包含個人好惡？」

「包含個人好惡。」

司寇夜頭顱低垂，在腦中開槍掃射情報部辦公室，自暴自棄地問：「還有其他問題嗎？」

「還有不少，不過以你的狀態，其他題也……有了！」

男性雙眼亮起，將平板電腦轉向司寇夜問：「看看這段影片，告訴我你對片中男士的感想？」

司寇夜看向平板電腦，螢幕中一個流線型的吧檯，吧檯左右聚集一票身著華美衣衫、珠玉護頸的女性 Omega，正中央則站著一位比所有人都高出一截的男性。

男性穿著半敞的刺繡襯衫，飽滿的胸肌在布料間若隱若現，深刻、稜角分明的面容俊美非凡，天藍色的眼瞳掛著笑意，配上金絲般的短髮，讓他看上去宛如一柄鑲玉雕金的儀式劍。

司寇夜看著男性攬著周圍的 Omega 嬉笑飲酒，嘴角緩緩拉平，在影片撥放結束後毫不猶豫地道：「令人不快。」

「欸？為什麼！你不喜歡男人嗎？還是討厭美好的事物？這搞不好要聯絡精……」

「因為他在假笑。」

司寇夜將當時也是此刻的心情吐出，望著窗戶道：「很漂亮的假笑，但還是假笑，而且是讓人看了就不爽的假笑，這個人一點也不開心。」

「哪個 Alpha 被 Omega 包圍會不開心？」

「平板裡面這一個。」

司寇夜手指電腦螢幕，看著定格的華服 Omega，腦中忽然浮現總統套房中的 Omega 少年，對方在被藥物觸發發情期後，帶著一身鞭痕熱切地擁抱 Alpha。

他沉聲道：「況且 Alpha 和 Omega 雖對彼此有吸引力，但那是生理性，與開不開心無關。」

「生理能影響心理，不是有研究說人的情緒和內分泌、生理狀態息息相關嗎？」

「也有研究說是情緒影響生理……」

司寇夜直覺說下去會沒完沒了，直接將話題拉回正題上道：「總之，我認為影片中的男人不快樂。還有其他問題嗎？」

「沒……」

男性頓住，靜默許久才開口問：「你最大的恐懼是什麼？」

「不知……」

「隨便想一個。」

男性截斷司寇夜，隔著墨鏡直直盯著狙擊手要求：「什麼都行，可不能亂編，得是你真真切切害怕的事。」

司寇夜本想再拿失憶當藉口擋住，然而男性的目光太過熾熱，讓他一時間說不出假話，只能閉上嘴思索答案。

而答案很快就自動浮現，他回想起自己在飯店外牆發現傀儡國王子機時的景況，當時他不怕子機襲擊自己，只怕槍聲沒傳至同伴耳中。

如果沒順利傳到，那麼司寇夜甦醒時迎接他的就不只有這個荒唐的任務，還有第一小隊全體的死訊了。

「我最恐懼的事是，別人因為我的失誤而死亡。」司寇夜低著頭，微微顫著嗓子道。

男性墨鏡後的藍眸緩緩張大，臉上的戲謔之色淡去，握平板的手指收緊，凝視司寇夜的側臉久久不語。

司寇夜低著頭沒看見男性的變化，只覺得自己有些失控，深吸一口氣控制住情緒問：「沒問題了吧？」

男性沒有答話，靜坐兩秒後忽然從椅子上彈起來，扔掉平版電腦緊握司寇夜的雙手。

「你做什麼……」

「謝謝你的受訪！」

男性拉著司寇夜的手上下擺動，再放手快步倒退至門口道：「今日的交談我永生難忘，祝你早日康復中頭彩，有進一步消息我會用最驚喜的方式通知你！」

「我不喜歡驚喜……喂！回來，你的平板電腦還在地上！」

雖然司寇夜用最大音量吶喊，但男性還是消失在走廊盡頭，他只能拜託護士將摔出網狀裂痕的電腦郵寄到蘭皇集團最近的分部。

根據純淨的任務流程，司寇夜應該盡快向祿猛提交報告，然而他一想到男性不三不四的發言、自己無言的回答——無論字面還是實質都是，就完全提不起勁。

最後，司寇夜鋌而走險只寫結論：已與蘭家面試者接觸，結果不盡理想，失敗機率極高，請啟動備案。

上級大概是考量到司寇夜還是傷患，沒有要求補完，他大大鬆一口氣，決定瘋狂復健以提早返回前線做為回報。

拜此之賜，司寇夜差點讓醫院增添了一個新怪談——徘徊於夜半長廊的幽影，但也得以提前出院。

司寇夜獨自在櫃臺辦妥出院手續，拎著行李箱走出醫院大門，站在人行道上掏出手機想叫計程車。

然而在司寇夜點開叫車程式前，一輛金紅色的凱迪拉克轎車先從面前呼嘯而過，再倒車回到他面前。

司寇夜先是愣住，接著連退數步拉開和車子的距離。

凱迪拉克駕駛座的車窗降下，一名毛髮稀疏、雙頰微微凹陷的中年人坐在裡頭，對處於戒備狀態的司寇夜問：「請問是司寇夜先生嗎？」

「我是。你是誰？」

「我是安德魯．伊森，是蘭開斯少爺的住家管理員，稱呼我安德魯就可以了。」

中年人——安德魯——下車，拉開後座的車門微笑道：「路上遇到堵車，沒能幫你辦理出院手續，還請見諒。」

「你在說什麼？」

「開斯少爺派我來協助你。」

安德魯走到司寇夜面前，把手伸向行李箱問：「你的東西只有這些嗎？」

司寇夜一把將行李箱拉到背後，再次後退盯著對方，「我沒有讓你協助的理由。」

「你剛出院身體還在復原中，又失去記憶……」

「那是我的事，與你無關。」

「怎麼會無關？你是少爺找了十年的人啊！」

安德魯在司寇夜臉上讀到強烈的混亂情緒，皺起眉頭輕聲提醒道：「你忘了自己填過開斯少爺的尋人單嗎？在填單後如果開斯少爺覺得你符合條件，會安排一次面試，面試通過後少爺會傳簡訊通知。」

「我沒收到簡訊。」司寇夜道。

安德魯睜大眼，再按著胃部輕吐一口氣道：「果然不該交給少爺……對不起，開斯少爺是個隨興……呃，我是說忙碌的人，他可能忘了。容我代替少爺傳達：司寇夜先生，你就是他要找的人，少爺會提供你住所，並負擔你的所有花費，歡迎回家。」

語畢，安德魯向司寇夜伸出手。

司寇夜瞪著安德魯的手，靜默足足半分鐘後深呼吸問：「我能去洗手間一趟嗎？」

「能，當然能！不過醫院門口不能久停，我在停車場等你？」

「停車場見。」

司寇夜拖著行李箱掉頭走回醫院，在脫離安德魯的視線範圍後開始狂奔，衝進男廁的隔間中，鎖門掏手機按下祿猛的名字。

「阿夜？你怎麼打來了？出院手續不……」

「我通過了。」

「不會辦嗎……通過什麼了？」

「蘭開斯的尋人面試。」

司寇夜壓著額頭閉眼道：「他的住家管理員——這是什麼工作？算了這不是重點，總之蘭開斯派人來醫院接我，說我是他要找的人。」

「……真的還假的？」

「是真的，但我懷疑是假的……我的意思是，以我的表現怎麼想都不可能過關，應該是敵對組織發現我投了蘭開斯的尋人啟事，假裝成蘭家人想帶走我。」

「我不認為我方情報有洩漏，但也不能排除這可能……你手邊有武器嗎？」

「有一把貝瑞塔、三個彈匣、兩把藍波刀和四個手榴彈。」

「好……等等，你哪來這麼多槍彈？」

「上週祿陽來探病時帶的，說是我現在肉搏不行，需要防身工具。」

司寇夜的目光滑向自己的小腿——那裡綁了一把藍波刀——問：「要處理掉嗎？」

「帶著，但盡量放在手邊，如果遇上搜身或金屬探測器之類的再扔掉。如果被發現了……身為一名戰地記者，隨身攜帶貝瑞塔和子彈也是理所當然的嘛。」

「一點也不理所當然，記者該帶的是相機。」

「那是和平地區的記者，況且某些國家別說戰地記者，一般老百姓日常都配槍呢。」

祿猛停頓幾秒，換上嚴肅的口氣道：「第三小隊碰巧在附近，我要他們暗中跟著你，你盡可能拖慢出發時間，或讓車子開慢些讓他們跟上。」

「要反脅持對方嗎？」

「盡量不要，如果對方是其他組織，那麼貿然出手會打草驚蛇；如果真是蘭家人……」

祿猛頓一秒嘆氣道：「那你能撐多久就撐多久，情報部派去的人全滅了，你現在可是全組織唯一的希望。」

「……真的還假的？」

「很遺憾，是真的，月底的會報我一定要把情報部部長修理得跟他的頭一樣，金金亮亮、光光滑滑。」

祿猛殺氣騰騰地咒罵，再收起怒氣問：「那個自稱蘭家人的人有說要帶你去哪裡嗎？」

「沒有……該死，我應該先問再聯絡你。」

「沒關係，只要別把發訊器摘掉，我們就能追過去，只是沒辦法先派人到目的地接應，你自己多小心，在接應者到達前別輕舉妄動。」

「好。」

司寇夜點頭，無力地問：「現在這個任務已經不是『還有備案，搞砸也沒關係』的狀態吧？」

「還是有備案，情報部那邊說會聯合盟友再找突破點，你先以成功為目標努力，真搞砸了……活著逃出來也是一種成功！」

「……」

「我去安排接應者，小心行事，安全為上。」

司寇夜在祿猛掛斷後放下手機，費了點時間做好心理建設後才走出男廁。

醫院的停車場占地不大但車滿為患，好在金紅色凱迪拉克在陽光下異常刺眼，讓司寇夜幾乎找也不用找就來到車旁。

安德魯開門下車，接過司寇夜的行李箱放入後車廂問：「你去得有些久，是身體還有哪邊不舒服嗎？」

「我沒事。」

司寇夜坐進轎車後座，在安德魯上車後問：「接下來要去哪裡？」

「機場。」

「機場？」司寇夜的聲音微微拉高。

「是的，要從機場搭開斯少爺的私人專機到R國的首都，那裡有開斯少爺的度假別墅，景色好空間大生活機能又方便，適合傷患靜……」

安德魯話聲漸弱，憂心忡忡地看著後視鏡中的司寇夜問：「你還好嗎？臉色看起來好差。」

「我沒事。」

司寇夜僵硬地吐出謊話，感覺貼著小腿的藍波刀異常冰冷，盡可能鎮定地問：「我沒搭過私人專機，有什麼需要注意的地方嗎？特別是安檢，我沒想到要出國，身上可能有些違禁品。」

「放心，開斯少爺有特別禮遇資格，不用過安檢。」

安德魯的目光在司寇夜的脖子上停留片刻，再挪開道：「然後包含我在內的全體機組成員都是Beta，你可以安心搭乘。」

司寇夜先是一愣，再想起對安德魯而言自己不是Beta，而是Omega。

「還有其他疑問或吩咐嗎？」安德魯微笑問。

「沒……」

司寇夜想起祿猛要自己盡可能拖時間的事，於是這名曾經從百層大樓一躍而下、在顛簸的越野車上射殺敵方駕駛的狙擊手面無表情地道：「我容易暈車，特別經不起晃，請盡量平穩駕駛，不要開太快。」

第二章

你的主人需要換床單

私家噴射機載著司寇夜和安德魯起飛，飛行近二十個小時後於夕色中落地。

兩人換成金色的藍寶堅尼——安德魯在司寇夜愣住時，嚴正聲明不管是紅車還是金車都是蘭開斯的車，並非他的坐駕。

黃金跑車在日落的大道上拉出一條金線，穿越霓燈閃閃的市區，前往位於首都東北方的度假別墅。

別墅外圍包著一圈林木，穿過樹林後便能看見建在岩石斷崖上的四層樓半圓形主屋，屋上不規則排列的窗戶似乎感應到訪客，一扇一扇地亮起。

「別怕，這不是鬧鬼。」

安德魯轉動方向盤道：「這棟房子由少爺親手編寫的人工智慧雅典娜管理，她應該是發現我們到了，所以主動開燈。」

「她有反偵察或入侵電子設備的能力嗎？」

「這要問少爺了，你需要這方面的需求？」

「沒有，只是好奇問問。」司寇夜靠上椅背。

情況比他想像中嚴峻，雅典娜既然能發現車輛靠近，房內八成內外都有安裝攝影鏡頭、收音設備之類的感應器。

——得抱著二十萬分謹慎行動了。

司寇夜雙眉緊鎖，坐著車子進入地下停車場，在安德魯的領路下走樓梯上到一樓客廳。

接著原本被燈光照得雪亮的弧形面海客廳就「噹」一聲黑掉了。

「咦？怎麼回事！」

安德魯左右轉頭道：「停電？不對啊，這裡有兩套備用發電系統。雅典娜妳還在嗎？」

「這間屋子的配電箱在哪裡？」

「四樓開斯少爺的工作室裡，但那裡有生物鎖……」

安德魯下意識轉向樓梯口看去，該處有一個模糊的白影閃過，他還沒瞧清楚影子的輪廓，白影就撲過來。

「哇啊啊啊——」

司寇夜在安德魯的尖叫中轉身，目睹飄在半空中的白影，反射動作抓住安德魯的衣領把人往後拉，一秒掏出外套下的手槍對準影子。

然後白影就憑空消失了。

司寇夜眨眨眼，低頭向跌坐在地上的安德魯問：「這是怎麼回事？」

「我也不知道……」

安德魯還心有餘悸，看著前方應該是沙發椅的位置，發現那裡不知何時多了一幅油畫。

畫中是一名面帶微笑的婦女，朱紅色的嘴唇微微顫動，下一秒就對著安德魯吐出數隻色彩斑斕的章魚腳。

「嗚喔喔喔喔——」

「又出什……唔！」

司寇夜上身搖晃，因為他腳下的地板忽然左右震動，而沙發、櫃子、茶几、腳凳……種種家具也倏然拉長扭曲，如同深海海怪的觸手般襲向兩人。

「咿嚕嚕嚕嚕——」安德魯的叫聲瞬間由驚慌升級到淒厲。

司寇夜壓在板機上的手指收緊，不過在完全扣下前，直覺有哪裡不對，停止施力改為舉臂保護頭臉。

事實證明他的選擇是正確的，觸手群在兩人面前炸成炫目的煙花，和五顏六色的碎紙一起落到兩人的身上。

客廳重回光明，七個分別為長方形、圓柱體、錐形或人型的銀白機器人站在司寇夜與安德魯面前，三條機械手臂抓著將兩人噴得一身碎彩的拉炮，以及「歡迎司寇夜先生入住，盡情奴役我們吧！」的字牌。

司寇夜雙眼圓瞪，低頭對安德魯問：「這是什麼？」

安德魯沒有回答，呆滯五六秒才吐掉嘴裡的彩紙，從地上跳起來瞪視天花板道：「雅典娜！雅典娜妳在做什麼啊！」

女性電子音從天花板降下：「根據主人的指示，將訪客視為主人，給予熱烈歡迎。」

「誰會這樣迎接主人啊！」

「自然是我等。主人最近十分鍾愛驚悚片，嘗試以立體投影與機器人製造沉浸式驚嚇，但苦於總是嚇不到自己，因此要求我等在他返家時給予最極致的恐怖。」

「少爺要你們把司寇先生當成自己迎接，所以你們就比照少爺演了一齣恐怖片？邏輯上是說得通……不不不不這一點也不通！適用於少爺的高機率不適用於普通人，妳作為陪伴少爺最久也是最先進的人工智慧，應該明白箇中差異啊！」

「當然明白，不過人類的研究顯示，驚悚片能有效消解焦慮與壓力，司寇先生初來乍到肯定相當焦慮，安排驚悚片式歡迎是恰當的。」

雅典娜輕嘆道：「可惜即使我等做過多次演算，卻在二位的站位上出現誤算，導致只有伊森先生得到紓壓，遺憾，太遺憾了。」

「我哪裡有得到紓壓？」

「你的喊叫超過一百二十分貝，這是你全心投入、充分發洩的證明。」

「不是那樣證明的……唉呦我的胃。」

安德魯壓著胃部呻吟，低下頭朝司寇夜疲倦地道：「對不起，開斯少爺是個玩性很大的人，雅典娜不時也會陪他一起瘋，不過大體而言她還是很可靠的，真的。」

司寇夜點頭表示相信，但卻沒見到安德魯卸下憂慮，相反地，面容削瘦的住宅管理員眼中盡是驚愕。

他微微一愣，順著對方的視線往下看，落在自己握著貝瑞塔的右手上。

「司寇先生，那是……」安德魯臉色又青又白。

「我是戰地記者。」

司寇夜面無表情地將槍插回槍套，盡可能平穩、自然、自信地道：「戰場上到處是凶暴的Alpha，身為Omega，隨身攜帶槍械自保也是理所當然的。」

安德魯沉默，就在司寇夜以為對方要拿手機報警時，住宅管理員忽然吸了吸鼻子，握住司寇夜的手道：「你現在不需要槍了，這裡很安全，我、開斯少爺、雅典娜和七矮人都會保護你。」

「七矮人是？」

「是……珍珠！」

安德魯忽然大叫，因為他瞧見一隻白色長毛貓走到司寇夜腳邊，抬起水藍色的眼瞳直直看著狙擊手。

司寇夜低頭和貓兒對視，片刻後蹲下身將白貓抱起，摟著貓面無表情地問：「是什麼？」

「這間屋子的家用機器人統稱……」

安德魯鬆手指向方型、柱狀、錐形和圓形的機器人，頓住一秒緊張戒慎地道：「司寇先生，先把貓……」

「功能都一樣嗎？」

「不一樣，圓柱形的是警衛保安機，長方形的是清潔維修機、人形的是烹飪機，錐形的是醫療照護機。司寇先生，珍珠——你所抱的貓——不大親人，又不給人修爪……」

「然後全體都能裝神弄鬼嚇人？」司寇夜平靜地撫摸貓兒。

「只有這幾臺可以，他們有雅典娜控制，編程又由少爺親手調整過，比一般七矮人機靈得多。請把貓放下，我怕珍珠會……」

「所以七矮人是蘭開斯親自開發的？」

「是的……」

安德魯的眼睫一抬，被勾動回憶道：「對了，少爺說過，七矮人的誕生和司寇先生有關喔，當年你在英國擔任他的男僕時，總是用『我要擦櫃子』、『我要整理被少爺亂丟的零件』、『派皮還沒烤好』回絕，讓他動了打造家務用機器人的念頭。」

「這……樣啊。」

司寇夜頗為僵硬地回應，他沒料到安德魯會提到真正的司寇夜，一時不知該如何反應，只能硬擠出這三個字。

「不過少爺雖然動了念頭，卻沒有很認真執行，因此七矮人和雅典娜的原始機完成是在少爺念博士……」

安德魯話聲漸弱，注意到司寇夜的侷促尷尬，肩頭一僵愧疚道：「抱歉我失禮了，一個人自顧自地說這麼多，你一定覺得很無聊。」

「我不覺得無聊。」

「那就好。飛了半天你應該累了吧？早點洗澡休息。別墅裡裝了很棒的按摩浴缸，把身體泡得暖呼呼才好睡。」

「我不累，關於蘭開斯……」

「傷患可不能勉強啊！清潔機、醫療機，帶司寇先生去副主臥室的浴室沐浴！」

七矮人中長方型的清潔維修機、錐形的醫療機圍住司寇夜，四機各自伸出一隻機械臂，將狙擊手連人帶貓抬起來，以飆車之勢直衝二樓副主臥室的浴室。

純淨派給成員的宿舍雖然簡樸，但司寇夜因為任務之故踏足過不少豪宅與總統套房的奢華浴室，饒是如此，當他進入副主臥室的浴室時，仍睜大了眼。

由大理石打造的浴室足足有四間純淨宿舍那麼大，浴缸安置在面海的落地窗邊，大小足以容納四五個成年人，前方牆面上還掛著臺百吋大電視。

同樣為特大號的淋浴間有接近二位數的噴水口，還有五顏六色、用途各異的沐浴用品；淋浴間斜對面是近四公尺的梳妝臺與洗手臺，臺側有一整櫃的花瓣、浴鹽和薰香用品。

此外浴室還設有檜木三溫暖房與芳療按摩房，設備奢華得足以讓渡假飯店汗顏。

七矮人停在梳妝臺前，把司寇夜放下後動手脫衣。

「等、別！我可以自己……停停停！」

司寇夜左閃右避，以他的能耐一次應對三名大漢不成問題，可七矮人不但有四臺，還各有三條機械臂，幾回合交鋒後狙擊手不但被扒得精光，其中一臺醫療機還有餘裕替他掃描全身，做初步健康檢查。

司寇夜被推進淋浴間，對著兩排水龍頭與按鈕正茫然時，頭上的玫瑰金蓮蓬頭自動打開了。開水的是雅典娜，而兩臺清潔機也抓著海綿進入淋浴間，頂著水珠一左一右刷洗司寇夜的身

軀。清潔機刷身體的力道經過精準的計算，既達到清潔效果又兼具按摩之能，還不會讓人類難受，然而司寇夜從沒假他人——他機——之手洗澡，費了好大的自制力才沒逃出淋浴間。

他本以為清潔完畢後，自己就能離開這間大得浪費的浴室，沒想到一踏出淋浴間就又被機器人們抬起來，慎重地放進按摩浴缸中。

同時，輕柔的爵士樂、淡淡的花朵與柑橘香氣——醫療機根據司寇夜的病歷和掃描結果現場調製的薰香精油——也環繞司寇夜的耳鼻。

這待遇讓司寇夜睜大眼瞳，他的記憶始於十五歲在純淨的少年宿舍中睜眼，而這十年來別說聽著音樂泡澡了，連浴缸都只在任務時摸過。

不，不只如此，先前安德魯說的那句「累了早點休息」也是司寇夜經驗之外的話，純淨是頂級傭兵殺手集團，成員間雖然嬉笑怒罵，可在身手鍛鍊上要求嚴苛，「累了」兩個字後面只會接「體能太差，去跑十圈再回來」。

「這就是Omega……不對，是有錢人的待遇？」

司寇夜呢喃，身處敵營應該維持戒備，可尚需復健的身體敵不過溫暖與香氛，不受控制地進入放鬆狀態。

——算了，這裡表現得太警覺反而不正常，就當作渡假享受一會吧！

狙擊手如此說服自己，緩緩垂下眼睫，將肩膀沉入溫水中。

司寇夜在浴缸裡泡到半夢半醒，這才被醫療機與清潔機撈出來直送床鋪。

量身打造的助眠薰香與手工名床的威力不同凡響，司寇夜不但一夜無夢，還比平常多睡了半小時才被生理時鐘叫醒。

已經整整九年沒有睡過頭的狙擊手錯愕地盯著時鐘，以兩倍速下床刷牙洗臉，在餐廳簡單用過早餐後離開別墅，踏進剛剛甦醒的街道。

這是司寇夜的習慣，不管上面準備的地圖多完善，他一定會將任務地點半徑一公里內的巷弄走一輪，畢竟地圖上說是活路，實際上卻往往是塞滿機車、酒籃子或違章建築的障礙賽道這種鳥事，每個純淨成員都碰過不只一次。

清晨的街道比司寇夜想像中熱鬧，上班上學的、做早上生意的，還有出門慢跑的人，將人行道塞得接近六分滿。

他順著人流過馬路，站在人行道上掃視四方，最後將目光放在西南方的百層摩天大樓上。狙擊手和貓都喜歡高處，喜歡貓的狙擊手司寇夜當然也不例外。

他的運氣不錯，這棟摩天大樓是知名景點，頂樓的美食廣場從早上七點開放到晚上十二點，只要花點錢買票就能乘電梯直上頂樓。

司寇夜踏出電梯，挑了離商家最遠、透明圍籬最近的位置坐下，低頭環顧街景，正動腦規劃緊急撤退路線時，耳邊忽然傳來熟悉的說話聲。

「要來份超值早餐嗎？夜鴞。」

「祿陽！」司寇夜扭頭喊出聲音主人的名字。

第一小隊的隊長、祿猛的兒子、代號「紅虎」的祿陽喜孜孜地站在桌邊，身穿滿是甜甜圈花樣的圍裙，手裡拿著一疊廣告單。

「你怎麼會在這裡？」

「有『老鼠』在這裡，所以老爹派我來蹲點。」

「我還沒回去，老爹就給你們派新工作了？」

「有從其他小隊調人手啦，雖然來的人完全比不上你，但勉強能用。」

祿陽在司寇夜追問「比不上是怎麼回事」前，將廣告單伸到對方面前道：「好了，先幫我衝業績，來一份『早安甜心超值早餐』吧，每日前十份七九折優惠喔！」

「我已經吃過……」

「拜託啦！我已經連續三天沒達標了，再這樣下去還沒抓到老鼠，我就要先失業了！」祿陽哀聲，兩眼滿是淚光。

司寇夜注視曾徒手絞殺四名保鑣，身高、肩寬、胸膛厚度都比自己大上不只一號的健壯Alpha可憐兮兮地看著自己，嘆一口氣道：「給我一份。」

「好的！謝謝您的點單，餐點會盡快送到桌上！」

祿陽破涕為笑，三步併作兩步往自家餐車跑。

片刻後，祿陽端著托盤回到桌邊，褐色塑膠盤中裝著草莓奶昔、黑白雙色甜甜圈、莓果餅乾和一把銀鑰匙。

「這是什麼？」司寇夜看著鑰匙。

「一樓置物櫃的鑰匙，號碼在這裡。」

祿猛指指鑰匙的吊牌，壓低聲音道：「裡面有你日常打的營養液——外包裝已經換成Omega抑制劑、Omega 專用頸環、Omega 香水，以及研發部的最新產品——日記本和筆。」

「……」

「我沒在鬼扯！」祿陽大聲捍衛自己的公信力，舉著雙手比劃道：「日記本和筆分開使用時就只是普通的本子和普通的筆，但一起用就會啟動連線功能，將書寫內容上傳到純淨的伺服器。老爹要你以治療失憶的名義天天寫日記，越詳細越好。」

司寇夜微微一愣，接著迅速了解祿猛這麼安排的原因。

對間諜來說，傳送情報是最必要也最危險的事，多少情報人員都是栽在這一步，而司寇夜不是專業間諜，出包機率遠比一般間諜高，因此祿猛乾脆將傳情報的工作交給網路。

這是個好方法，如果他的目標不是蘭開斯。

司寇夜道：「蘭開斯家有他親自寫的人工智慧，我不確定她有沒有反偵察能力，如果有，連線功能可能會反過來被對方利用。」

「這老爹有料到，你可以關閉連線功能，每周帶著筆裡的儲存晶片來找我替換。」

「來得太頻繁，可能會讓蘭開斯注意到你。」

「你想太多啦！哪個人沒有幾天都要去一趟的愛店呢？你就說你愛上咱們家的甜甜圈不就得了。」祿陽輕鬆地揮揮手，再倏然壓低聲音嚴肅問：「問你個問題。」

「什麼？」司寇夜也跟著壓低聲音。

「你昨天是光溜溜地躺在掛有薄紗的帝王尺寸大床上嗎？」

「我為什麼會……」

司寇夜想起自己的假身分，以及隊友們平日臆想的 Omega 生活，沉下臉道：「讓你失望了，我昨天好好穿著睡衣睡褲，枕著貝瑞塔睡覺。」

「蘭開斯沒要你脫？」

「我還沒遇見他。」

「那如果他要你脫……」

「我大概會失手爆他頭。」

「爆完給我訊號，我去救你。」祿陽拍拍司寇夜的肩膀。

司寇夜心頭微暖，可惜暖意還沒蔓延開，祿陽就收手拿起廣告單。

「阿夜，你好人做到底，外帶兩盒甜甜圈，讓我業績漂亮點好嗎？」

「去死。」

雖然司寇夜嚴厲拒絕祿陽，但最後還是不敵百斤戰友的淚光攻擊，拎了兩盒甜甜圈回到蘭開斯的別墅。

一同進屋的還有裝在醫藥箱中的假抑制劑與超高科技日記本。

司寇夜本來有些擔心雅典娜與七矮人會對藥箱起疑，為此在心中擬了三套說詞，結果進屋不到五分鐘，就清楚明白自己想太多。

不管是機器人還是電子祕書，注意力全都放在甜甜圈身上。

七矮人們快速奪走裝甜甜圈的紙盒，花一個小時利用肢體語言與投影螢幕，向司寇夜訴說連鎖餐飲店的甜甜圈有多不健康，再用兩小時製作口味、外觀都與盒中物一致，但熱量少一半、營養增一倍的甜甜圈。

而過程中，雅典娜還播放貝多芬第八號鋼琴奏鳴曲《悲愴》當背景音樂。

……有錢人的家用機器人和人工智慧都好奇怪。

司寇夜在結束食育課程後回到自己房間，剛跨過門檻就收到安德魯的簡訊，內容是向狙擊手致歉，說他突然接到工作要去外縣市，無法陪伴司寇夜參觀別墅，而蘭開斯原訂今晚返回，但臨時接到晚宴邀請明天才能到。

司寇夜暗自叫好，他不想被人帶著參觀屋子，只想自己摸清楚房舍構造，最大程度蒐集蘭開斯的個人資訊。

他要雅典娜將別墅平面圖傳到自己的手機，拿著手機正要離開房間時，眼角餘光瞄到書桌上的 Omega 護頸，猶豫片刻還是把頸環掛上。

根據司寇夜對 Omega 少得可憐的理解，除非是血親或做過永久標記，否則 Omega 在與 Alpha 共處一室時都會配戴頸環。

此刻屋中沒有半個 Alpha，可是等明天蘭開斯到達別墅後，他就要二十四小時戴頸環了，為此早早掛上盡快適應才不會露出破綻。

「看起來……還行吧。」

司寇夜在穿衣鏡不大自信地呢喃，祿陽交給他的護頸體漆黑，只在中央偏右側處鑲上幾顆白水晶，在 Omega 護頸中算保護重於裝飾的款式。

但對從未配戴過飾品的狙擊手而言，不管護頸的尺寸多合脖子，他都有種自己的頭放錯位置的異樣感，在鏡子前左轉右轉好幾回才停下來。

既然都試戴護頸了，香水也噴一噴吧——司寇夜半是敬業、半是自暴自棄地拿起香水瓶，對後頸胡亂按兩三下，涼感襲上皮膚，但鼻子卻沒嗅到任何味道。

司寇夜先是感到困惑，接著迅速理解原因，這大概是只有 Omega 與 Alpha 能聞到的配方，身為 Beta 的自己是聞不到的。

試用完偽裝道具後，司寇夜總算能進行今日最重要的工作——探索別墅。

根據雅典娜給的平面圖，整棟別墅總共有七層樓，地下一樓是停車場，二、三樓是倉庫和緊急發電機組。

地上一樓為迎賓層，客廳、餐廳、廚房、食品庫、會議室和半個書房——書房挑高兩樓——都在此樓層；二樓是居住層，有主臥室、副主臥室和幾間客房和另外半個書房；三樓為娛樂層，既有擺放撞球檯、各式遊戲主機的遊樂房，也有放置鋼琴、小提琴的琴房，還有媲美電影院小廳的視聽室；四樓則為蘭開斯的工作室。

司寇夜最感興趣的是蘭開斯的工作室，但此處有指紋和瞳膜鎖，而他手中沒有世界首富的手指與眼睛，因此只能轉向第二目標——蘭開斯的寢室。

直衝寢室太露骨了，因此司寇夜耐著性子從一樓開始逛，然後馬上就遭遇意料外的誘惑。

誘惑來自書房，通往門口的長廊掛著一排照片，司寇夜原不打算細看，可一抬頭就在相框中瞄到迷你版的自己，腳步瞬間停下。

看上去頂多一尺高的小司寇夜站在華美的宴會廳中，小小臉兒緊緊繃起，身上的背心西裝雖整齊，可頭髮卻翹了一根，看上去莫名好笑。

「那是主人替你拍的第一張照片。」

雅典娜在司寇夜頭頂說明：「拍攝地點是主人父母居住的莊園，蘭家人為了慶祝主人獲得牛津入學資格，在莊園舉辦家宴。」

「對蘭家這種家族來說，牛津的入學資格很稀鬆平常吧？」

「是很平常，但十三歲就取得資格的僅有主人一人。」

雅典娜的聲音微微上揚，再恢復原本的音調道：「主人在宴會上選擇當時僅有八歲的你擔任他的貼身男僕。」

「……八歲小鬼只會添亂吧。」

「據主人所言，他才是添亂的那一個。」

司寇夜本想說「哪有可能」，可一想到雅典娜與七矮人們搞出的歡迎儀式和甜甜圈製作秀，頓時對製作者——蘭開斯——失去信任，閉上嘴繼續沿走廊前進。

而隨著步伐，相框中的真司寇夜也從八歲成長為九歲、十歲、十一歲，鏡頭下除了真的司寇夜外，還時不時冒出一名金髮藍眼的美少年。

司寇夜先覺得少年有些眼熟，接著猛然想起面試時面試官播放的夜店影片，認出店內狂歡的男性，和相框中賊笑的少年是同一人。

——這人多半就是蘭開斯。

司寇夜面色一凜，目光從單純的瀏覽，轉為觀察目標的銳利。

和狙擊手的認真嚴肅相反，照片中的真司寇夜和蘭開斯一張比一張放鬆，從好好站著到雙雙坐著，最後毫無形象地躺在一起。

而少年蘭開斯的笑靨也完全脫去虛假偽裝，親暱地搭著真司寇夜的肩膀，笑得宛如夏日正午的太陽。

司寇夜不自覺地佇立於蘭開斯的笑臉前，忽然覺得胸口一陣暖又一陣涼，冷熱交替數次卻理不出頭緒。

「你想收藏這張照片的電子檔嗎？」

雅典娜的提問將司寇夜拉回現實，他先點頭再猛力搖頭，笨拙的轉移話題問：「這裡只有生活照片，沒有別的嗎？」

「別的是？」

「有情報價……我是說能了解蘭開斯，特別是他研究方向之類的照片或資料。」

「研究方向……是指主人的碩博士論文嗎？都收在書房中，但沾有些許茶漬油汙，你若在意我可以提供電子版。」

「為什麼會有茶漬油汙？」

「因為主人有時會拿論文來墊茶杯、泡麵或機械。」

「……」

「司寇先生？」

「沒事。」

沒有半張真實學歷證書的狙擊手搖搖頭，向前推開書房的門道：「引導我到放蘭開斯論文的書架吧。」

雅典娜準確地將司寇夜引至蘭開斯的論文前，可到頭來狙擊手一本論文都沒拿起來翻。

為什麼？因為在枯燥的人工智能、機器人技術論文旁，有一整套精裝版《為了找貓，我推開了家門》。

《為了找貓，我推開了家門》是一本每年固定出版三冊的長篇冒險小說。

故事始於沒有名字的主人公「我」為了尋找愛貓走出家園，在十年連載期間踏出社區涉足國際，穿梭古今，突破大氣層。

這讓《為了找貓，我推開了家門》成為評價兩極的作品，討厭它的人說這套書完全是流水帳日記，每一頁都是對樹木或硬碟容量的侮辱；熱愛它的人則覺得此書包羅萬象，無論是誰都能從中找到自己的傷痛與希望。

司寇夜屬於後者，可他雖然熱愛這套書，卻礙於純淨的工作過於忙碌，僅能在移動時擠出十幾分鐘看一兩頁，還不時會發生書籍隨裝甲車、寄宿地點一同被敵方炸彈化為塵埃的慘事。

如今，從最舊到最新一集的《為了找貓，我推開了家門》整整齊齊放在司寇夜面前，讓狙擊手一瞬間忘記自己進書房的目的。

而這一忘就是整整十三小時，當司寇夜從書頁中抬起頭時，窗外是皎潔的月牙，腿邊是捲成一團熟睡的貓兒與空盤空杯——七矮人無聲無息地送茶水點心給狙擊手，而蘭開斯的論文還好好地站在書架上。

「我在幹什麼……」

司寇夜放下書，在心中賞自己兩發子彈，抱著「沒查到有用的東西，起碼要完成今日份的任務報告」的心思，起身走出書房。

他經過客廳時，第六感忽然發出警告，狙擊手猛然停下腳步，閃身蹲下躲到櫃子後。

本該籠罩在鵝黃燈光下的客廳不但陰暗無光，還飄著酒氣與成分不明的白霧，而在霧氣中隱約能瞧見晃動的人影。

司寇夜沒在人影附近瞧見七矮人的保安機，正感到困惑時，人影倏然轉向自己，投來了強烈到足以穿破黑暗、令狙擊手寒毛直豎的視線。

他先是僵住，接著迅速將手伸到腰際要拔槍，撲空後才想起自己為了不要再失控掏槍，早就把武器收房裡了。

「小……」

沙啞的呼喚將司寇夜的注意力拉回前方，赫然發現一秒前還在七八公尺外的人影，此刻距離自己只有一步之遙。

——速度好快！

司寇夜瞪大眼瞳，看見人影朝自己伸手，搶先一步扣住對方的手腕，起立、轉身、賞影子一記過肩摔。

人影背脊著地摔出鈍響，一動也不動地躺在地上，司寇夜謹慎地靠近，剛想動手搜身，背後就傳來機器人行走的聲音。

司寇夜向後看去，客廳同時恢復光明，七矮人們站在沙發或櫃子間，明明沒有臉卻給人嚇壞的感覺。

「怎麼了？」

司寇夜問，瞧見烹飪機指指前方，把目光轉回正面，落在幾秒前被自己摔昏的人影上。

人影是名目測二十多歲的青年，一頭金髮凌亂地散在額間，白皙無瑕的肌膚有著公子哥的嬌貴，端正、深刻的五官凌厲與俊美兼具，搭配無論長度比例都足以讓女子尖叫男子嫉妒的手腳軀幹，好看得連司寇夜這種對外貌毫無興趣的人都會忍不住多看兩眼。

不過此刻司寇夜之所以直直盯著青年，不是基於對方的美色，而是身分。

這名渾身酒氣、昏迷不醒、後背高機率已經瘀青的青年，是他今日在照片中、數周前於影片裡見過的準暗殺目標——蘭開斯。

這也直接解釋為何客廳會一片黑暗還白霧繚繞，昨天雅典娜說過，蘭開斯命令她與七矮人們準備「極致的恐懼」，想必是為了嚇人才關燈放霧。

可惜在電子僕人們動手前，司寇夜先一招摔昏蘭開斯。

沒有比這更糟糕的初見面了，如果純淨情報部的同仁看見——他們通常會透過鏡頭監控現場，大概已經把咖啡潑到鍵盤上了。

醫療機感受到司寇夜的情緒，一左一右拍拍客人的肩膀，然後來到主人身邊檢查呼吸心跳，向狙擊手比出「OK」的手勢。

「恭喜，主人的生命跡象極為穩定。」雅典娜在天花板上說明。

司寇夜張嘴再閉嘴，反覆幾回才低聲問：「我會受到怎樣的處置？」

「處置？你是想知道主人甦醒後的反應嗎？考量到主人施恩必定十倍索討，有仇絕對百倍奉還的性格，他應該會……」

雅典娜停頓幾秒才接續道：「不會生氣的，畢竟主人還有生命啊。」

「是只剩下生命吧。」

「生命是無價之寶，司寇先生身為戰地記者，想必明白生命的珍貴，活下來比什麼都重要，而你替主人保住如此貴重之物，主人怎麼會動怒呢？」

司寇夜覺得雅典娜在胡扯，但他想不出反駁的話。

雅典娜似乎察覺到客人的質疑，改變方向道：「我有留存剛剛的影像，是從三個角度以夜視鏡頭拍攝，足以向司法單位證明是主人主動襲擊你，你只是被動防禦。」

「……蘭開斯真的是妳的主人嗎？」

「當然，他是我的造物主，是我全心支持的對象，更是學習的標竿。」

司寇夜忽然對蘭開斯的人品生起一絲不安，不過在感受擴大前，兩臺醫療機先穿過他身側，準備搬運昏迷的主人。

這讓司寇夜的注意力回到自己幹出的糟糕事上，彎腰搶先一步將蘭開斯拉起架上肩膀道：

「人我來搬。」

「這是醫療機的工作。」

「是我的。」

司寇夜一手抓臂、一手托腰，拖著蘭開斯往電梯走，本以為這是個簡單的工作，可走沒十步就發現他錯估了富豪的重量與自己的狀態。

作為職業傭兵，司寇夜雖然沒有隊長祿陽怪物等級的體能，還天生不容易長肌肉，可要搬運成年男人應該不成問題，然而他忘了自己因車禍在床上躺了近一個月，將人過肩摔不成問題，搬著走就有些吃力了。

更不妙的是蘭開斯的身體還沉得令人髮指，幾乎是一個半成年人的重量，讓司寇夜的雙腿迅速痠軟，膝蓋隨時間漸漸下折。

「需要幫忙抬腿嗎？」雅典娜問。

「不用。」

司寇夜咬牙拒絕，催促自己邁開步伐朝主臥室走。

他打算把蘭開斯放上床蓋好被子後，就回自己房間寫報告與鍛鍊，然而掛在肩上的沉重人體像是發覺搬運者的企圖般，在司寇夜踏進主臥室的瞬間「嗚嚕」一抖，張嘴吐了兩人一身。

司寇夜驟然止步，注視沾在自己褲子上的嘔吐物，雙手緩緩收緊。

醫療機和清潔維修機一個滑壘闖到司寇夜面前，後者亮出抓著抹布和清潔劑的機械臂表達「不氣不氣我負責收拾善後」，前者則用投影螢幕顯示R國對於殺人的刑罰。

「我沒有要殺他。」

司寇夜垂下肩好氣又好笑的澄清，走向位於房間右側的浴室道：「人我會洗乾淨，地板和乾淨的衣服就麻煩你們了。」

醫療機和清潔維修機用機械臂行軍禮，接著兵分兩路，一臺留下來抹地板，一臺直衝衣帽間拿睡衣。

司寇夜踏進浴室，將蘭開斯放到淋浴間中，動手脫去彼此的衣褲。

純淨的宿舍沒有個人浴室，無論男女、Alpha、Beta 或 Omega 都一起脫光了在大浴場洗澡，對司寇夜而言裸體和桌上的馬克杯沒有任何差別。

可是當司寇夜扒掉蘭開斯的上衣，看見藏在底下的身軀時，卻睜大了眼瞳。

蘭開斯是穿衣顯瘦脫衣壯碩的類型，飽滿的胸膛、結實的手腳、烙著人魚線的腹部全是體脂肪低於二位數的人才會有的線條，一身肌肉難怪壓得司寇夜兩腿痠乏。

但蘭開斯壯歸壯，卻毫無笨重感，靠坐在強化玻璃與牆面間的身軀有著藝術品的優雅，彷彿美術館中某位文藝復興時期大師的雕塑品被挪到淋浴間中。

司寇夜腦中浮現上午在走廊上看過的少年蘭開斯，照片中燦爛的笑容與此刻毫不設防的裸身重疊，身體突然微微發熱，某種極度陌生的情感在胸中迴盪。

不過這份情緒很快就被七矮人打斷了。

清潔機誤以為司寇夜累了，進入淋浴間接手清理工作。

司寇夜回神動手幫忙，幾分鐘後當他背著蘭開斯踏出淋浴間時，門邊的掛鉤上已放著兩件絲綢睡袍。

狙擊手望著軟綿綿、輕飄飄、騷包不已的深紅色睡袍，用「這是暫時的，回房間就能換下」說服自己，換上他只射沒穿著過的昂貴衣袍。

他架著蘭開斯往帝王尺寸的大床走，將人好好放到床中央，正要右轉下床時，意外發生了。

一路都靜如屍體的蘭開斯忽然雙手一勾，把司寇夜拖回床上。

司寇夜雙眼圓瞪，腦袋空白兩秒才回神，動手想拉開蘭開斯，然而他才剛握住對方的手腕，環住腰部的臂膀馬上收緊。

「搞什麼……放開我！」

司寇夜左右拉扯蘭開斯的雙臂，然而對方的雙手卻像石頭般分毫不動。

更慘的是蘭開斯似乎感受到司寇夜的逃脫意圖，從昏迷的醉漢一秒轉職成四爪章魚，死死圈住狙擊手。

這完全超乎司寇夜的意料，使出從十五歲到二十五歲學過的所有反擒拿術，奮鬥二十多分鐘後除了被蘭開斯抱得更緊外，處境沒有任何改變。

——我和隊上的 Alpha 打格鬥賽時都有七成勝率，沒理由被一個喝醉的有錢 Alpha 壓制啊！

司寇夜面露青筋，深呼吸幾回正想展開第二輪對抗時，頭頂響起雅典娜的聲音。

「司寇先生，我不建議你繼續以物理手段移除主人。」

「為什麼？怕我弄傷蘭開斯？」

「不是的，是根據醫療機的掃描結果，主人處於易感期中，易感期的 Alpha 不但對氣味敏感，還有捕捉周遭 Omega 的本能，你的逃脫舉動可能刺激主人，讓他更加用力地抱住你。」

「既然是易感期就給他打抑制劑，你們手上有 Alpha 抑制劑吧？」

「有，可是對主人效果不佳。」

「什麼意思？」

「主人作為 Alpha 的數值——無論信息素濃度或抵抗性——都過於優秀，以至於對抑制劑有極高抗藥性，以宅中儲備的 Alpha 抑制劑效用計算……現在注射大概兩小時後才會生效。」

司寇夜嘴角抽動，垂眼盯著橫在腰上的鐵臂，不死心地追問：「那麻醉藥或肌肉鬆弛劑之類呢？屋子裡有嗎？」

「是有，不過我不建議，主人對這兩種藥物也有抗藥性。」

司寇夜嘴角抽動，麻醉藥姑且不論，是吃什麼長大才會對肌肉鬆弛劑有抗藥性啊！

雅典娜對狙擊手的憤慨渾然不覺，繼續平靜地說明：「易感期 Alpha 的捕捉本能精準來說是『捕捉並標記 Omega 的本能』，此刻主人只是抱住你，而非張嘴咬你的腺體，是主人下意識壓抑本能的結果，投藥可能抹去此份抑制。」

——但我不是 Omega 是 Beta 啊！

司寇夜在腦中咆嘯，深呼吸盡量維持冷靜問：「那妳建議我怎麼做？」

「目前有四個方案可解決你的困境，你要從最建議聽到最不建議，還是從最快解法聽到最慢解法？」

「給我最短的！」

「好的，最快解法是你摘掉護頸，釋放信息素中的催情素，引導主人咬破你的腺體達成臨時標記，如此一來主人的本能便會認定你已被捕獲，在五分鐘內放手。」

「……」

「附帶一提，這是最不建議方案。」

——這要不是我就斃了妳！

司寇夜的手指蠢蠢欲動，皺著眉道：「第二快……一個一個問太費時了，一次全告訴我。」

「好的，第二快解法是釋放撫慰素，經計算約三十分鐘後主人有可能鬆手放人；第三是讓你沾染主人的氣味，使主人斷定你已屬於他，具體操作方式為讓飽含信息素的體液——例如精液

——濺上你的身體；第四是閉上眼睛，等主人睡飽甦醒後主動放手。」

雅典娜停頓兩秒道：「我最推薦的方案是第二方案，以撫慰素令主人放鬆。」

司寇夜也覺得第二方案最好，可惜他只是個噴了香水的 Beta，Omega 和 Alpha 天生具備的信息三素——撫慰素、催情素和威迫素——他半個也不具備。

因此在權衡時間、能力和得失後，司寇夜認命地閉眼道：「我能命令妳關掉攝影鏡頭嗎？」

「可以，不過這會讓我的支援效率降低百分之六十。你要選擇方案三？」

「不行嗎？」

司寇夜自暴自棄地反問，垮著臉道：「我不想讓 Alpha 標記，不記得怎麼放撫慰素，然後壓根沒興趣和陌生人躺上八小時。」

「我讓醫療機替你準備潤滑劑，需要技術指導嗎？」

「打手槍需要什麼技術指導？」

司寇夜羞恥轉暴躁地回應，看著醫療機將一瓶潤滑劑放到自己面前，瞪著七矮人們下令：「全部出去，我叫之前不准進來！」

七矮人們給司寇夜一個「加油」手勢，一臺臺離開主臥室，還順手帶上房門。

司寇夜看著門扉合攏，掙扎、糾結、自我質疑整整六分鐘，最終還是伸手拿起潤滑劑。

他和蘭開斯貼得緊密，單單把手往背後伸，碰不到對方的生殖器，只會摸到另一人的大腿或腰，要碰性器得走胯下——司寇夜自己的胯下。

幸運的是由於身高差距之故，蘭開斯的重要部位不是貼著司寇夜的臀部，而是在腿根附近；且富豪一隻腳勾在司寇夜的右腿上，並在方才的交談中略為放鬆禁錮，給狙擊手抬腿的空間。

司寇夜將潤滑劑擠上掌心，緊繃著臉稍稍抬起右腿，緩慢、小心翼翼地彎腰伸長手，撥開自己和蘭開斯的睡袍下襬，握住 Alpha 的半身。

因易感期之故，蘭開斯的陰莖處於半勃狀態，這給了司寇夜一絲安慰——起碼不用從零開始，抱著十個醉漢九個早洩的念頭，快速上下套弄富豪的性器。

然而司寇夜對醉漢性能力的評價雖正確，卻忘了兩件事：第一，由於對性事不感興趣，他手淫的次數少得可憐，技術自然也爛得可以；第二，雅典娜將射精列為第三短的方案，而第二短的撫慰素作戰需三十分鐘。

「媽的……都硬超過十分鐘了，怎麼還沒射！」

司寇夜用氣音咒罵，急促地搓弄蘭開斯的陽具，一心只想快點把對方弄出來，下手不禁重了些，身後頓時冒出悶哼。

他瞬間停止動作，以為蘭開斯醒了，急著放開對方的陰莖想裝沒事時，一直擱在自己右腿上的長腳忽然一個下壓，讓狙擊手合攏腳足夾住肉莖。

接著在對方反應過來前，蘭開斯收回自己的腳，前後擺動抽插司寇夜的雙腿。

司寇夜雙眼圓瞪，本能扭身地想閃躲，結果沒避開身後的突刺，只讓身體往下挪了幾吋。

而這導致蘭開斯的陽具不再只擦過大腿，而是先掠過司寇夜的臀縫，再頂上會陰與陰囊。

「嗚！」

司寇夜雙肩一顫，麻癢感自胯下竄起，反射動作想甩開這種感受，直接一肘子往後頂。

然而蘭開斯不愧頂級 Alpha，肉體過分結實，別說被頂開，甚至沒痛醒，僅是被激起捕捉本能，一手向上抓住司寇夜胸脯，一手向下握住對方頹軟的半身。

此舉讓司寇夜陷入恐慌，想掙脫又怕被對方掐爛重要部位，整個人凍結在床上。

蘭開斯似乎察覺到司寇夜的恐懼，稍稍放鬆抓握的力道，緩慢地磨蹭對方的臀股。

同時，宛若冬日太陽的溫暖香氣也飄進司寇夜的鼻腔。

起初狙擊手壓根沒發現空氣染上香氣，直到繃緊的身軀開始放鬆，騷熱緩緩升起，才意識到周圍有變化。

「這是……薰香？有這種味道的嗎……不對，七矮人都在外面，沒人能……哈！」

司寇夜垂下眼睫喘息，暖香覆蓋他的身軀，抹去恐慌、焦躁、不安……種種負面情緒，輕柔熨燙四肢軀幹。

──好奇怪……腦袋又麻又暖，沒辦法集中精神。

狙擊手抓床單的手緩緩鬆開，感覺自己像累了一天後躺在冬陽下休憩的人，從頭到腳每個毛孔都舒展開，放鬆得不可思議。

同時，蘭開斯將手伸進司寇夜的衣襟中，裹有薄繭、體溫偏高的指掌貼上狙擊手的胸脯，配合握住陰莖的手一同撫弄另一人的身軀，將暖意升溫成慾火。

「哈啊……」

司寇夜張口喘息，僅剩一線的理智發出警告，但下一秒警鈴聲就被蘭開斯的手指碾碎。

蘭開斯右手揉掐司寇夜的乳尖，左手愛撫對方的陰莖，同時擺腰磨頂臀瓣與陰囊，閉著臉啃咬狙擊手的肩頸。

舒適和飢渴一同襲擊司寇夜，他摸不清自己怎麼了，只知道身後人的碰觸能緩解渴望，在本能驅使下主動往後蹭。

蘭開斯的回應是更緊密、大範圍的碰觸，他扯開司寇夜的睡袍，將袍襬捲到對方的腰上，上身與四肢緊貼懷中人，只在插拔陽具時離開對方幾吋。

司寇夜雙眼籠上水氣，覺得自己的身體越來越熱，特別是被蘭開斯掌握的部份，肉莖在對方掌中脹大，雙臀在另一人的抽磨中濕潤。

重疊、粗重的呼吸聲在主臥室中迴盪，與越來越快的肉體拍響、布料摩擦聲一同震動空氣。

司寇夜在聲響中握住蘭開斯的雙手，雙腿併攏夾磨另一人的半身，陰莖在對方壓上囊袋時滴出精水。

燙熱、酥麻、歡快、渴望又滿足……對狙擊手而言近乎陌生的感受交織在一起，最後在蘭開斯隔著護頸咬住他脖子時攀上高峰，逼出了精液。

蘭開斯頓住一秒，沒有放開司寇夜，而是加快挺腰與撫弄對方性器的速度。

「唔、啊……不行，停下！我會、我要……嗚哈哈——」司寇夜拱起背脊破碎地喊叫，他不知道自己在拒絕什麼，只知道身體舒爽到令他害怕的地步。

蘭開斯將狙擊手擁緊，啃著對方的肩頸，直到懷中人渾身顫抖地射出精水，才悶哼一聲洩精，緩緩鬆開雙臂。

司寇夜躺了五六分鐘才回神，看著床單上兩灘精液、一灘水漬，臉色迅速轉青，一把甩開蘭開斯的手下床往房外走。

「司寇先生……」

「你的主人需要換床單。」

司寇夜打斷雅典娜，以跑百米的速度衝進副主臥室的浴室淋浴間，站在蓮蓬頭下將水龍頭扭到最大。

冷水帶走司寇夜身上的體液，也沖去太陽般的暖香，但帶不走狙擊手的混亂。

不管是作為 Beta、男性還是純淨的副隊長，他都無法理解方才的事。

第三章

我是保鑣，並不可愛

司寇夜本該在出浴室後完成今日的報告，可他實在羞於告訴上級自己做了什麼事，於是入行十年從未於工作紀錄上敷衍扯謊的純淨優等生心一橫，只寫下「半夜遇見蘭開斯，我以為他要襲擊我，把他摔暈了」三句話。

混亂和心虛讓司寇夜失眠，在訂製雙人床上翻來覆去，直到珍珠造訪他的床鋪，用毛茸茸的身軀賜予狙擊手瞌睡蟲。

喵皇的賞賜威力驚人，當司寇夜再度睜眼時，已是上午八點近九點——比他平時甦醒時間多了快三小時。

司寇夜拖著痠僵的身軀下床洗漱，揉著肩膀往一樓餐廳走。

而他一踏進餐廳，就看見蘭開斯正坐在餐桌另一端，頭頂著冰敷袋、嘴叼著燒餅油條直直看向自己。

司寇夜整個人定住，從過肩摔到高潮的記憶一口氣湧出，令他強烈地想飲彈自盡或殺人滅口。好在在狙擊手做出選擇前，蘭開斯嚥下燒餅微笑道：「早安，昨晚有睡好嗎？」

司寇夜搖頭再點頭，盯著蘭開斯好一會開口道：「你……昨天晚上……」

「昨天晚上……啊！不用在意，雅典娜都跟我說了，你是正當防衛。」

「正當防衛？」

「你不是把我狠狠摔出去了嗎？那一手真是俐落漂亮，看樣子以後不能裝鬼嚇你了。」

「你當時是想嚇我？」司寇夜睜大眼瞳。

「是啊，貴客進門怎麼能怠慢，要盡全力歡迎。」蘭開斯燦爛地笑著。

司寇夜嘴角微微抽動，蹙眉頭痛地問：「難道安德魯沒告訴你，之前七矮人嚇他時，我直接掏槍了嗎？」

「他說了，所以我才要你別在意，畢竟你只是賞我過肩摔，而不是請我吃子彈。」

蘭開斯輕鬆地聳肩，端起桌上的豆漿道：「更何況你這記過肩摔不但讓我一夜好眠，還做了場香豔刺激的春夢。」

司寇夜正拉開椅子要坐下，「春夢」這兩字讓他手臂猛顫，椅子腳因此撞地發出敲聲。

蘭開斯眨眨眼，望著滿臉窘迫的司寇夜問：「你想知道我夢到什麼？」

「不想！」

「不用客氣，這裡只有我和你……」

「我沒有在客氣！」

「就是夢到一個看不清楚臉的人幫我手……」

「蘭先生，請自重！」

司寇夜殺氣沸騰、羞赧滿溢地怒吼，重重坐上椅子道：「對初次見面的人——而且還是個Omega——談春夢，你不覺得失禮嗎！」

「嗯……這是個好問題。」

蘭開斯放下豆漿，伸出手指數道：「首先，如果談春夢是件失禮的事，那麼無論對象是Omega、Alpha還是Beta都失禮，所以『還是個Omega』是歧視性言語，你假定Omega比Alpha和Beta更厭惡談論性，但根據研究，三種性別對性的興趣沒有顯著差距。第二，我們不是初次見面，算上昨晚，我們至少見過三次面。」

「算上昨晚我們也只見過兩……」

司寇夜拉長語尾，將蘭開斯細細看過一輪，不敢相信地道：「你是那天的面試者？」

「沒錯！」

蘭開斯大力鼓掌道：「我就知道你能認出來，我的小夜鶯從不讓我失望。」

「誰是小夜鶯？」

「你啊，你小時候總是圍著我嚶嚶叫，我才給你取這外號。」

蘭開斯指指司寇夜的鼻子，目光轉柔輕喚道：「歡迎回家，我的小鳥兒。」

司寇夜的胸口隨喚聲倏然緊縮，別開頭道：「蘭先生……」

「叫我開斯。」

蘭開斯在司寇夜拒絕前補上一句：「否則我就天天圍著你喊小鳥兒。」

「開斯。」

司寇夜無奈妥協，垮著肩膀提醒道：「我沒有十五歲前的記憶，對我而言你是陌生人。」

「所以？」

「所以請不要親暱的對待我，我無法回應你的期待。」

「你已經回應我的期待了。」

蘭開斯的回答招來司寇夜的注目，嘴角一揚，劃出曾讓狙擊手停駐於相框前的純粹笑容：

「你在這裡。」

——不好。

司寇夜腦中彈出這兩個字，他不懂哪裡不好，但本能知道不能繼續這話題，直接改變話題道：「安德魯說你昨晚有宴會，今天才會到別墅。」

「原計畫是，不過我把宴會扔給老建，只露個臉就飛奔到你身邊。」

「老建？」

「我牛津念博士時的學弟，不過他年紀比我大，還生了一張老來放的臉。」

「名字是？」

「李建守，他是蘭皇集團的現任執行長，當然這也是我硬扔給他的。」

「為什麼選他當執行長？」

「因為他是個能痛扁大多數 Alpha 的 Beta，而且非常務實——這是缺點也是優點。」

「不是因為你想執行其他計劃，無暇繼續擔任蘭皇執行長？」

「這是原因之一，我一直都有很多計劃。」

「例如？」

「例如進行全球鬆餅店巡禮、創作沉浸式立體投影恐怖片、讓雅典娜偽裝成人類拿一座奧斯卡獎或星雲獎……」

蘭開斯話聲轉弱，單手支頭瞇起眼眸問：「你探我的底嗎？」

司寇夜頓住，原本只打算改變話題，然而蘭開斯太有問必答，導致他不自覺地拿出審俘虜的態度問下去。

「是嗎？」蘭開斯前傾上身。

司寇夜張口卻組織不出言語，停滯許久才別開頭道：「不是，只是……對你有些好奇，我失憶了，想知道你的事，就這樣。」

「那你想知道我昨晚做了什麼夢嗎？」

「不想！」

司寇夜扭頭瞪向蘭開斯，在對方臉上捕捉到明目張膽的戲弄，怒氣瞬間蓋過窘迫，忍不住拍桌直白地道：「我想知道的是正經事，例如你近期的研究項目、有無未公開的產品、資金流向和交往狀況！」

「所以你是想探我的底？」

「我住在你家裡，不知道你的底行嗎！」

司寇夜半惱火半自暴自棄地道：「不高興的話就趕我出去，只要離開這棟別墅，你的事我半個字都不會問！」

蘭開斯沒有答話，看著餐桌另一端宛若炸毛黑貓的狙擊手，沉默近半分鐘後道：「吃完早餐後，我帶你到蘭皇總部走一趟。」

「……啊？」

「吃飽後我帶你去蘭皇。我雖然不做執行長了，但還掛著研發部部長的頭銜，上至頂樓觀景臺，下至不在電梯按鈕上的祕密樓層都進得去。」

「等等……」

「然後你從今天起擔任我的貼身保鑣，這樣就皆大歡喜了！」

「歡喜個鬼啊！」

司寇夜二度拍桌，滿臉的難以置信道：「你是腦袋中彈還是頭殼裡裝水母？清楚自己在說什麼嗎！」

「清楚得不得了。你不是想知道我的研究項目、未公開品項和來往對象嗎？前兩者都能在蘭皇本部得到解答，後兩項只要擔任我的貼身保鑣，你遲早會摸透，皆大歡喜不是？」

「對我而言是，但對你來說毫無歡喜之處好嗎！兩三句話就放我這種來路不明的人接觸公司機密、負責你的人身安全，蘭皇的股東和你的父母知道會有什麼感想！」

「股東部分不用擔心，今年度的淨利足以讓他們閉嘴，而我的父母……我們感情不好。」

蘭開斯沒心沒肺地擺手，靠上椅背笑道：「而我自己，我可是非常『歡喜』喔，因為只要你當我的保鑣，就不能以工作為由拒絕陪我出門，因為你的工作就是跟緊我。」

「你單單為了有玩伴，就拉來路不明的傢伙當保鑣？」

「怎麼會！」

蘭開斯搖手指道：「你不只是我的玩伴，更不是來路不明的人，我比你更清楚你的過往，而昨晚和前夜你也用身體證明自己有能力當保鑣——你既能瞬間將高自己一個頭的 Alpha 摔出去，拔槍速度還快得嚇人。」

「僅是會打架開槍不足以擔任保鑣，保鑣更重要的是……」

「品德是吧？我知道，但你剛剛證明自己在這項上也合格了。」

「我什麼都沒做。」

「你沒做，但說了。」

蘭開斯揚起嘴角，像吃到金絲雀的貓兒般愉快地笑道：「你沒注意到嗎？你還沒同意做我的保鑣，就在為我不顧自身安危而生氣了。」

司寇夜擱在桌面上的手指猛然一顫，想要反駁卻發不出聲音。

蘭開斯是他的準暗殺目標、現調查對象，而作為殺手或間諜，目睹目標找死時竊喜都來不及了，怎麼會發飆？

然而此刻他卻真真切切被對方的胡來所激怒，想要揪起富豪的衣領要他自重自愛些。

——只是副隊長職業病，誰叫我們小隊的人老是顧玩不顧命，讓我習慣性當剎車皮。

司寇夜如此說服自己，轉開視線冷聲道：「我生氣的原因不是你不管自己的安全，是你的安排太荒唐。」

「那你接受嗎？」

「都說了荒唐怎麼……」

「你會接受。」

蘭開斯打斷司寇夜，在狙擊手開口前斂起眼瞳，慢條斯理地道：「絕對會，畢竟對你來說，沒有比這更好的安排。」

司寇夜的背脊竄起顫慄，忽然覺得坐在桌子對面的不是生於和平的年輕富豪，而是獠牙微齜的掠食者。

不過這種感受只持續不到兩秒，因為蘭開斯很快就恢復集輕浮、囂張和沒良心於一體的燦笑道：「當我的保鑣包吃包住包刷卡，能合法佩帶槍械，還能自由使用這棟別墅內所有設施，例如我幾百萬年沒進去過的書房。」

司寇夜的眼瞳猛然睜大，再連忙收起興奮道：「就算不做你的保鑣我也能進書房，我昨天就進去了。」

「我可以從今天上鎖——《為了找貓，我推開了家門》你只看到第十集吧，第十一集有大高潮喔。」

「你！」

「在這裡。」

蘭開斯愉快地應聲，轉動半滿的豆漿杯道：「糖和鞭子我都拿出來了，你的答覆呢？」

司寇夜右手收緊，沒有回答富豪。

蘭開斯的提議不管是基於任務需要，還是他個人需求都優沃得無可挑剔，可司寇夜十年傭兵生涯的教訓卻告訴他，世界沒那麼美好，天底下沒有白吃的午餐，或僅對一方有利的交易——起碼自己不會有。

——這恐怕是陷阱，或至少是試探。

司寇夜抿唇，他可沒明知前方有捕獸夾，還一腳踏上去的興趣，但若是錯過這個機會，自己還有手段調查蘭開斯和傀儡國王的關係嗎？

如果司寇夜是專業調查員，可能有，然而他只是個專業狙擊手。

「……我願意當你的保鑣。」

司寇夜放棄掙扎，嚴肅認真地道：「但我不是專業人士，你要是死了可別怨。」

「這你不用擔心，你只要活著，我就心滿意足了。」蘭開斯微笑，天藍色的眼瞳中鑲著司寇夜，眼神燙熱中帶著一絲狂氣。

這眼神讓司寇夜倏然感到燥熱，下意識想改變氣氛，身體就用最直白的方式替主人達成願望——他的肚子響亮地咕嚕了一聲。

「……」

「……」

「雅典娜，剛剛那是幾分貝？」

「經計算是……」

「別問也別計算這種無聊的東西！」

司寇夜憑藉殺意溢滿的咆嘯，成功嚇阻世上最聰明的頭腦與最高級的人工智慧探測他胃部發出的響度，並且從七矮人中的烹飪機手中獲得一個夾有蔬菜、燒肉、蔥花蛋、起司……厚度和重

量都異於常餅的燒餅。

花上半小時吞下加料版燒餅後，司寇夜與蘭開斯坐上保時捷，前往位於市中心的蘭皇集團總部。占地超過百頃的蘭皇總部由一棟百層高的總部大樓，和數十群高高低低、功能形貌各異的建築群組成，從清潔、保安到運輸全交由機器人負責，是比科幻片片廠還科幻的地方。

蘭開斯的目的地是總部最深處的第一研發中心，他將保時捷停在中心大門口，解開安全帶道：「這裡頭是直屬於我的研發團隊，成員都是我親自挑選，全是稀世的瘋狂科學家。」

「……你是認真的還是開玩笑？」

「說笑的。」

蘭開斯推開車門，踏上人行道同時向司寇夜眨了眨單眼道：「這個國家中唯一的瘋狂科學家只有我——這句是認真的。」

「我太吃驚了。」

司寇夜以毫無生氣的聲音回應，下車跟在蘭開斯身後進入中心。

兩人穿過扇形大廳，司寇夜下意識注意來往男女，隱約覺得周圍有些怪異，還來不及細想就被蘭開斯拉進電梯中。

「我上次來『第一』已經是兩個月前了。」

蘭開斯按下樓層鍵，偏頭思索道：「當時我交代了什麼……好像是把午餐時隨手塗的新版遠端工人機連線程式扔給蘇菲？」

「蘇菲是？」

「『第一』的主任，是遜你的美人。」

「『遜你的美人』是哪門子的失禮介紹啊！死小孩部長。」

第三者的聲音忽然插入，一名捲髮女性雙手扠腰站在打開的電梯門外，面無表情地盯著蘭開斯道：「現在才出現，八成忘了自己上上個月離開中心前，交代我一個月內給測試結果吧？」

「不是八成，是十成。」

蘭開斯毫無愧疚地糾正，跨出電梯搭上蘇菲的肩膀道：「小夜，這位就是蘇菲，比我差一點點的瘋狂科學家；蘇菲，這是我的貼身保鑣司寇夜，從個性到長相都是大可愛。」

「並不是。」司寇夜沉聲道。

蘭開斯沒理會司寇夜的抗議，繼續對蘇菲道：「我帶小夜來看蘭皇的機密，老建知道肯定不會放行，所以別通知他。」

「我才沒那個時間給他發訊息，但樓下櫃檯就不一定了。」蘇菲聳肩，話剛說完遠方就響起警鈴聲。

「怎麼了？」司寇夜問，把手放到槍柄上。

「事故警鈴響了。」

蘭開斯臉上的嬉笑之色於眨眼間消散，快步走向亮紅燈的研究室問：「蘇菲，那間是負責什麼的？」

「我想想……三之二，是做遠端工人機傳輸效率優化的，他們想以你給的程式碼為基礎，更進一步提高訊號送達率。」

蘇菲跟在蘭開斯身旁，替對方推開玻璃門。

研究室內分成兩個區塊，前方區塊有三臺蛋型機器人，機器人旁是一張躺椅，椅子上坐著一名戴頭盔的男性，他雙眼緊閉呼吸急促，臉上還爬著冷汗。

後方區塊則排列數臺電腦與儀器，研究員在電腦前大呼小叫，每個人臉上都寫著驚恐。

蘭開斯沒向眾人打招呼，甚至沒開口問情況如何，直接走到電腦前，將研究員推開後，看著螢幕上複雜的代碼與數值，飛快地敲起鍵盤。

而在敲鍵聲響起的瞬間，研究室內的聲音消失了，研究員先為蘭開斯現身感到驚訝，再迫不及待地擠到對方身後盯著螢幕看。

司寇夜在門口目睹這一切，正滿腦子問號時，蘇菲開口了。

「我們家部長是任性胡來的死小孩，但也是貨真價實的天才。」

蘇菲遠望電腦道：「只要他出手，再嚴重的錯誤也能修正，而且還是用我們這些凡人辦不到的巧妙手法，真是氣死人了。」

「所以事故排除了？」司寇夜問。

「正在排除。部長一時半刻還不會回來，你要去休息室等他，還是待在這裡？」

「我待在這裡。」

司寇夜的視線來到蛋形機器人身上問：「你剛剛說，這裡是做遠端工人機傳輸效率優化的研究，那些雞蛋就是遠端工人機？」

「沒錯，造型很療癒吧。」

蘇菲露出笑容道：「那些孩子的處理系統比七矮人系列簡單很多，不具備判斷力和簡易人格，但它們搭載腦波收饋系統，能忠實執行人類大腦的命令，將所見所聞傳達給操控者。」

「這是針對癱瘓或行動不便者的商品嗎？」

「一部份是，但部長的初衷是增加 Omega 的職場競爭力。」

「這和 Omega 有什麼關係？」

「Omega 天生柔弱，對信息素的抵抗性是三性最低，如果由工人機代勞，本人在家中遠距離操控，這兩項短處就消除了。」

「但雇用成本會上升吧，機器人可不便宜。」

「工人機的造價比七矮人低，然後這孩子還有個殺手鐧——操作者在經過訓練後，可以一人控制數臺工人機，等於一個人打二三份工。」

「那成本就分……」

司寇夜頓住，想起過去一年間讓純淨屢屢吃敗仗的傀儡國王與子機，那不就是蘇菲口中的工人機和操作者嗎？

他的神經瞬間緊繃，看著蘭開斯的背影問：「蘇菲小姐，工人機什麼工作都能做嗎？」

「這不好說，要看機體設計、使用者大腦的資訊處理能力、相聯工人機的數量和輔助程式，但基本上相連機數越多，能執行的工作越簡單。」

「單人控制二十到二十五臺工人機，獵殺同數量的職業傭兵，以蘭皇的技術能辦到嗎？」

「你問了和國防部長與某個混帳董事類似的問題呢。」

蘇菲苦笑，搖搖頭道：「我個人評估是無法，雖然目前工人機的最高連線數是單人四十七臺，但一百多個測試員中就一個能辦到，且即使辦到了，也只能做簡單的搬運作業。降低到二十或二十五臺後是能做比較複雜的工作，但也不過是交通指揮、發送傳單、清掃街道等級，和獵殺職業傭兵差得遠。」

「如果換成七矮人系統呢？倘若是七矮人系統加上雅典娜輔助，就可以辦到吧？」

「辦不到，除非你想讓人類滅亡。」

「為什麼人類會滅亡？」

「因為《智慧達爾文論》，這個理論主張優勝劣汰不僅限於肉體，也涉及智力，例如人類的肉體能力遜於老虎獅子，但智能高於前者，所以成為地球上的霸主。」

蘇菲將手比向工人機道：「根據此理論，倘若人工智慧的智力發展到優於人類，它們就會像人類排除老虎獅子一樣，排除人類這個威脅，畢竟沒有哪個聰明的存在喜歡被人當奴隸使喚。」

「這理論有問題，現今已經有不少比人聰明的人工智慧，但人類並沒有滅亡。」

「這是《識人不識殺人法則》的功勞。」

蘇菲靠在玻璃門框上道：「『人工智慧應能辨識何為人類，但不知殺人是何舉』此法則以代碼的形式，刻在現今所有人工智慧的核心程式中，倘若違反會立刻觸發自毀程序。所以回到你一開始的問題，七矮人和雅典娜都是人工智慧，你若想驅使它們去殺人，它們在理解『殺人』這概念的瞬間，就會自動崩壞。」

「那就移除不識殺人法則的代碼……」

「那它們可能會連你一起殺，或動手殺會危害你的人——如果你很受七矮人們喜愛。」

蘇菲偏頭朝蘭開斯的方向點了點道：「附帶一提，提出《識人不識殺人法則》並化為代碼，無償授權全世界使用的是那個死小孩部長，而這代碼除了防止人工智慧殺人，還讓學習能力飛躍式成長，把它抽掉會瞬間讓人工智慧變成人工智障。」

——傀儡國王本人和子機都不是智障，而是老練的戰士。

司寇夜拉平嘴角，看見蘭開斯起身走向自己。

「呼，好久沒碰到這麼精彩的爛攤子了。」

蘭開斯誇張地轉動肩膀，向司寇夜笑道：「讓你久等啦，我們去看蘭皇的機密……」

「不准讓外人接觸機密項目！」

凶惡的吼聲截斷蘭開斯的話，一名男性急急走到研究室前，怒視對方道：「我不是告訴過你，到別墅後要馬上通知我嗎！」

「是有，但我不想。」

「蘭——開——斯！」

「李建守。」

蘭開斯平靜地吐出男性的名字，指著對方的鼻子轉向司寇夜道：「小夜，我學弟李建守，這凶暴的樣子怎麼看都是 **Alpha** 不是 **Beta** 吧。」

——的確。

司寇夜很想如此回答，可又覺得太失禮，只能不言不動不置可否。

好在蘭開斯也沒想要狙擊手回應，很快就把視線放回李建守身上問：「話說回來，你怎麼會在這裡？這時間點你不是應該在T國消化昨晚晚宴的酒精嗎？」

「因為某人忘記跟我報平安，讓我搭紅眼班機趕回國，然後一下飛機就接到通知，說這人來總部了。」

李建守狠瞪蘭開斯一眼，再將雙眼轉向司寇夜，將狙擊手從頭到腳掃過一輪後，臉上浮起濃重的憂慮。

這讓司寇夜感到困惑，但在他發問前，李建守收起情緒，伸手道：「你好，我是蘭皇集團執行長李建守。」

司寇夜握住手道：「司寇夜，我是……」

「我可愛的貼身保鑣！」蘭開斯攬住司寇夜的肩膀。

司寇夜嚇一跳，遲一兩秒才推開蘭開斯糾正：「我是保鑣，但並不可愛。」

「明明就很可愛。」蘭開斯不滿地反糾正。

「一點也不可愛。」

「非常可愛。」

「非常不可愛。」

「超級可……」

「咳、咳！」

李建守打斷愚蠢的爭執，向司寇夜嚴肅地道：「抱歉，本樓層有蘭皇的未公開產品，可以請你移駕他處嗎？」

「我……」

「不用移！」

蘭開斯打斷司寇夜，目光轉沉嚴肅道：「蘭皇集團的東西就是我的東西，我的東西要給誰看是我的自由。」

「股東會可不會同意——」

李建守拉長語尾，若有所思片刻後道：「算了，說了你也不會聽，你要讓外人碰未公開產品可以，但只能碰一項，且由我決定是哪項。」

「可是你的品味很糟。」蘭開斯別開臉。

「推我當執行長的人品味更糟好嗎！要就要，不要就滾！」

「唔……看在你快中風的份上，我勉強同意。」

蘭開斯靠近司寇夜的耳朵，用在場四個人都聽得到的音量道：「別失望，改天我再帶你來看其他項目。」

李建守額上冒出青筋，但作為一名成熟的大人，他果斷壓制情緒，轉過頭道：「蘇菲主任，沉浸式坐歇裝置目前有人使用嗎？」

「沒有，那孩子上午剛結束軟體更新，測試員下午才會到。」

「那讓人準備一下，我要招待開斯的客人使用。」

「沒問題。」蘇菲拿出平板輕敲數下傳達指令。

司寇夜抬頭對蘭開斯低聲問：「沉浸式坐歇裝置是什麼？」

「肥宅快樂椅的官方名。」

蘭開斯碰碰司寇夜的太陽穴道：「採用和遠端工人機相同的腦波收饋系統，搭配虛擬實境讓你坐在家中，殺上星際。」

「我們沒有星際背景的測試檔。」

李建守冷著臉指正，轉身招招手要兩人跟上。

三人離開工人機所在的研究室，沿著玻璃長廊往樓面深處走去。

行進間，司寇夜和數名研究員擦肩而過，怪異感再次生起，使他大動作掃視左右。

李建守透過眼角餘光捕捉到司寇夜的舉動，側頭問：「在看什麼？」

「沒……不，總覺得哪裡不對勁。」

司寇夜轉頭眉間的皺紋加深：「這裡的人你們都認識嗎？有沒有陌生人？」

「這裡進出需要指紋，還安裝人臉辨識系統，外人混不……」

「是戴護頸的人比外頭多吧。」

蘭開斯插話，欣慰地點頭道：「不愧是我的小夜鶯，居然能察覺到百分之七和百分之十二的細微變化。」

「什麼意思？」司寇夜問。

「戴護頸的人——也就是Omega——占全體人數的百分之二十，」李建守道：「可只有一半的Omega會進入職場工作，且其中三成會偽裝成Beta。換而言之，普通人日常生活中見到Omega的比率是百分之七左右，但蘭皇的員工中Omega比率是百分之十二。」

「這高出平均數太多了吧？」

「當然，因為我改了蘭皇的面試表格。」

蘭開斯舉手道：「舊表格中需要填第二性別，而我把這欄踢掉了，任何人只要學經歷符合標準就能進入第二輪，第二輪同分時才根據性別依Omega、Beta、Alpha順序錄取。」

李建守指蘭開斯道：「然後這傢伙還強制公司內所有Alpha要配戴能監控信息素濃度的電子錶，導致敝公司長期位列『對Alpha不友善組織』和『激進Omega權企業』前十名。」

蘭開斯嘟嘴道：「Alpha有易感期，且就算不在易感期，也能釋放催情素導致周圍Omega發情，各方面來說都比Omega需要監視吧。」

司寇夜忽然想起遠端工人機的設計初衷——提升Omega的職場競爭力，帶著一絲意外與敬佩道：「你很熱衷於改善弱勢者的處境呢。」

「是啊，因為你是Omega。」

「和我有什麼關係？」

「因為你……」

蘭開斯忽然停下嘴，藍眸閃過濃重的暗影，驟然挪開視線問：「老建，肥宅快樂椅的研究室還沒到嗎？」

「到了，就是前面那間。你們可以在外面聊完再……」

「我迫不及待要進去了。」

蘭開斯扣住司寇夜的手臂，拉著狙擊手三步快速進入研究室。

研究室中央是一張酷似按摩椅的躺椅，幾條電纜從椅側牽至電腦主機，兩名研究員負手站在主機邊，顯然已完成準備工作。

蘭開斯將司寇夜推上椅子，拍拍厚且軟的椅墊笑道：「這是百年大廠的作品，當初我挑墊子的時間，比開發腦波收饋系統還長。」

雲朵般的躺椅十分舒適，但司寇夜的注意力絲毫沒被椅子引走，沉聲提醒：「你剛剛的話還沒說完。」

「有嗎？我不記得了。」

「你！」

「哎呀別起來，躺回去、躺回去。」

蘭開斯將司寇夜的肩膀壓回椅子上，從研究員手中接過頭盔，在狙擊手二度爬起時戴到對方頭上，朝電腦主機旁的李建守喊道：「老建，挑好招待客人的場景了嗎？要選兼具娛樂、放鬆和展現本公司技術力的喔。」

「選好了。倒數三、二、一！」

當李建守喊到「一」時，司寇夜忽然感到強烈的暈眩，下意識閉上眼睛，再次睜眼時面前已不是研究室，而是一張擺有兩份餐具、半份三明治、三分之一盤楓糖鬆餅的方桌。

同時，他清楚聽見火車前進的嗆啷聲，轉頭一瞧看見火車車窗。

「這裡是……臥鋪列車的餐車節嗎？」

司寇夜摸著車窗站起來，覺得胸口一陣濕潤，低頭才發現自己被潑了一身柳橙汁。

——這是哪門子招待！

司寇夜暗罵，抓起桌上的紙巾擦拭胸口，再環顧自己所在的車廂。

車廂中有八張桌子，其中五張坐著幾組家庭或情侶，他們笑盈盈地交談進食，沒有一人將目光轉向司寇夜。

司寇夜走出座位，在一名男性面前揮了揮手，沒有反應；大膽伸手推人，人倒了又坐直。

「無視我……不對，這裡是虛擬實境，所以是沒設定互動？還是我沒找到正確的方式？」

他喃喃自語，將手伸向男性面前的可頌，還沒碰到麵包，後方就傳來一連串槍響。

槍響彷彿啟動場景的按鈕，前一刻還算寧靜的列車馬上被尖叫與哀號占據，乘客們拉開車門，不顧一切地向前奔跑。

司寇夜側身坐上空桌旁躲開奔逃者，正猶豫要跟上還是靜觀其變時，忽然竄起雞皮疙瘩。

雞皮疙瘩後是要將心臟碾碎的恐慌，他扶在桌面上的手細細打顫，清楚感受到恐懼，卻一點也不明白自己在怕什麼。

害怕奔逃的列車乘客？普通人一點也不可怕。

被槍聲嚇到？自己從手槍到機槍聲音都聽到膩了。

一名婦女在奔逃時跌到司寇夜坐過的位子上，狙擊手的目光被動靜吸過去，看著婦女身下的兩把餐刀，腦中倏然冒出一句話。

——另一人上哪兒了？

司寇夜的身體瞬間緊繃，盯著兩份早餐與餐具，意識到自己有同桌者。

——那個最最不可失去的人，不見了。

惶恐以拔山倒樹之勢輾上司寇夜的神經，他掉頭離開安全的桌邊，和周圍人一起往前跑。

「爸爸！媽媽！嗚嗚嗚……」

「愛麗、愛麗絲！」

「別踩啊！有人、有人跌倒啊！」

「哇啊啊啊啊——」

司寇夜在人群中泅泳，拉長脖子掃視每一個人的臉，看到老人、孩童、貴婦人、西裝紳士和列車服務員，每張都掛著懼怕，每張讓他陌生。

槍聲在狙擊手尋找時一步步逼近，每發子彈都像打在他胸口，將掐心的恐慌升高一級。

——得快點找到人，在※※之前，一定要找到※※！

司寇夜腦內迴盪有雜訊的催促，用力推開擋路的人，大口吸氣想透過氣味找到那人，卻在吸入帶有焦嗆味的空氣時，驚覺自己不知道要尋找哪種氣息。

同時，他也發現自己想不起那人的名字。

司寇夜呆站在原地，一股隱形的力量突然將他往後撞，爆炸聲夾帶金屬碎片襲來。

黑暗降臨，而他還沒找到最最重要之人。

司寇夜睜開眼睛，看見蘭開斯在上方望著自己，扣住對方的肩膀急促道：「不見了！那個……我沒有找到……人不見了！」

「我知道。看著我，深呼吸，冷靜下來。」

「讓我回去！那個人在那裡！那裡很危險……危險要來了！」

「部長，鎮靜劑來了！」

「給我。唔！小夜你別亂動！」

「我沒找到他，沒找到他……沒找到他就、就……」

「小夜，沒事……」

「不要啊啊啊啊！」

司寇夜揪著面頰哭喊，被巨大的悲痛壓得喘不過氣，看不清眼前的景物，更無法識別耳邊的對話。

明明是不可替代的人，無論如何都要保護的對象，但他卻弄丟了，在充斥子彈、炸藥和失控人群的列車上，將人搞丟了。

——我沒有道歉，也沒有道別。

司寇夜聽見某個聲音如此低語，感覺身體以心臟為中心一寸一寸凍結，直到太陽的氣味闖入鼻腔。

他先是一呆再熱淚盈眶，循著氣息伸出手臂，抱住失而復得的太陽，將頭靠在對方的肩窩，大口大口吞嚥帶有暖意的香氣。

而隨另一人的氣息充斥胸膛，司寇夜眼前的景物也漸漸恢復清晰，他看見粉青色的牆壁、兩個懶骨頭沙發、毛絨絨的兔型厚地毯，以及半裸的胸膛。

他的腦袋空白一秒，倒抽一口氣將眼前人推開。

「哇啊！」

蘭開斯撞上扶手，望著瞬間後退到沙發另一端的司寇夜，按著腰苦笑道：「看這反應，是清醒了吧？」

「清醒什……啊。」

司寇夜環顧沒有電腦也不見研究員的粉色空間，皺眉問：「這是哪裡？」

「讓研究員休息，處理腦袋卡頓問題的耍廢室。」

蘭開斯抓了個靠墊塞到腰後，「老建那手腦不協調的傢伙開錯場景檔案，讓你陷進情緒牢籠中，激動到打壞兩支鎮定劑注射器，我只好把你扛過來釋放信息素安撫。」

「你直接把我打暈不就得了。」

「才不要，你又不是我，皮厚血多。」

蘭開斯對房間角落的飲料機器人招招手，後者馬上來到他面前，打開肚子送上熱可可，他將飲料遞給司寇夜道：「喝一些，會比較舒服。」

司寇夜接下熱可可喝了兩口，思緒飄回混亂的列車上，十指一緊低聲道：「那是什麼？完全不像虛擬場景，真實得可怕。」

「因為它就是真的，那是擷取真人記憶為藍本的場景。」

「誰的記憶？」

「……」

「誰的？」司寇夜催促。

蘭開斯張嘴又閉嘴，重複幾次後舉起雙手暴躁道：「算了算了不掙扎了！待會再去揍老建！是我的，整段都是我的記憶啦！」

「你的記憶？」

司寇夜微微抬起眼睫，難以置信地問：「誰敢拿柳橙汁潑你？」

「坐在我九點鐘方向這位。」

「九點方向是……呃。」

司寇夜地目光落在自己身上，臉上的錯愕加深：「你的男僕拿柳橙汁潑你？」

「這已經算比較溫和的攻擊了，而且是我活該。」

蘭開斯停頓兩秒，抬頭看向天花板道：「我在牛津拿到碩士後沒有繼續讀博士，而是拉著你、你的父母環遊世界，而我們的世界之旅的倒數第三站是萊茵河觀光列車。」

司寇夜忽然想起祿猛拿出真司寇夜照片時做的介紹——蘭開斯的貼身男僕十年前搭火車經過萊茵河時碰到恐怖分子劫車，捲入爆炸後失蹤。

蘭開斯對著天花板繼續道：「那天我難得沒睡過頭，和你一起去餐車吃早餐，我注意到你表情不大好，問了後才知道你的二次性別檢測結果出來了，你的性別預測從 Beta 變成 Omega，而我興高采烈地說了一堆混帳話，把你氣到拿果汁潑我。」

「你說了什麼？」

「……」

「開斯？」

「我不想重複。」

蘭開斯的聲音低沉且脆弱，不過他馬上深呼吸恢復平靜，用不帶感情的口氣繼續道：「你對我大吼：『你一點也不懂成為 Omega 代表什麼』後跑走了，而我愚蠢到恐怖分子開始大殺四方才去找你。」

「然後沒有找到？」

「有，但就結果而言，沒找到可能比較好。」

蘭開斯再次吸氣，垂下眼注視地毯道：「當我找到你時，列車正在過橋，恐怖分子事前在橋上安裝炸藥，將橋和車廂一起炸斷，而你在爆炸發生時推了我一把，讓我避開車廂斷裂處，自己卻因為反作用力掉出去。」

「……」

「我抓住你，可是我的手臂插著碎片，沒辦法把你拉上來，而你怕我的手廢掉，主動放手掉進河中。」

蘭開斯十指緊握，沉默片刻後突然連挪三步，將司寇夜拉進懷中。

司寇夜差點把熱可可灑到地毯上，他不怎麼喜歡和人肢體接觸，況且蘭開斯還扣得太緊，可是狙擊手卻沒有掙脫的念頭。

為什麼？司寇夜不清楚，大概是場景中殘留的情緒使然，或是富豪手臂的細顫導致。

這讓司寇夜清楚認知到，蘭開斯和過去任務中嘴上至死不渝，一看到槍口就把小情人推出去擋槍的有錢人不一樣，是真的思念、重視並喜愛著自己的僕人。

這他的胸口既有暖意，又有股說不出的空虛。

「你先前說我話講一半，你沒說錯。」

蘭開斯將頭埋在司寇夜肩上道：「沒說完的那半是『因為你說我不懂成為 Omega 代表什麼』。我會研究 Omega 的處境、試圖幫他們克服天生短版，是因為你失蹤前吼了我這句話。」

「你因為僕人的一句氣話，跑去研究 Omega？」

「不只是僕人，還是家人和知己。」

蘭開斯鬆開手臂，靠上椅背手放胸口笑道：「你大概很難想像，但我曾經是溫文儒雅、彬彬有禮、人見人愛的乖孩子喔。」

「……騙人。」

「是真的，我在十五歲前都是披著人皮過活，理由是我對自己是怪物這點非常有自覺，與其暴露真實的自我被排斥，不如假裝成人類輕鬆。」

蘭開斯偏頭瞄向司寇夜道：「但是你識破了我的偽裝，還拿你最愛的星際冒險小說中的怪物舉例，告訴我就算是怪物也會有人喜歡，要我勇敢做自己。」

——但那不是我。

司寇夜腦中冒出這句話，胸口莫名悶脹，板起臉道：「你做過頭了，請收斂一點。」

「辦不到，我已經放縱十五年，收不回來了。」

蘭開斯大笑，再收起囂張地笑意道：「在認真了解 Omega 前，我以為我和 Omega 差別只是他們的體力比我差、他們能生我不能生，以及發情期要吃藥。」

「你的認知沒錯。」

「沒錯，只是膚淺。」

蘭開斯伸出食指在半空中寫字：「Omega 和 Alpha、Beta 的最大差別不是肉體規格，是社會期待。對 Alpha 和 Beta 而言，在外工作或在家帶孩子是選項，但對 Omega 而言，他們能選的只有替誰帶孩子。」

蘭開斯嘆口氣道：「如果有 Omega 硬是出來工作，明面上老闆不能拒絕他遞履歷，但八成都會默默把人刷掉，即使幸運找到工作，諸如『Omega 能工作多久？還是快點找個可靠的 Alpha 嫁了吧』、『八成是來找長期飯票的』、『不嫁人一定是身體有問題』各種缺德發言會從入職陪伴到辭職。」

「這麼過分？」

「就是這麼過分。」

蘭開斯攤平雙手，放下手道：「如果是以成家養兒為夢想的Omega，大概能活得很愉快，可是你在知道自己會分化成Omega時，臉上半點喜悅都沒有，所以我想，你對當家庭主夫應該沒多少興趣。」

「……」

「我並不關心Omega，我只關心你。」

蘭開斯轉過頭注視司寇夜，天藍色的眼瞳專注而瘋狂：「因為你希望有結婚相夫教子以外的選擇，所以我要將世界變成接受Omega不結婚的樣子。」

司寇夜垂在沙發上的手指微顫，胸口一陣燙熱又一陣苦澀，陌生的情緒燒烤得他全身僵硬，迅速低頭躲開注目道：「為了失蹤十年生死不明的男僕的一句話，改變整個集團的經營方針，你也太荒唐了。」

「這可是你的錯，誰叫你當年要我放心做自己。」

蘭開斯戳戳司寇夜的胸口，起身伸展雙手道：「我去揍老建。你在這邊休息，有什麼需要就對機器人說。」

「我不需要休……」

「在這裡休息。」

蘭開斯重複，握著門把故作煩惱地道：「就算我俊美得讓人愛不釋手，你也得給我一些個人空間，我們的來往才能長久。」

司寇夜臉上暴起青筋，抓起抱枕往門口扔，砸上蘭開斯急急闔上的門板。

司寇夜瞪著落到地上的抱枕片刻，起身將抱枕拿回來，長吐一口氣後仰躺在沙發椅上。

距離自己出院搬進蘭開斯的別墅不過兩天，生氣、困窘、恐懼、羞赧、不知所措的次數卻足足有兩年份，這是好事還是壞事，他不知道。

當司寇夜攤平在沙發上嘆氣時，蘭開斯剛踏進沉浸式坐歇裝置所在的研究室。

研究室內不見研究員，只有李建守一人，他站在電腦螢幕前，聽見開門聲轉過身，還沒開口肚子就被蘭開斯賞一拳，痛得跪上地板。

蘭開斯收回拳頭，面無表情地俯瞰李建守，冰冷說道：「給你十秒鐘，說出讓我不揍你第二拳的理由。」

「必……要確認……」

「什麼？我聽不清楚。」

「我必須……確認他的身分。」

李建守抖著嘴唇勉強吐出話，抬頭堅定、毫無退縮地仰望蘭開斯道：「你不能把一個來路不明的人……放在家裡。」

「小夜沒有來路不明，他的個人資料早就躺在你的辦公桌上。」

「你確定那是他的？」

李建守扶著電腦桌站起來道：「別跟我說『不信的話派人去查』，那份資料完備得不正常，不用查就知道找不出問題。」

「找不出問題還堅信對方有問題，你從務實主義者變成麥卡錫主義者了嗎？」

「我是怕你不明不白死在自家床上！」

李建守怒吼，摸著腹部道：「那份資料中沒有親子鑑定報告，我本以為是漏了，結果問了雅典娜才知道你壓根沒做！」

「小夜的父母一個死亡一個阿茲海默症經不起刺激，在一切結束前，我不想打擾老人家。」

「抽一管血既不算刺激也稱不上打擾。」

李建守靠上電腦桌道：「總之，我讓他進入你的記憶場景的理由很簡單，我要確認他是不是司寇夜本人。如果他是，情緒波動會高於其他進入者；如果不是，波動會趨於平均值，這夠說服你收起第二拳嗎？」

「不能。」

「你這……」

「但看在我倆的交情上，我勉強被你說服。」蘭開斯前傾上身，近兩百公分高的身軀拉出陰影，籠罩李建守道：「不過沒有第二次，明白嗎？」

李建守沒有應聲，在陰影中抿直嘴唇，遲疑片刻還是開口低聲道：「學長，十年不長，可也不短。」

「所以？」

「時間能改變一切，休息室裡那位就算是你要找的人，恐怕也不是你認識的人。」李建守嚴肅道。

蘭開斯稍稍抬起眼睫，接著噗哧一聲大笑起來。

李建守呆滯兩秒，接著迅速揪起蘭開斯的衣領罵道：「我沒在跟你開玩笑！」

「我知……噗哈哈，我知道，只是……呵呵呵，想到一些事……哈！」

蘭開斯深呼吸數次才停下笑道：「小夜的確變了很多，他能在半秒鐘內拔槍上膛、將比自己高一個頭的人過肩摔。」

「……別告訴我，那個比他高一個頭的人是你。」

「正是我！」

「你是白癡啊！」

李建守咆嘯，一手抓頭一手掏手機暴躁地道：「這不擺明是刺客嗎！我另外找個地方讓他搬過去，再安排幾個人在附近監視，移人的理由就……」

「不要。」

「說你家爆炸……你說什麼？」

「不要。」蘭開斯微笑重複，輕柔而認真地道：「我不會讓任何人帶走小夜，誰敢這麼做，我就宰了誰。」

李建守拉平嘴角，靜默幾秒後放下手機，「你就這麼確定對方是你的僕人，而不是殺手？」

「沒錯，他就是我的小夜鶯，我的記憶、直覺乃至靈魂都是這麼告訴我。至於他是不是來殺我的……」

蘭開斯拉長尾音，直起腰桿拍拍李建守道：「我如果死了，蘭皇和雅典娜就交給你。」

「別死啊白癡！」

「哈哈哈，我會小心。」

「你最好是會。我姑且確認一下，你沒中美人計吧？」

「這和美人計有什麼關係？」

「因為那個人……如果說你那張臉是夏季正午的烈陽，光彩奪目到讓人睜不開眼，那人就是籠罩薄雲的月牙，朦朧、清冷中透著一絲艷麗。看照片時感受還沒這麼明顯，見到本人……你怎麼笑得這麼噁心？」李建守頓住。

蘭開斯憋著笑揮揮手道：「沒事沒事，你繼續，我最喜歡聽別人誇我家孩子。」

「誰跟你在誇人，我是在警告！那傢伙的長相氣質都是你喜歡的類型！」

「……啊？」

「啊個鬼啊！你讀博時就特愛撩撥高冷認真型的人，還搞出情感糾紛把我都捲進去，忘記了嗎！」李建守崩潰怒吼。

「忘了。」

「你……」

「我喜歡小夜，但不是情人的喜歡，是家人的。」

蘭開斯截斷李建守的咆嘯，聳肩笑道：「我可是在他八歲還會怕打雷時就認識他，對我而言他就是個可愛的小弟弟，誰會被自己的弟弟媚惑？」

「正常是不會，但你們沒有血緣關係，當年分開時他甚至還沒分化，八歲、十五歲的司寇夜在你眼中是小弟弟，但二十五歲且分化成 Omega 的呢？」

「嗯……我會負起考驗他追求者的責任！」

這話讓李建守青筋暴露，然而在開口前手機先一步震動，他看了一眼螢幕強按下火氣道：「我還有工作，沒空陪你耍嘴皮子了。自己注意安全，別把命給玩沒了。」

「好的，老建媽媽。」

「媽你個鬼！」

李建守抬腳踹蘭開斯，被避開後只能以眼神狠戳對方一下，掉頭快步離開研究室。

蘭開斯目送李建守離去，視線落到前方的螢幕上，看著停格在列車炸裂當秒的畫面，拉起嘴角劃出尖銳、宛若惡龍獠牙的笑容。

「放心，老建。」

他對不在此處的學弟低語，抬起手碰觸螢幕，「在把這群人送進地獄前，我絕對不會死。」

第四章

不管你是四歲還是二十四歲，我都願意承擔你的重量

「黑咖啡。」

「好的，那除了黑咖啡……」

「不需要。」

「我還沒說完啊！要不要來一份本……」

「不需要。」

「讓我說完啊！」

「我知道你要說什麼。」

司寇夜平靜地回答，坐在椅子上仰望祿陽道：「你想慫恿我加點甜甜圈套餐，我不需要，我只要一杯黑咖啡。」

祿陽淚眼汪汪地和司寇夜對視，認知到戰友不會動搖後，抓起點菜單掉頭奔向櫃臺，留下「阿夜你這個冷酷無情、沒有CP值可言的客人」的吶喊。

「客人要什麼CP值啊……」

司寇夜喃喃自語，偏過頭將目光投向透明圍牆，注視剛甦醒的城市。

此處是R國首都最高樓的頂樓美食廣場，司寇夜起了個大早站在大樓外等保全開門，門一開就進電梯直衝廣場右側的甜甜圈店，指名要巷口便利商店就有賣的黑咖啡。

無論就時間、體力還是金錢考量，這都不理智，但對司寇夜而言這再理智不過了，因為他不是來吃早餐，是來找祿陽交付情報。

「……客人，這是你要的黑咖啡。」

祿陽將馬克杯放到司寇夜面前，再放下一個信封道：「還有你上次說要託我找的『卡片』。」

「謝謝。這是『酬勞』。」

司寇夜接下信封，再從後背包中掏出另一個信封交給對方。

兩個信封中都夾有晶片，差別是祿陽給的晶片是空晶片，司寇夜交出的則存有他的日記——蘭開斯的貼身觀察紀錄。

司寇夜將空晶片收起，眼角餘光發現祿陽仍杵在原地，沉默幾秒後垂肩道：「好了別看了，我買套餐，但你得負責吃掉。」

「沒問題！阿夜你人最好了！」

祿陽張開手臂要抱司寇夜，但在碰觸狙擊手前就被對方伸手推開，他爽快地放棄擁抱，回到櫃臺點單，片刻後就端著滿滿一盤七彩繽紛的甜甜圈和奶昔回來。

「你要現在吃？」

「當然，晚了客人上來就沒時間吃。」

祿陽拿起糖霜甜甜圈咬一大口，滿足地嘆氣道：「美好的一天就該從糖份開始啊！」

「小心肥死。」

「才不會，Alpha 的熱量消耗可是很驚人的。」

祿陽吞下甜甜圈，前傾上身興致勃勃地問：「說到 Alpha，你那邊那隻 Alpha 怎麼樣？」

「我那隻 Alpha……你說蘭開斯？」

司寇夜瞧見祿陽雙眼亮起，知道自己猜對了，蹙眉道：「他的事你去看紀錄不就知道了。」

「看紀錄得向情報部交申請書，太慢了直接問你比較快。你和他同居一個禮拜了，肯定有很多發現吧？快說，我想知道有錢人的八卦！」

「甜甜圈店老闆是花錢雇你來聽八卦的嗎？」

司寇夜瞪祿陽一眼，攪拌咖啡回想道：「他本人比照片孩子氣一些，但五官更漂亮；體格很

不錯，肌肉量和你差不多，運動能力也不弱，以機器人為對手打網球，十場中能贏八到九場；很聰明，就是腦袋有洞。」

「腦袋有洞？」

「他很擅長……怎麼說？講好聽是另闢蹊徑，難聽就是搞錯重點。」

司寇夜啜飲熱咖啡，神色疲倦地道：「上週六他拉我去排網紅鬆餅店的限量雙人套餐，店外人很多，其中三分之二的人盯著他，三分之一盯著我，我很不習慣，結果你知道他做了什麼讓這群人轉開眼嗎？」

「釋放威迫素？」

「錯。」

司寇夜手按太陽穴道：「他到對面的寵物店買一個附牽繩的鉚釘狗項圈，把項圈套在自己脖子上，牽繩硬塞到我手中。接下來一小時的排隊時光中，周圍所有人都覺得我和他是變態，不敢和我們對上眼。」

祿陽雙眼睜大，呆滯五六秒才擠出聲音道：「這腦袋有洞。」

「砂鍋大的洞。」

「這樣做不會上新聞嗎？蘭開斯就算不是蘭皇的執行長，也是百年蘭家的繼承人，出門肯定自帶狗仔。」

「雅典娜處理掉了，她黑進方圓一公里內所有攝影鏡頭，刪除所有影片照片。」

司寇夜停頓片刻低聲道：「蘭開斯自己有留檔，還拼出一具完成度頗高的立體建模。」

「……我可以看看嗎？」

「想都別想。」

「小氣……」

祿陽靠上椅背，失落幾秒再亮起眼瞳問：「對了，我聽說蘭開斯的信息素濃度高到可以把Beta當Omega壓制，甚至使Alpha變成Omega，且抵抗性高到即使有十個發情的Omega圍著他跳康康舞，他也不為所動，是真的嗎？」

「發情的Omega站著都有困難，根本沒能力跳康康舞，你從哪裡看來這麼誇張的描述？」

「網路匿名論壇。是真的嗎？」

「我不是Alpha，不知道他能不能把Omega變成Alpha；這段期間他周圍沒有發情的Omega，所以我也不清楚他能不能抵禦Omega的發情期；至於將Beta當Omega壓制……」

司寇夜話聲漸弱，想起為了脫身替蘭開斯手淫的夜晚，自己在聞到太陽般的暖香後，不但身心迅速放鬆，還情不自禁地與對方臀莖交磨；之後在蘭皇總部中陷入恐慌時，同樣的香氣安撫了他的情緒。

那恐怕是蘭開斯的信息素，而雖然不想承認，身為Beta的自己的確被氣息影響。

「阿夜？」祿陽伸手在司寇夜面前揮了揮。

「……他的信息素濃度是高到Beta也有感覺。」司寇夜頓了幾秒才接續道：「但我不認為那算壓制，因為讓我有感的是撫慰素，不是威迫素。」

「撫慰素的話的確……等等！你說你有感的是撫慰素？Alpha的信息素中濃度最低的不都是撫慰素嗎！你確定沒聞錯？」

「能讓人心情平靜的毫無疑問是撫慰素吧？」

「是撫慰素……唔，所以蘭開斯果然跟論壇上說的一樣，是基因工程嬰兒嗎？如果是的話，他頭髮和眼睛的顏色也……」

祿陽喃喃自語，沉浸於八卦傳言的羅網中。

司寇夜默默喝完黑咖啡，拎起後背包起身道：「我得走了，今天蘭開斯要去奈奈樂園，不能太晚回去。」

「好，掰掰……咦咦咦！」

祿陽從椅子上彈起來，瞪直眼睛問：「去奈奈樂園？那個吉祥物是奈奈兔，主打童話場景的奈奈樂園？你們兩個男人要去？為什麼！」

「因為蘭開斯用補償我當藉口，搶了他學弟上個月抽到的全園優先通關券。」

「補償你？蘭開斯的學弟對你幹了什麼？」

「在我體驗蘭皇的產品時，開錯檔案讓我陷入恐慌。」

「那的確該……等等！你陷入恐慌？你？」

「我要走了。」

「別走啊！你怎麼會陷入恐慌！說清楚再……」

「下周見。」

「阿夜——」

雖然祿陽從表情到口氣都刻著「真男人才不會手牽手去奈奈樂園」，不過奈奈樂園其實廣受男女老幼喜愛，連年蟬聯「世界最棒的樂園」榜單的前三名。

由陸地和兩個人工島組成的遊樂園是R國最大的遊樂區，宛如繪本立體化的童話小鎮、能讓鐵血硬漢放聲尖叫的雲霄飛車、導入最新投影技術的劇場、炫目的花車遊行和煙火……眾多設施組成許多人心中的夢幻園地。

可惜，司寇夜不在「許多人」之列。

「小夜，笑一個！」

蘭開斯站在糖果屋造型的紀念品店前，頭頂白色兔耳髮箍，手握相機對戴同款髮箍的司寇夜按下快門，看著從頭到尾都板著臉的狙擊手，放下相機道：「還在氣珍珠？」

「我為什麼要對一隻貓生氣？」

「我想想……因為牠一腳踹飛你的醫藥箱？」蘭開斯偏頭問。

珍珠踹飛司寇夜的醫藥箱發生於一個多小時前，當時狙擊手正跑回別墅，帶著一身薄汗推開房門，目睹放在置物櫃櫃頂的醫藥箱畫出優美的弧線，並在半空中掀開了盒蓋，將眾多玻璃瓶藥劑摔碎在地上。

司寇夜瞪著滿地的碎玻璃，在抬頭望向置物櫃上的貓，一時間不知道該檢討醫藥箱的品質，還是感慨蘭開斯的貓和主人一樣超乎想像。

清潔機正巧經過司寇夜的房門口，注意到狙擊手的沉默，誤以為這是暴風雨前的寧靜，趕緊衝過來一面清潔地板，一面向同伴與主人請求支援。

而這決定招來另一臺清潔機與蘭開斯，前者盡全力支援夥伴，後者則噗哈哈哈地笑個沒完。

「箱子中放的是抑制劑吧？」

蘭開斯拍拍司寇夜的肩膀道：「別擔心，蘭皇最不缺的就是機器人和抑制劑，我們針對不同年齡、體質、人種的 Omega 開發三十多種抑制劑，回去後你讓醫療機抽一管血檢驗，保證能給你效果更好、副作用更少的抑制劑。」

「不勞費心，我會自己買。」

「那怎麼行，我家貓咪的破壞由我加倍賠償。」

「不需要。」

「你這麼氣珍珠踢壞你的抑制劑？」

「我沒在氣珍珠。」

司寇夜說的是實話，被珍珠一腳化為玻璃水窪的不是抑制劑，是營養針，而且還是可有可無的補品。

他被祿猛救回純淨時身體不好，每周都得打上三次營養針，在傷勢痊癒、持續鍛鍊身體後，針數漸漸減量到一周一針、兩周一針、一月一針，最後停在兩月一針。

不過根據司寇夜的經驗，就算三個月甚至四個月沒打，他也頂多是容易疲倦些，壓根不妨礙任務執行。

所以狙擊手此刻「全世界都欠我八千萬」的黑臉真的與珍珠無關，他在貓兒跳下衣櫃露出肚子時就原諒對方了。

蘭開斯蹙眉困惑道：「你沒氣珍珠，那是在不高興什麼？」

「你。」

「什麼？」

「我在氣你。」

司寇夜見蘭開斯一臉茫然，臉上浮現青筋，指著左右環境道：「看看你周圍都有什麼。」

「我周圍的環境……」

蘭開斯抬頭環顧四方數道：「穿奈奈兔布偶裝的工作人員一個、導覽機器人三具、爆米花餐車和鬆餅餐車各一臺、糖果屋造型的糖果鋪、頂著金紡車的紀念衣店、射擊遊戲攤、胡桃鉗鐘塔，以及很多開心的人，是有益身心健康的環境呢。」

「是至少能用五種方式取你性命的環境。」

司寇夜伸手依序點名：「布偶裝是自殺炸彈客的絕佳偽裝，機器人同上；餐車可以藏機槍、一次性火箭炮和大批彈藥；這裡每間店都無法由外看到櫃檯的狀態，殺手可以輕易挾持店員等你進去送死。」

「小夜……」

「然後射擊遊戲能讓槍手光明正大持槍，趁你靠近時賞你一發；鐘塔是絕佳的狙擊點，掌握後在彈藥用盡前極難攻堅；周圍路人十個中有三個戴面具，且只要有人對空鳴槍，這群人九成九會四處亂竄，給殺手暗中捅你一刀的機會。」

司寇夜放下手，掃視建築物、工作人員和遊客們低聲道：「設計這座樂園和買票進場的人都太沒安全意識了。」

蘭開斯抬起眼睫，注視狙擊手嚴肅、沒有一絲玩笑意味的側臉片刻，噗一聲笑起來。

「這一點也不好笑！」

「啊、對不起……起哈，我不是那個意思，我是……呵呵！」

蘭開斯深呼吸數次才壓住笑聲，望著司寇夜衷心道：「我只是覺得你好可愛。」

「……你腦袋欠開洞嗎？」

「我目前不需要這項服務。」

蘭開斯舉手做投降狀，再垂手扠腰仰望鐘塔道：「你的觀察沒錯，蓋樂園和進樂園玩的人都沒有安全意識，但這是有原因的——這裡是R國，是半夜不用擔心被搶劫的和平國度。」

「普通人也許不用擔心，但你不是，對不少人來說，你死比你活著好。」
「的確是，所以我才做了變裝。」
「兔子髮箍最好算變裝。」
「我還帶了你。」
蘭開斯拉起對方的手貼上胸口，傾身靠近狙擊手輕聲道：「我的心臟交給你保護嘍，我可愛的小夜鶯。」
司寇夜垂在身側的左手微微曲起，沉默須臾後抽回右手道：「『小夜鶯』這代號聽起來就不是可靠的保鑣，請換有力量一點的稱呼。」
「但小夜鶯很可愛。」
「保鑣不用可愛。」
「但你很可愛。」
「我不可……」
司寇夜猛然停下嘴，側身斜眼瞄向後方。
「你承認自己很可愛了？」
「有一群人在偷看你。」
司寇夜偏頭朝自己的右後方點了點——該處聚集了十多名身穿高中制服的少年少女，一隻手迅速伸入外套握住手槍，道：「朝園區外走，別用跑的，正常走路速度就行，不要讓對方發現我們察覺了。」
蘭開斯朝司寇夜暗示的方向看一眼，快步走向青少年們。
司寇夜嚇一跳，連忙轉身追上蘭開斯，同時將手槍拔出槍袋。

「嗨，各位小朋友們。」

蘭開斯對青少年們揮揮手——後者集體後退一步，雙手扠腰笑道：「你們是不是在偷看我？」

學生們你看我我看你，無言的你推我我拉你一陣後，一名少女站出來代表所有人點點頭。

「為什麼想偷看我？」

「因為……」

少女拉長語尾，瞄了左手邊的少年一眼道：「小逸說你是蘭皇集團的執行長蘭開斯先生。」

「原來如此，那妳覺得我是嗎？」

少女遲疑道：「我覺得……蘭先生不像是會來奈奈樂園的人，就算來也應該會……應該不會做變裝。」

「所以妳認為我不是？」

「不是。」

蘭開斯淺笑，彎下腰靠近少女的耳朵，用輕但足夠左右人聽聞的音量道：「妳猜錯了。」

少女與周圍人先是一愣，接著迅速睜大眼睛跳起來，包圍蘭開斯你一言我一句激動說話。

「我、我是你的粉絲！買了所有有關你的書，連你的論文都收了！」

「可以幫我簽名嗎？」

「我推甄上電機系，未來想去蘭皇工作！」

「啊啊啊本人比電視上好看好多！」

灼熱的呼叫聲此起彼落，司寇夜站在人圈外，默默將槍插回槍袋中。

他看著蘭開斯微笑回應少年少女，覺得有些奇怪，細想後才發現這是過去一個禮拜來，蘭開斯頭一次將注意力完全放在自己以外的人身上。

在意識到這點的同時，他的胸口忽然像壓了塊石頭般，沉甸甸叫人不舒服。

「小夜。」

而像是察覺到狙擊手的心情變化般，蘭開斯忽然將頭轉向司寇夜，招手笑道：「小夜，過來過來！」

司寇夜猶豫片刻後穿過少年少女，走到蘭開斯面前問：「做什麼？」

蘭開斯沒有答話，雙手搭上司寇夜，把人轉向青少年們朗聲道：「鄭重向你們介紹，這位是我的貼身保鑣，前戰地記者司寇夜，跟你們一樣是Omega！」

「啊？」

「咦咦咦咦——」

司寇夜和青少年們的驚呼疊在一起，雙方訝異的點都是沒想到對方是Omega，但沒想到的理由卻略有不同。

司寇夜這方為防對方突然拔刀抽槍攻擊，注意力始終放在青少年的雙手，壓根沒看見Omega護頸；青少年這邊因為狙擊手氣勢太強，誤以為對方就算不是Alpha也該是Beta。

而在短暫的情緒一致後，雙方的表情有了顯著分歧。

司寇夜因為將一群Omega當成殺手感到尷尬，下意識避開視線；青少年們則滿臉的不可思議，迅速轉包圍狙擊手，圍著對方嘰嘰喳喳起來。

「Omega保鑣……Omega可以當保鑣？」

「開玩笑的吧！」

「等等，會不會是生化人？可能手腳裝了特殊義肢之類。」

「或是打了特殊藥劑！」

「所以是蘭皇的祕密技術嗎！」

司寇夜被成堆問題砸得下意識後退，不過腳根剛動，就被蘭開斯攬住肩膀。

「和蘭皇無關。」

蘭開斯摟著司寇夜得意地笑道：「我的小夜鶯是貨真價實的人類，沒裝義肢未注射超級戰士血清，全憑肉體實力拿到保鑣工作。」

青少年們沉默，對偶像露出禮貌但壓根不相信的微笑。

蘭開斯嘆氣，放開司寇夜後退兩步道：「沒辦法了，小夜，來一次『那個』吧！」

「哪個？」

「就是你我在別墅重逢時，你對我做過的那個啊。」

蘭開斯左手抓住右手，向上拉了拉暗示。

司寇夜看了五六秒才明白蘭開斯的意思——富豪要狙擊手給自己一記過肩摔，瞬間傻眼微微拉高聲音道：「你瘋啦！這裡不是柏油路就是紅磚道，摔下去可不只是昏，顱內出血都有可能！」

「不怕，我是 Alpha，Alpha 是鐵打的骨頭水泥灌的肌肉！」

「最好是啦！我才不要當把雇主摔進醫院的保鑣！」

「那要怎麼……喔喔！」

蘭開斯忽然露出喜色，手指遠方的射擊遊戲攤道：「那換這個呢？我出錢，你去把攤位上的獎品通通打下來！」

——不要幹那麼幼稚的事！

司寇夜很想這麼說，但眼下沒更好的證明方式，且若再拒絕蘭開斯不知道會出什麼鬼主意，只能垮下肩膀走向射擊遊戲攤。

射擊遊戲攤和夜市的射氣球攤類似，不過更加精緻，兔耳小木棚中釘著高高低低的木板，板子上排列著衣著各異的奈奈兔公仔，玩家站在幾尺外的紅蘿蔔矮櫃邊拿玩具槍射擊，射落哪個得哪個。

工作人員將槍和兩個彈匣交給司寇夜，狙擊手接下槍彈，不用轉頭就感受到複數的目光疊在自己身上。

「名符其實的兒戲啊……」

司寇夜喃喃自語，將彈匣插入槍內，沒有對準公仔，而是朝木棚角落開兩發。

這舉動令青少年們發出困惑的呼聲，司寇夜沒有理會他們，確認槍枝威力和後座力後，舉槍對奈奈兔連續射擊。

他很快就將彈匣打空，一手退匣一手上匣，花不到一秒鐘就繼續扣板機，當兩個彈匣都清空時，架上也不剩半個公仔。

司寇夜將手槍放到矮櫃上，一回頭就發現除了蘭開斯以外的人都面色呆滯地望著自己，直覺是做過頭，別開視線道：「我……在射擊上運氣很……」

「好厲害！」

一名少年大叫，推開同伴跑到司寇夜面前問：「你是怎麼做到的？我也可以嗎？」

「我不確定，如果你從現在開始鍛鍊……」

「可以拿著槍跟我合照嗎！」另一名少年抓著手機激動問。

「這個不大方便。」

「所以 Omega 真能當保鑣？」某名少女從一旁插入問。

「我是，但我不是專業的……」

「你叫司寇夜嗎？從今天起你就是我的偶像了！」

「請不要這樣！」

司寇夜舉著手整個人靠上紅蘿蔔矮櫃，面對一張張閃亮、喜悅滿溢的臉龐不知所措。

蘭開斯看著司寇夜在短短一分鐘內取代自己成為焦點，緩緩揚起嘴角，直到狙擊手投來綜合殺人與求助的目光，才上前乾咳兩聲道：「諸位，我們是不是該開始分贓戰利品了？」

「分贓……射下來的公仔要給我們嗎！」少年瞪大眼問。

「當然，畢竟我的保鑣是貓控不是兔子控。至於分贓方式……」

蘭開斯仰頭思索片刻，雙手一拍道：「就用誰給我的小夜鶯的讚美最美妙來決定吧！」

司寇夜腦袋空白一秒，臉色轉紅厲聲道：「別用這種方法！」

「好了別浪費時間，身上有紙筆嗎？拿出來寫好讚美、簽上名字後對折交給我，表現最好的可以第一個選。」

「蘭開斯——」

司寇夜的怒吼沒能阻止蘭開斯，十多分鐘後學生們開心地捧著奈奈兔公仔，世界首富愉悅地閱讀對自家保鑣的讚美詞，只有狙擊手不爽的世界就此成形。

接著蘭開斯以鍛鍊精神為由，拉著一票仍處於亢奮狀態的學生直衝雲霄飛車，並在接下來三小時中一一攻克飛天吊椅、衝鋒礦山、海盜船……眾多以讓遊客腿軟尖叫為己任的遊樂設施，過了午餐時間才和眾人揮手告別。

飢腸轆轆的蘭開斯拉著司寇夜直衝最近的餐廳——以農莊為裝潢主題的露天輕食店。

「久等了，這是兩位的餐點：大野狼烤肉特餐、小白兔甜品組合。」

服務生將裝盛豬肋排、牛肉塊和雞腿排的木盤放到蘭開斯面前，再將有水果沙拉、草莓蛋糕和烤蛋白霜的白瓷盤擺至司寇夜面前，微笑欠身後返回廚房。

司寇夜拿起瓷盤和木盤交換位置道：「又放錯……為什麼每家店都認為甜點是我點的？」

「因為你甜美可人？」

蘭開斯拿叉子戳戳草莓蛋糕問：「要不要來一塊？迪詩奈樂園的蛋糕很有名喔。」

「不用，我對甜食沒興趣。」

「對甜食沒興趣，卻連續兩周上市中心的甜甜圈店？」

「我是去見人……」

司寇夜頓住，意識到自己說溜嘴了，急切改口道：「是去看人群，那邊視野很好，能看見很多人。」

「……」

「然後黑咖啡也不錯。」

「……」

「你想吃牛肉嗎？」司寇夜絕望地叉起牛肉塊。

蘭開斯面無表情地注視豬肋排，就在狙擊手以為自己即將身分曝光扭送警局時，富豪用刀叉接下牛肉，再將裝水果沙拉的小碗放到司寇夜的盤子中。

「不需要給我……」

「這是賠禮。」

蘭開斯打斷司寇夜，切開牛肉塊，「前陣子有人告訴我：『時間能改變一切。』我不同意，我認為有些事即使經歷時間消磨也不會變化，例如你總是檢討自己、輕忽他人過錯的性格。」

「我輕忽誰的過錯？」

「我。」

蘭開斯挑起嘴角笑道：「你不應該先質問我，為什麼知道你的行蹤？是不是偷偷跟蹤你？」

司寇夜愣住。上級掌握下級行蹤在純淨裡是理所當然的事，而他下意識將蘭開斯放在上司的位置，壓根不覺得對方知道自己去甜甜圈店有問題。

但蘭開斯並不是他的上司，而是調查目標——或未來的暗殺目標，自己的反應太奇怪了。

「我沒偷偷跟蹤你。」

蘭開斯切下一塊蛋糕，搖晃腦袋道：「是七矮人對你帶回來的甜甜圈非常有意見，查出是哪家店後讓雅典娜調一組衛星長期監視，這才發現你又去了一次。」

「……你有一組衛星？」

「這要看你對『一組』的定義了。」

蘭開斯眨眨眼睛，咀嚼蛋糕道：「我前天幫雅典娜健康檢查時發現紀錄，放心，我有要她別再偷拍你。」

司寇夜暗自鬆一口氣，叉起一塊水果道：「你的人工智慧的自主性也太高了。」

「誰叫它們都是聰明的孩子呢。吃完飯後要上哪裡？再坐一次飛天吊椅？」

「如果你想坐，我沒意見。」

「你的口氣聽起來比較像『我沒興趣』呢，你不喜歡對抗地心引力？」

「沒有不喜歡，只是無法理解讓機器把身體甩來甩去有什麼好玩的。」

「因為有趣的不是被機器甩來甩去，是合法尖叫。」

蘭開斯將目光投向右側——該處立著雲霄飛車的軌道——道：「人總有想要大叫的時刻，可除非是不懂世事的孩童，大多數人都會忍住，這時可怕的遊樂器材就派上用場了。」

「有這種需求的人……」

「你不曾碰過在夜深人靜時想狂喊狂叫，卻礙於種種原因只能咬緊牙關，將嘶吼吞回肚子裡的經驗嗎？」蘭開斯柔聲問。

司寇夜握叉子的手微微一顫，思緒回到十年前。

那是司寇夜加入純淨的第一年，當時他還沒獲得「夜鴞」這代號，訓練宿舍中大多數孩子給自己的稱呼是麻雀，因為他又瘦又小像會輕易被人捏死的小鳥。

直白的嘲笑與日復一日的戰鬥訓練讓司寇痛苦不堪，每次跟其他孩子繞著宿舍圍牆跑步時，都想脫隊翻牆逃跑，但失憶的他不知道該跑向何方，只能咬牙忍下衝動。

而像是要推司寇夜一把般，某次他輪班打掃祿猛辦公室時，在指揮官的辦公桌上看見自己的資料。

那份資料上既有司寇夜滿江紅的體能測驗結果，更有他父母的姓名、照片與地址。

他默默背下地址，每天偷偷藏起幾片餅乾與零錢，暗自觀察宿舍門衛的換班時間，待物資和時機都準備妥當後，在一個無星無月的夜晚溜出寢室。

司寇夜赤腳屏氣朝宿舍後門疾走，經過祿猛辦公室時辦公室內忽然亮起燈來，他連忙靠牆蹲下。片刻後，他聽見祿猛的聲音。

「您好，請問是司寇夫人嗎？」

司寇夜的心跳漏跳一拍，就他所知宿舍中除了自己以外，沒有其他人姓司寇。

他忍不住抬頭，攀著窗框偷偷往辦公室內看，瞧見祿猛背對自己握著電話站在辦公桌前。

「我是祿猛。」

祿猛的話聲中有著罕見的緊張道：「請問您有沒有收到我上周寄出的……呃，我並沒有騷擾夫人的意思，只是希望妳與司寇先生能再考慮看看，阿夜是個很乖也很優秀的孩子。」

司寇夜睜大眼瞳，還處於祿猛說自己這個吊車尾學生優秀的驚愕中，辦公室內就投來另一顆震撼彈。

祿猛明顯垮下肩膀，靜默許久忽然拉高聲音道：「單單只是因為孩子沒如你們的預期分化成Omega，就要拋棄他嗎？你們把自己的兒子當成什麼了？賺Alpha聘金的工具嗎！」

司寇夜僵住，望著祿猛微微顫抖的背影，無意中找到父母住址時有多興奮，此刻的大腦就有多空白。

「罷了！你們這種爛夫妻不配養育阿夜，我會代替你們照顧他！」祿猛將電話甩回話機上，靜立片刻後走到辦公室右側的拳擊沙包前，一拳一拳重擊沙包。

司寇夜在頓響中轉身，貼著牆壁慢慢滑落到地板上，張大嘴想要大叫，但最後還是閉上嘴。

他不能讓祿猛知道自己在這裡，否則就連僅存的容身之處都沒有了。

「……我沒有這種經驗。」

司寇夜將叉子伸向水果沙拉，攪拌果丁問：「把你那盤唯一有營養的東西給我行嗎？七矮人若是知道，會強迫你吃菜吃三天。」

蘭開斯沒有應話，看著司寇夜淡漠的臉龐，忽然伸手摸了摸對方的頭。

「你做什麼！」司寇夜驚嚇地壓著頭頂。

「沒事。」

蘭開斯微笑，凝視狙擊手柔聲道：「沒事了，我的小夜鶯最棒了，人見人愛、花見花開，給我千金都不賣。」

司寇夜的鼻頭猛然一陣酸熱，緊急扭開頭深吸一口氣，再擠出惱火的聲音道：「說什麼蠢話，我本來就沒在賣。」

「那你要不要買我？」

「我沒有亂買東西的習慣……」

司寇夜話聲漸弱，抬起頭動動鼻子問：「你有沒有聞到什麼味道？像是花香，但又好像有點不同。」

「是茉莉花口味的環境用合成撫慰素。」

「環境用什麼？」

「合成撫慰素。」

蘭開斯重複，指了指立在桌邊的花朵造型路燈，展開的花瓣下有一個小噴口。

「這是蘭皇醫藥部門競爭對手之一，羅生藥廠的最新產品，他們在醫藥用合成信息素的基礎上，開發出供汽車旅館、鬼屋或遊樂園……諸如此類主打發情、尖叫或放鬆場所使用的環境用人工信息素。你目前聞到的是撫慰素，成分除了撫慰素，還有 Beta 也聞得到的茉莉花香精，算是 ABO 三性都照顧到的產品。」

「居然有這種產品！」

司寇夜靈光一閃，前傾上身壓低聲音問：「難道這才是我們來奈奈樂園的目的？調查競爭對手的商品。」

「怎麼會是，那是老建的工作。我拉你來這裡的目的只有一個：搶走並用掉老建期待兩個月的抽獎獎品，讓他在中風的路上前進一步。」

「……在那之前他可能會先和你絕交。」

「他捨不得的，畢竟我可是個讓人念念不忘的美男子。」

——明明是沒心沒肺的美男子。

司寇夜在心中低語，將視線從囂張的富豪轉到盤中的牛肉，在消滅所有食物前都沒再抬起。

兩人在餐廳吃飽喝足後，慢慢散步到樂園的主幹道，找個位子等待奈奈樂園的重頭戲——花車遊行。

由十多輛兩層樓平房大小的花車、鼓號樂隊與眾多舞者組成的隊伍在主幹道上歌舞，花車上的人不時朝圍觀者送飛吻、扔小花或糖果，激起一陣陣歡呼。

司寇夜對遊行沒興趣，但不知是合成撫慰素使然，還是單純被周圍人的興奮所感染，不自覺地拉長脖子眺望道路盡頭。

蘭開斯注意到司寇夜的動作，靠近對方細聲問：「要我扛你嗎？」

「扛我做什麼？」

「讓你看得更遠啊，就像那樣。」蘭開斯指指自己右手邊。

司寇夜順蘭開斯的手指看去，該處站著一名中年人，肩上坐著四五歲左右的女孩。

司寇夜面色一沉，瞪向富豪道：「你當我是四歲小女孩嗎？」

「不管你是四歲還是二十四歲，我都願意承擔你的重量。」

「我是二十五歲，然後有地球承擔我的重量就夠了。」

司寇夜邊說邊把目光放回馬路上，視線剛落在花車上，雙腳就忽然騰空，眼前的景色從人頭和馬路，變成蘭開斯的後背。

他瞪大眼睛，呆滯半秒才意識到自己被蘭開斯以扛沙包的姿勢拉上肩，氣急敗壞地捶對方道：「你幹什麼！放我下來！」

蘭開斯沒有理會司寇夜，他像是接到球的橄欖球員，不顧一切地推開人群奔跑，經過數個露天或半露天的餐飲店後，來到一間南瓜造型的布偶店前，一腳踹開大門走進去。

店內員工被開門聲嚇著，呆滯一兩秒才上前道：「客人……」

「你們店裡有環境信息素的噴出口嗎？」蘭開斯厲聲問。

「沒有。」

「把所有對外門窗都關緊，必要時連門縫都塞起來。」

「這要求恐怕……」

「樂園的環境信息素失控了。」

蘭開斯將司寇夜放下來，深吸一口氣才接續道：「現在外面飄的不是環境用撫慰素，是醫療用催情素。」

此話一出，司寇夜和店員馬上變了臉色，不約而同開口問：「真的？」

「怎麼會！」

「我的鼻子是這麼告訴我的，不信的話五分鐘後看看窗外，一切如常就是我錯，變成大型尖叫性交派對就是我對。」

蘭開斯再次深呼吸，轉向司寇夜問：「你有感覺身體發熱、頭暈或腹部莫名酥麻嗎？」

「沒有。你呢？你一路跑過來……」

「我是憋氣跑。」

蘭開斯微笑，看向仍處於震驚狀態的店員問：「店裡有信息素應對箱嗎？」

「有！請等我一下！」

店員跑回櫃檯，拎著一個印有「AO用」字樣的醫藥箱返回，將箱子放到展示臺上打開道：「Alpha與Omega的發情抑制劑各三管，中劑量和大劑量的鎮定劑各兩管，信息素濾氣面罩兩具、電擊槍一把。客人需要哪一個？」

「妳是Beta嗎？」蘭開斯問。

「是的。」

「那麼給我兩個面罩和Omega發情抑制劑，妳握好電擊槍並把剩餘的抑制劑放在手邊。」

蘭開斯邊說邊拿起面罩翻看檢查。

司寇夜快步走向門窗，確認店內所有出入口都關緊上鎖後，回到蘭開斯身旁發現對方拿著一個面罩發愣。

「有狀況？」司寇夜警覺問。

「這面……沒事！」

蘭開斯對司寇夜擺出笑臉，拿起另一個面罩遞給司寇夜道：「為防萬一，先戴上。」

「戴這個會影響視野……」

「戴上。」

蘭開斯輕柔但強勢地催促，盯著司寇夜掛上面罩才伸手拿抑制劑注射器。

幾乎在富豪將注射劑放進外套口袋的下一秒，一名女性跑過布偶店的櫥窗，隨後是更多驚恐的奔跑者。

蘭開斯是正確的。

「怎麼會……」

店員倒抽一口氣，掏出手機滑動螢幕道：「我馬上通知主控中心有故障……咦？」

「有狀況？」司寇夜問。

「報修系統連不上線。」

店員蒼白著臉猛戳螢幕道：「怎麼會？我十分鐘前才用過，為什麼無法送出訊息？」

蘭開斯輕敲胸前的金屬別針道：「雅典娜，報警了嗎？」

「十七秒前已通知警方。」

「等、等一下！」

店員抓著手機驚慌地道：「只是網路連線錯誤罷了，我相信主控中心那邊一定有人在排除故障，不需要報警……」

「喂？喂！都聽得見嗎？」

陌生的男子話聲從天花板的隱藏喇叭傳出：「我是性然團體『自然社會』的會長，從此刻起，徵收奈奈樂園作為性別自然化示範場所。」

「什麼性別正常化？」店員滿臉錯愕。

蘭開斯沉聲解釋道：「是性別極端分子，有很多派別，性然——性別自然化的簡稱——派的主張是人類應該回歸工業化前Alpha為領導者、Omega全職生育、Beta擔任生產者的『自然』狀態。」

像是要回應蘭開斯的解釋般，喇叭中的男人再次出聲：「我等對奈奈集團以票價優惠拐騙Omega出門放浪形骸，長期散播Alpha應該溫柔體貼等軟弱形象痛心疾首，為了導正錯誤、對社會傳達正確訊息，無奈徵收遊樂園。」

「接下來一個小時，我等會封閉遊樂園的所有出入口，並投放高濃度醫療用催情素，讓園區內的Alpha、Omega回憶起大自然賦予我等的責任。祝福各位都能獲得永久的伴侶和子嗣，自然與我等同在！」

隱形喇叭回歸沉默，店員張大嘴看著天花板，呆滯三四秒才尖聲道：「這是神經病吧！」

蘭開斯聳肩道：「是啊，全球有約一億支持者的神經病。雅典娜，警方現在在哪裡？」

「最近的派出所已派出警察，考量道路狀態，應能於十一分鐘內抵達樂園門口。」

「多久能到達主控中心？」

「若未受阻礙，可在二十三分鐘內抵達。」

「那就是三十四分鐘了。」

司寇夜聽著蘭開斯與雅典娜的對話，隔著櫥窗看見更多奔逃的人，垂在身側的手緩緩收緊。

他無法分辨醫療用催情素的味道，但在暗殺目標的性愛派對上見過這種藥物的威力，再溫文儒雅的Alpha都會在數分鐘內化為獵捕者，撲向最近的Omega。

而Omega除非有永久標記，否則會迅速腿軟、恍惚、下身濕潤，成為溫順甜美的獵物。

此刻還能尖叫逃跑的應該都是Beta，而他們越是驚恐，就表示在自己看不見的地方有多駭人的慘況。

——這不干你的事。

司寇夜聽見理性如此低語。沒錯，不管是作為純淨第一小隊的副隊長，還是蘭開斯的貼身保鑣，外頭有多少 Alpha 與 Omega 失去理智結成永久標記都與自己無關，他要保護——調查的只有身旁的富豪，可是……

——我推甄上電機系，未來想去蘭皇工作！

——你是怎麼做到的？我也可以嗎？

——從今天起你就是我的偶像了！

學生們興奮的言語敲打著司寇夜，醫療用催情素連有暫時標記的 Omega 都擋不住，何況是年方十八，剛剛完成分化的稚嫩少年？而在迫於藥力被陌生 Alpha 永久標記後，這些孩子就只能選擇嫁給陌生人或開刀除去標記，而後者術後恢復時間至少要一年，還有諸多後遺症。

因此不管是結婚還是手術，這群孩子往後都別想出門工作。

——他們會像我一樣，成為沒有選擇的人。

——他們與任務無關。

理性與感性在司寇夜腦中爭執，他渾身緊繃地遙望櫥窗，直到一隻手搭上肩膀。

手主人是蘭開斯，他張口似乎想說什麼，但在看見狙擊手的臉後，組織好的言語消失在喉中，先是抬起眼睫，再揚唇劃出溫柔至極的笑。

在短暫的寧靜後，世界首富用一種「我們去公園走走」的口氣道：「小夜，我們去進攻主控中心吧！」

司寇夜的眼瞳迅速亮起，但馬上冷靜下來道：「那是警察的工作。」

「等警察至少需要半小時，我們從這邊過去……」

「步行約十五分鐘可到達。」雅典娜主動回答。

「這麼近？那就非去不可了。」

「客、客人請冷靜！」

店員扣住蘭開斯的手臂道：「這裡交給警察或樂園的保全吧！對方能占領主控中心，人肯定不只一個，說不定還有槍，手無寸鐵的衝過去太危險了！」

「槍的話我家小夜鶯也有喔。至於人數差……小姐妳的手機還能連上遊樂園內部網路嗎？」

「可以，只是無法報修。」

「足夠了，借我一下。」

蘭開斯對店員伸出手，接下對方的手機後拆下金屬別針的一角，插進手機的傳輸接頭中，敲敲別針問：「雅典娜，需要多久？」

「次級系統半分鐘內可掌握，核心系統尚在計算中。」

「你要雅典娜做什麼？」司寇夜問。

「入侵奈奈樂園的系統，這園中有不少機器人，只要把它們納入雅典娜支配，有數量優勢的就是我們了。」

「這犯法吧？」

「大概吧，但此刻是非常時期，況且我有優秀的律師團。」

蘭開斯將手機交還店員，拿起另一個面罩戴上道：「在雅典娜告訴妳可以動手前，別把小別針拔出來。」

店員心情複雜地接下手機，咬牙心一橫跑到員工休息室中，抓著一支金屬球棒遞給蘭開斯。

「哎呀，妳真好心。如果失業了到蘭皇來，我給妳工作。」

蘭開斯向店員眨眨單眼，從口袋中掏出兩個藍芽耳機，一個塞進自己耳朵，一個給司寇夜戴上，動動手臂笑道：「走吧！去爆揍激進分子。」

司寇夜凝視蘭開斯的笑臉，拔出手槍上膛走向店門口道：「盡可能不要離我太遠。」

「沒問題，小夜也是。」

「不管發生什麼狀況，都優先考慮自身安全。」

司寇夜握住門把，拉開一條縫確認外面沒有人後，才跨出布偶店。

店外沒有逃竄的人也聽不見叫喊聲，只能從地上零星的紙袋、爆米花桶和飲料杯看出曾有人驚慌跑過此處。

司寇夜握槍快步向前，在經過棉花糖攤時聽到紊亂的喘氣聲，反射動作止步、轉身、將槍口指向聲音源，看見一名女性 Alpha 面目猙獰地騎在男性 Omega 身上，手指先於腦袋做出判斷，朝對方的手臂扣下板機。

槍中填裝的不是金屬彈，而是橡膠子彈，但在射擊距離短之下，女性仍痛得鬆手。

司寇夜沒給對方爬起來的機會，上前一腳將人踹暈，再轉頭看向死命按住護頸的男性問：「還有理智嗎？」

「我……身上有抑制劑，所以、所以……」

「好了，別說話，會吸入更多催情素。」

蘭開斯打斷男性，蹲在對方身邊手指布偶店的方向道：「往那裡走，你會看到一個南瓜造型的小店，敲門請店員讓你進去躲躲，在警方過來前都別出來。」

「你們也一起去？」

「容我拒絕。雅典娜，找個機器人給這位先生帶路。」

「好的。」

一臺清潔機器人迅速靠近，蘭開斯起身將位子讓給機器人，則回到司寇夜身邊，發現狙擊手若有所思，彎下腰問：「在想什麼？」

司寇夜張口又閉口，轉過身道：「沒什麼。走吧。」

「小夜，你說謊的技巧很爛。」

「我沒有！」

司寇夜回頭惱怒地瞪蘭開斯，與富豪眼神交戰片刻後，不敵對方的笑臉攻勢，垂下肩膀坦白道：「在我們拿下主控中心前，可能有人已經被永久標記了，但如果我們繞路去阻止失控的Alpha，先不論我們不可能阻止所有Alpha，就算能，也會大幅拖延到達主控中心的時間。」

「所以？」

「所以接下來我們要無視失控的Alpha，用最快速度抵達主控中心！」

司寇夜的聲音比平時冷硬，邁大步道：「該走了，我們沒有時間可浪費。」

蘭開斯走在司寇夜身側，看著狙擊手拉緊的嘴角，忽然細聲道：「小夜，你知道小孩和大人最大的差別是什麼嗎？」

「年齡？」

「錯了，是選擇。小孩子才做選擇，大人全都要！」

「現在不是要嘴皮子的時候。」

「我沒有。雅典娜，報告關於我沒下令，但妳肯定知道要做的工作進度。」

「都說了現在不……」

「目前已透過樂園的工作機器人阻止二十七名失控Alpha，並給予十二名Omega抑制劑，或引導其前往安全地點。」

雅典娜的回答讓司寇夜由煩躁轉為驚愕，停下腳步盯著蘭開斯說不出話。

「一個指令一個動作的叫機器，能充分了解主人意圖，先行做出規劃的才是人工智慧。」

蘭開斯得意地挺胸，拍司寇夜的後背一下，快步往前走。

司寇夜遲了一秒才追上蘭開斯，兩人憑藉雅典娜的引導，一路踩草皮、翻圍牆走在最短路徑上，很快就瞧見主控中心的尖頂。

然而就在他們打算一鼓作氣衝到古堡造型的主控中心前時，雅典娜出聲了。

「主人、司寇先生，抱歉打擾兩位，我有一個壞消息。」

雅典娜透過耳機道：「舞會花園有狀況，該處因地勢略高又鄰近花車遊行路線，有許多人會聚集在此觀賞遊行，是目前園中 Alpha 和 Omeg 聚集第二多的場所，目前有二十八名 Alpha 和十五名 Omeg。他們都已給自己施打抑制劑，或將失控者綁起來，但十秒前七名自然社會的成員闖入，目前正以槍枝脅迫 Omeg 脫下護頸，並打算給所有人注射強效催情素。」

「那附近沒有機器人？」

「半徑十五公尺內有七臺機器人，但都在處理失控的 Alpha。」

「舞會花園附近有高地嗎？」司寇夜問。

「左側有一個小平臺，但臺前能供掩蔽的只有一棵稀疏的灌木。」

「我去當誘餌，引開原始人的注意力。」

蘭開斯話一說完，就馬上接到司寇夜的瞪視，擺著手笑道：「放心，對方的目的是野合不是殺人，不會抬手就賞我一槍。」

「你沒受過戰鬥訓練，這太……」

「幹掉原始人面罩的工作就交給你囉！雅典娜，帶路！」

蘭開斯掉頭踏上岔路，頂級 Alpha 的體力配上超百來公分大長腿的威力驚人，在眨眼間就跑得不見蹤影。

司寇夜只能暗罵一聲，根據雅典娜的指示踏上另一條路，跑了近百公尺的斜坡路後，來到花園右上方的石平臺。

石平臺與花園直線距離約三公尺，臺前種了一排枝葉不茂的灌木，遮貓不成問題，但要遮成年人就大有問題。

好在司寇夜不用擔心遮蔽不足，因為在登上平臺瞬間，他就發現眼前有更讓人心焦的事：蘭開斯兩手空空縮著肩背可憐兮兮地站在花園入口，被六名蒙面黑衣人團團包圍。

——這混蛋有錢人！跑太快了啦！

司寇夜在心底咒罵，舉槍先對最靠近自己，也是唯一沒加入蘭開斯包圍圈的黑衣人腦門開一槍，再朝遠處六人連射。

手槍的威力遠遜狙擊槍，因此雖然司寇夜每發子彈都打在黑衣人頭上，但除了最靠近的那名直接昏厥，其餘人都僅是短暫暈眩，很快就回神抬槍尋找攻擊者。

在他們挪動視線的剎那，蘭開斯挺直腰桿，抓住一名黑衣人手中的衝鋒槍，先用槍托砸爛對方的濾氣面罩，再轉身給另一名黑衣人同款攻擊。

司寇夜則將剩餘子彈往剩下三人身上打，看著三人倒地剛鬆一口氣，就瞧見一抹藍影撲向蘭開斯，先反射動作舉槍射擊，接著才意識到那不是全副武裝的極端分子，是一名穿著休閒服的男性遊客。

——當Alpha聞到發情Omega的氣味時，除了會被觸發生殖本能外，也會對其他Alpha產生敵意。而在有複數Alpha的場合時，Alpha會優先攻擊最強壯的Alpha。

司寇夜想起性別教育課本上的內容，而花園中的Alpha也如書本內容，一個個轉向蘭開斯，

眼中盡是露骨的威嚇。

他迅速換彈匣，但卻沒馬上叩下板機，因為他想起一件要命的事：如果靠子彈放倒所有Alpha，勢必會射光備用彈匣，屆時就沒彈藥進攻主控中心了。

「幹！」

司寇夜鬆開板機，握著手槍撥開灌木朝花園跳，落地翻滾一圈站起來正要撂倒面前的Alpha時，對方忽然臉色鐵青地跌坐到地上。

腿軟的Alpha不只有司寇夜面前這位，其他Alpha也是，前一秒還殺氣騰騰的男女紛紛跪倒甚至趴臥，較年輕的甚至直接哭出來，看上去不比周圍發抖的Omega好到哪裡去。

「怎麼回……唔？」

司寇夜猛然頓住，自戴上面罩起就沒聞到氣味的鼻子捕捉到一絲焦味，灼燒感隨之捲上鼻腔，令他的身體本能地僵直，再迅速湧現恐慌。

不過在恐慌感蓋過理智前，一隻手將司寇夜鬆掉的面罩拉緊。

蘭開斯將司寇夜的面罩拉正，確認沒有任何空隙後才收手道：「小夜，你的落地身手超帥，但下次別戴面罩做，好嗎？」

司寇夜張口又閉口，反覆幾次才完全脫離恐懼問：「剛剛是你的信息素？」

「是啊，聞起來不像？」

「聞起來根本不一樣，你是曬被子的味道，剛剛是燒焦味。」

「曬被子……好可愛的形容。」

蘭開斯偏頭笑道：「曬被子曬過頭，導致被子燒起來時，不就是燒焦味了？」

「上哪裡曬被子能曬到燒起來？太陽上嗎？」

司寇夜不給蘭開斯繼續耍嘴皮子的機會，將目光轉向周圍人問：「這些人要怎麼處理？」

「雅典娜調了醫療和保安機器人，等它們到後我們就能走了。」

「機器人將於兩分鐘後抵達。」雅典娜補充。

司寇夜輕輕點頭，看著滿花園站不起身的 Alpha，想起祿陽在甜甜圈店中的發問：聽說蘭開斯的信息素濃度高到可以把 Beta 當 Omega 壓制。

——何止 Beta，在這人面前連 Alpha 都與 Omega 無異！

司寇夜額上冒出冷汗。由於蘭開斯本人任性又幼稚，導致他雖然聽祿猛說過這位年輕首富在 Alpha 是頂級中的頂級，卻一點實感也沒有。

但眼前二十多名無助啜泣的男女清楚告訴他，身邊這位的確是超規格的 Alpha。

「喔——機器人到了。」蘭開斯拉長脖子看著遠方的金屬閃光，轉向被信息素壓得直不起腰的 Alpha 笑道：「抱歉啊，我們四手難敵五十六拳，只能委屈諸位跪著等機器人過來。放心，等你們被敲暈就會舒服了。」

幾名較年長的 Alpha 立刻爆出青筋，敢怒不敢言地瞪視蘭開斯。

司寇夜目睹這些人的表情變化，嘆氣道：「你不會說話可以閉嘴。」

「我怎麼不會說話！這是很好的安……」

「閉嘴。」司寇夜用手肘捅蘭開斯的腰。

兩人在機器人捆人打針時再次朝主控中心前進，路上雖然有遇見零星失控者，但憑藉蘭開斯

駭人的威迫素，這些人無論處於發情邊緣，還是已經在進行限制級活動，通通都一秒凍結，被機器人強行拉開。

而當他們來到主控中心的大門前，門前毫不意外有人看守，但在此人看到蘭開斯與司寇夜前，一臺打掃機器人先竄出樹叢撞倒對方。

司寇夜三兩步衝到守衛面前，一把摘掉對方的面罩，再毫不客氣地賞人一腳。

蘭開斯走到門邊，彎腰從守衛胸前抽出門卡問：「雅典娜，能掌握內部情報嗎？」

「已掌握除中央控制室外的監視鏡頭，待兩位進入後會馬上換成無人畫面。根據現有畫面，通往控制室的迴廊上有十三名武裝分子，全數佩戴面罩。」

「裡面有機器人嗎？」

「有。需要控制它們先發動進攻嗎？」

「等我們靠近再動手。」

蘭開斯眼角餘光瞄到司寇夜抿唇注視自己，轉過頭笑問：「怎麼了？想趕我走自己單幹？」

「這是最妥當的作法。」

「一打十三妥當？」

「只要換上這傢伙的衣服……」

司寇夜用腳搖搖昏迷的守衛道：「假扮成他們的同伴，搭配雅典娜的引導和機器人輔助，對付十三個業餘武裝分子不難。」

「業餘武裝分子啊……」

蘭開斯輕嘆，偏頭苦笑道：「以你揍人和射擊的姿勢，是有資格說他們業餘。」

司寇夜的心臟漏跳一拍，他本來就不是演技好的人，在情況危急下更是忘了掩飾身手。

而就算不論射擊準度，單看他從平臺跳進花園時的翻滾落地，就不是戰地記者會有的技術。

——讓他起疑了。

司寇夜額上冒出冷汗，正拚命找理由搪塞時，聽到完全意想之外的話語。

「你過去十年過得很辛苦吧。」

蘭開斯將手放上司寇夜的面罩右側，隔著透明罩體撫摸狙擊手的面頰道：「對不起，都是我的錯，如果我當初沒有放手，你就不用把自己練成凶器了。」

司寇夜眼睫一顫，腦中浮現加入純淨後的眾多記憶。

從受訓時的瘀青與夜半啜泣，到開始接暗殺任務後的鮮血和煙硝，這些因時間麻木、淡化、不再細想的回憶倏然鮮明，壓得他喘不過氣來。

「不過到此為止，」

蘭開斯的話聲將司寇夜拉出思緒，凝視狙擊手嚴肅道：「只要我還有一口氣在，就不會讓你過著不握槍就活不下去的生活。」

司寇夜胸口的鬱結一瞬間轉為奔騰暖意，但暖流只持續不到一秒便消散，因為狙擊手想起無法動搖的現實。

——他想念、想找、想呵護的司寇夜不是你。

「……鑑於眼前的局面，我繼續握槍比較妥當。」

司寇夜蹲下身避開蘭開斯的目光，動手脫守衛的裝備。

蘭開斯看司寇夜熟練地解敵人的戰術腰帶，靈光一閃：「小夜，我想修正一下你的戰術。」

「你要做什麼？」

「安全地提升作戰效率。」

事實證明，蘭開斯對安全的定義很有問題。

他的作戰計劃很簡單，司寇夜換上極端分子的裝束，假借押送俘虜——蘭開斯——吸引敵方的注意後，讓清潔機器人趁隙噴射泡沫，讓敵人自己摘面罩後用威迫素一口氣收拾。

司寇夜反對蘭開斯的計劃，提出改由自己扮演人質，蘭開斯穿上防彈衣裝極端分子，無奈倒地的守衛比蘭開斯矮了接近一個半頭，衣物壓根無法換穿，只能勉強同意此作戰。

兩人以欺敵泡沫戰術，一路順利放倒控制中心走廊上的守衛，搜刮這些人的彈藥後，來到主控室外。

「小夜……」

「想都別想。」

「小夜——」

「閉嘴。」

司寇夜回頭瞪蘭開斯一眼，繼續動手用鐵絲將手榴彈纏在主控室的門把上，壓低聲音道：「你自己說過，我是專業級的，接下來的工作太危險，不能交給連漆彈都沒打過的業餘者。」

「我打過子彈。」

「在靶場嗎？待在這裡，照我說的盡全力釋放威迫素。」

司寇夜站起來，拉著蘭開斯與綁在手榴彈插銷上的鐵絲後退二十多公尺，蹲在兩臺清潔機器人身後問：「雅典娜，機器人都就位了嗎？」

「已到達指定位置。」

「很好。」

司寇夜大力扯下插銷，片刻後炸響便震動整個迴廊。

作為兩人盾牌的清潔機器人被彈片插了一身，但在短暫的晃動後，它們連同在走廊另一端的夥伴就直衝主控室的門。

門內的極端分子剛被手榴彈炸得頭昏眼花，就看見三個圓柱體在煙霧中輾過門板衝進來，反射性地舉起衝鋒槍掃射。

司寇夜在槍聲中靠近主控室大門，蹲在牆壁邊捕捉槍響，判斷槍聲遠離門口後伏低衝進室內，將金屬別針的一角──雅典娜的入侵程式──插進最近的主機插槽中。

一名被綁在主機旁的樂園員工看見司寇夜，本能地叫出來，而聲音碰巧落在換彈匣的安靜時刻，導致兩名極端分子馬上看向狙擊手所在的位置。

司寇夜沒給兩人反應時間，一手將工作人員塞進桌底，一手握槍對敵人就是兩發子彈。

橡膠彈正中極端分子的眉心處，在彈體和濾氣面罩的保護下雖沒當場喪命，可衝擊力也讓兩人後仰倒地。

於此同時，三臺中唯一一臺尚能移動的機器人開始繞圈噴灑泡沫。

「泡沫……看不清楚了！」

「搞什麼啊！」

「門口那邊有人入侵！」

「啊啊啊這礙事的面罩！」

怒吼聲此起彼落，幾名極端分子不約而同動手脫濾氣面罩，壓根沒注意到獨立空調系統詭異地停止再運轉，將走廊上洋溢蘭開斯威迫素的空氣抽進來。

拜此之賜，他們摘下面罩後不到一秒，就兩眼一翻倒地昏迷。

司寇夜數著倒地聲，確認所有敵人都躺平後，才站起來跨過全毀的大門，向仍蹲在十多公尺外的蘭開斯招手。

蘭開斯遲了兩三秒才起身走向司寇夜，揉著後頸問：「都解決了？」

「解決了，你可以停止釋放信息素了。」

「遵命。」

蘭開斯跨過所剩無幾的門檻。

他來到主控臺前坐下，敲敲鍵盤注視螢幕道：「我瞧瞧……醫療用催情素的排放已停止、出入口全數開放，然後警方正從冒險園區過來。園區內的監視畫面備分了嗎？特別是能證明我和小夜是正當防衛的部分。」

「均已備分至您的三個雲端主機。」

「很好，那麼就只剩……嘶——」

蘭開斯忽然倒抽一口氣，按著頸部一動也不動。

司寇夜在稍遠處用束帶綁人，聽到抽氣聲抬起頭問：「怎麼了？」

蘭開斯張口，雙唇細顫兩下才放下手擠出笑容道：「沒事，只是想到待會會被警察拉去做筆錄，就提不起勁。」

司寇夜拉束帶的手指猛然一收，在情勢危急下，他壓根忘了只要自己對極端分子動手，事後肯定會被警方約談。

而身為一名沒幹過合法任務的殺手，他面對警察時只有逃跑衝動。

蘭開斯誇張地大嘆一口氣，靠上椅背宣告：「我要推雅典娜出去代答，全程行使緘默權。」

司寇夜原以為蘭開斯只是玩笑話，沒想到當警方將兩人請去做筆錄時，富豪還真的全程安靜，只有雅典娜出聲。

這種態度很快就激怒警察，先質疑人工智慧沒有代答資格，結果雅典娜回以「法律上並無禁止，貴單位若有疑慮，可選擇讓主人返家，待主人心情轉好精神抖擻後，擇期聯絡貴單位」；接著意圖將整起事件朝蘭開斯欲刺探敵對公司商業機密，夥同極端團體藉故入侵樂園系統，而人工智慧對此的反應是直接連線蘭皇法律部門。

憑這一連串應對，雖然司寇夜對警方的問話是能兩個字結束就不說三個字，眼神還時不時飄向窗戶或門口，卻反而給警察們留下「這名證人態度好，比較配合」的印象。

終於，在接近一個半小時的問答後，兩人離開警局，坐上跑車於黃昏時分返回別墅。

當司寇夜自地下停車場踏上一樓地板時，迎面飄來的是奶油與肉汁的香氣，肚子馬上不受控制地咕嚕一聲。

蘭開斯嘴角上揚，輕輕推司寇夜的後背一下，輕聲道：「去餐廳吧，七矮人們應該已經把晚餐煮好了。」

司寇夜向前走幾步，但很快就從足音發現蘭開斯沒跟上，回頭瞧見富豪仍停在階梯上，蹙眉問：「你不一起過去？」

「我想洗澡，然後休息一會。」

蘭開斯搖手，見司寇夜眉間的皺褶沒散開，靠著扶手笑道：「放心，屋裡的食材充沛到難以想像，不用擔心你會把我的份也吃掉。」

司寇夜直覺有哪裡不對勁，然而在細看細想前，七矮人中的保安機先一左一右抬起狙擊手，加足馬力朝餐廳狂飆。

「喂！停下來！我還沒……」

司寇夜話還沒說完，人就已經被送進餐廳放到餐桌椅上．面對剛出鍋出爐的燉牛臉頰、奶油馬鈴薯、小餐包、綜合蔬果汁和油醋沙拉。

這集醇厚與清爽、綿軟和鮮脆於一桌的佳餚讓司寇夜的胃狠狠一抽，陷入拿叉子填飽肚皮，和起身搞清楚何處有異的掙扎中。

最終，食慾戰勝警覺，司寇夜拿起叉子說服自己，搞不好根本沒有異常，幾分鐘後蘭開斯那三十歲小鬼就會裸著上身跑下來，幼稚地炫耀自己的腹肌。

然而直至狙擊手將甜點吃完，蘭開斯都沒出現。

這讓司寇夜再次湧起異樣感，抬頭問：「雅典娜，開斯還在洗澡嗎？」

「主人已離開浴室，目前正在床上休息。」

「不下來吃飯？」

「目前沒有這個打算。不用擔心，晚點七矮人會將餐點送到主臥室中。」

「……他不是受傷動不了吧？」

「主人毫髮無傷。」

「真的？」

「真實不虛，主人禁止我向你說謊。」

雅典娜從餐桌彈出投影螢幕，借用保安機器人的機械臂指著螢幕下方「不得誆騙對象：司寇夜、蘭開斯」道：「請看，這是我的人格設定，上面清楚設定我不得對你說謊。」

司寇夜注視螢幕，電腦程式和人類不一樣，做出何種設定就只會有該種反應，因此他不該懷疑雅典娜，可是……

——詭異感越來越強烈了。

司寇夜拉平嘴角，在毫無頭緒下只能起身道：「我要回房間了，如果他身體有不舒服，馬上告訴我，好嗎？」

「遵命。」

司寇夜走回自己的寢室，先進浴室淋浴再坐上床鋪寫日記，思緒隨文字將今天發生的事跑過一輪，正要闔上日記本時，整個人忽然僵住。

——一個指令一個動作的叫機器，能充分了解主人意圖，先行做出規劃的才是人工智慧。

——很好，那麼就只剩……嘶！

——主人毫髮無傷。

——我不得對你說謊。

「幹！」

司寇夜將日記本扔到一邊，抬頭急切地喊道：「雅典娜，妳在嗎？」

「我一直都在，有什麼能替你效……」

「妳不能對我說謊，但可以對我隱瞞。我先前在餐廳問妳蘭開斯是不是受傷不能動時，妳說他沒受傷，卻沒說他可以動。」

司寇夜瞪著天花板沉聲道：「蘭開斯現在是不是動不了？」

「主人仍具備活動能力。」

「多大的活動能力？像平常一樣上竄下跳搞破壞，還是只能動手指？」

「……」

「行使緘默權嗎？」

司寇夜輕嘆，快步走到櫃子前拿出手槍與彈匣。

雅典娜透過鏡頭發現司寇夜將橡膠彈匣退出，馬上警覺問：「司寇先生，你要做什麼？」

「直接去問蘭開斯。」

司寇夜將金屬彈匣插入手槍道：「我想妳應該有幫他鎖門，不用開，我自己破壞。」

「司寇先生……」

「我不會逼妳回答，但如果妳派七矮人來妨礙我，我會把他們連同門鎖一起摧毀。」

司寇夜邊說邊將手槍上膛，轉身走向房門口，剛要踏出房間，頭上就響起雅典娜的聲音。

「主人腺體痙攣了。」

司寇夜停下腳步，表情從冷峻轉為詫異。

腺體痙攣是Alpha和Omega特有的身體異常，和肌肉痙攣的反應類似，都會讓當事人陷入劇痛中，不同的是肌肉痙攣通常局限於某幾塊肌肉，腺體痙攣則發作於整個腺體，而腺體是遍布Alpha和Omega全身的器官。

而腺體痙攣的觸發原因有二：一是長時間釋放高濃度信息素，導致腺體過度疲勞；二是在沒有藥物輔助下，長期抗拒高濃度信息素的影響，使腺體陷入僵脹狀態。

司寇夜難以置信地問：「蘭開斯今天是釋放了不少信息素，濃度也相當驚人，但時間不長頂多一個小時，一般Alpha可能會痙攣，但蘭開斯這種等級的怎麼會？」

「倘若僅是釋放高濃度信息素是不至於，但主人同時處於高濃度醫療用催情素中。」

「那僅限於我們進布偶店前，進店後他就戴面罩……」

司寇夜語尾漸弱，想起蘭開斯在店內檢查面罩時，曾對其中一個面罩發愣。

像是要證實司寇夜的猜測般，雅典娜道：「布偶店的兩個面罩中有一副有破損，主人戴了該副面罩，將完好的留給你。」

司寇夜感覺自己的胸口被人開了一槍，先前對蘭開斯與雅典娜有多惱火，此刻就有多自責，收緊握槍的手乾澀問：「他現在狀態怎麼樣？」

「最難熬的階段已經過了。」

「屋裡有緩解痙攣的藥嗎？」

「有，但主人天生對麻醉與鬆弛類的藥劑有抗藥性，目前也無法吞嚥或打針，所以沒有使用。請不用擔心，腺體痙攣並不致命，休息一晚就能恢復。」

——那就好。

司寇夜知道雅典娜希望自己如此回答，但他吐不出這三個字，因為這一點也不好。

全身抽痛一整晚的蘭開斯不好，束手旁觀的自己更不好。

雅典娜柔聲道：「司寇先生，請待在房間休息，我和七矮人會密切關注主人的狀況，絕不會讓他受一絲傷害。」

司寇夜沒有回應，想起蘭開斯在布偶店中對自己露出的笑容。

那不是對方日常掛在臉上，集戲謔、囂張和漫不經心於一體的頑童之笑，而是偶然發現他人的煩惱後，決定出手相助的溫柔笑容。

蘭開斯那句「我們去進攻主控中心吧！」不是要給自己找樂子，而是看出司寇夜想救人又礙於身分無法開口後，滿足狙擊手希望的發言。

而這句話讓蘭開斯戴著破損的面罩，在滿是醫療用催情素的園區中奔跑。

——都是我的錯。

司寇夜咬牙，掉頭走到衣櫃前，拿出信息素香水對自己的頸部一陣猛噴，再快步離開寢室朝主臥室走。

「司寇先生，你想做什麼？」雅典娜問。

「如果蘭開斯不能用藥，就只能採取其他手段緩解腺體痙攣。」

「其他手段是指……」

「用物理手段刺激多巴胺、腦內嗎啡、血清素……等有助於放鬆的物質分泌，並讓腺體中過度堆積的信息素流向其他器官。」

「司寇先生，恕我直言，你的描述……」

「簡化成兩個字就是性交！」

司寇夜打斷人工智慧，來到主臥室門前道：「雅典娜，把門打開。」

「我不認為你真想這麼做，主人更不會……」

「妳不開門，我就開槍了。」

司寇夜將手槍上膛解除保險，對準門鎖的位置道：「數到三我就開槍。」

「……」

「一。」

「……」

「二。」

「……」

司寇夜張口準備說出「三」，但在喉嚨出聲前，耳朵先捕捉到門鎖解除的細響，放下槍握住門把，輕輕一推就將門打開。

主臥室中昏暗不明，唯一的光源是床頭邊的小夜燈，暈黃燈光僅能照亮四柱大床的一角，光輝之外的景物都是模糊的灰色塊。

唯一例外的是蘭開斯的金髮，黃金般的髮絲靜靜反射燈光，彷彿漆黑大海中的燈塔。

司寇夜跟著反光來到床邊，雙眼也適應黑暗，看見弓身側臥在大床右側的蘭開斯，彎下腰輕喚：「開斯？」

蘭開斯肩頭一抖，艱難地抬起頭，在認出司寇夜的臉後詫異道：「怎、怎麼……雅典娜！」

「別怪她，是我拿槍逼她放我進來。」

司寇夜舉起手槍，將槍放到床邊矮櫃上，蹲在床邊凝視蘭開斯問：「很疼嗎？」

蘭開斯雙唇細顫，頓了一會才擠出聲音道：「沒……不疼，一會就……你出……」

「夠了，不用說了，我知道你疼得要命。」

「我沒……」

「閉嘴。」

司寇夜站起來朝天花板道：「雅典娜，讓七矮人送保險套和潤滑液過來。」

蘭開斯困惑地皺眉，再迅速明白司寇夜想做什麼，艱難地喊道：「別……小夜，不行！」

「都要你閉嘴了。」

司寇夜伸手將蘭開斯推成仰躺之姿，爬上床跪在對方腿間道：「無法接受的話就閉上眼，想像讓你最有感覺的女星。」

「不是……那、那……個問……」

「沒辦法好好說話就別說。」

司寇夜脫下上衣，往前一扔蓋住蘭開斯的雙眼，動手解開對方的褲頭，脫去內外褲掏出頹軟的性器。

這是他第二次握住蘭開斯的陰莖，貼著掌心的肉根與記憶中一致，但溫度卻比第一次高了些，還時不時細顫兩下。

——連這裡都在痙攣嗎？

司寇夜拉平嘴角，俯下身用舌頭舔舐陽具。

不知清理得當還是天生使然，蘭開斯的半身沒有多少氣味，就算將鼻頭抵在對方的莖根上，也只嗅得到淺淡的肥皂味。

這讓司寇夜鬆一口氣，張嘴輕輕含住對方的龜頭，細細舔過龜頂和溝冠。

他對口交只有旁觀沒有實作經驗，在技巧不足又怕弄疼蘭開斯下份外小心，有一點抽動就會馬上停下舔吮，改以嘴唇輕輕磨撫，直到口中軟肉放鬆才繼續。

「小……夜……」

司寇夜在蘭開斯的呻吟聲中，模仿狙擊鏡前妓子或妓女一手握莖上下套弄，一手輕撫對方的卵囊，在掌中卵囊開始抽抖後，吐出龜頭低頭舔拭卵蛋。

蘭開斯的呼吸驟然轉粗，背脊微微拱起，雙腿緊繃地低喘道：「別……我會、忍……忍不……唔！」

司寇夜繼續吮吸蘭開斯的陰囊，手指持續撫套對方的肉柱，在掌中肉根完全挺立後，將其含進嘴裡。

——很好，沒有想像中難。

司寇夜在心中輕嘆，配合呼吸將蘭開斯的半身吸入再吐出，感覺口中器官一點一滴脹大，為了盡快讓對方洩精排出信息素，拉快吞吐的速度。

「夜……不可……啊、我會……你會……」

攔阻的言語斷斷續續從前方傳來，司寇夜沒有停下嘴，因為他在進房那刻就有做到最後的覺悟，更因為蘭開斯的聲音中有濃濃的慾念。

——他喜歡這樣。

司寇夜舔舔蘭開斯的馬眼，將粗壯的肉棒含進口腔深處，直到嘔吐感襲來才拉起頭，再次用舌頭舔戳馬眼。

而在他將這幾個動作重複做到第八回時，舌尖舔到一絲濃液，還沒分辨出是什麼，烘熱的香味便充斥口腔直衝鼻腔。

司寇夜猛然靜止，嘴中的氣味是他在蘭皇總部聞過的太陽暖香，但如果當時的香氣是冬陽，令人暖活放鬆，此刻繚繞腦殼的香味就是夏日，使人燥熱乾渴。

狙擊手的喉頭一陣乾澀，下意識貼近蘭開斯濕潤的龜頭，他嘗到更多精液後，身體也更進一步發燙。

——好熱……也好渴。

司寇夜吮吸蘭開斯的肉根，同時將睡褲蹬到地上，燒烤全身的熱度非但沒有減損，還往腹部與胯下聚集，他下意識抓扯內褲，隔著布料握住自己的半身，酥麻感立刻湧現，稍稍減緩燥熱。

「小夜……」

蘭開斯抖著上身吸氣，揪抓床單低聲道：「離開……你的味……花香，出來了……」

——那是香水的味道。

司寇夜在腦中回答，一面吞舔蘭開斯的粗柱，一面胡亂抓弄自己的性器，肉莖都被擼到淌水了，嘴裡的陽具卻仍只是偶爾冒出一兩滴精液。

這讓他火大起來，放開讓自己下顎痠軟的器官，坐起來用手指按按蘭開斯的龜頂埋怨：「你怎麼都不射！」

「別再……不要、玩火。」

「你得射出來才行。」

司寇夜撫摸蘭開斯硬挺的陰莖，眼角餘光掃過腿邊，看見七矮人放下的保險套和潤滑液，拿起套子撕開道：「插進來就會射了吧。」

「小夜！」

「放心，我沒有做過，但看別人做過。」

司寇夜給蘭開斯戴上保險套，覺得自己有哪邊不對勁，但下一秒異樣感就被口中殘留的熱香蓋過，打開潤滑液的蓋子，將凝露狀的液體擠上手指，碰觸已有幾分潮濕的臀縫。

同時，他模仿任務時看過的男妓們，抬起臀部俯下身軀，用自己的肉莖磨蹭蘭開斯的半身。

騷麻感隨摩擦自胯間湧出，司寇夜不自覺地加大身體搖擺的幅度，探挖後穴的手指也進得更深，最後觸上自己的敏感處。

「嗯啊！」

司寇夜猛然打顫，他不知道自己摸到什麼，只覺得臀穴一陣麻爽，指頭的推進也潤滑許多，抱著盡快完成擴張的念頭再次戳按該處，觸電般的快感打上頭殼，讓他雙腿一軟伏倒。

蘭開斯感受到司寇夜的重量，怕對方出事了，忍著劇痛將遮眼的衣服甩開，一抬頭便看見狙擊手雙頰緋紅、兩眼濕潤地伏在自己身上。

「沒事……」

司寇夜帶著幾分顫抖，撐著床鋪支起上身，將手指從臀後抽出，一絲水液從臀口牽出，貼上白皙的大腿。

蘭開斯喉頭滾動，再迅速恢復理智道：「夠了，接下來我自己……」

「可以插進來了。」

司寇夜岔開雙腿，向前挪了幾吋移動到蘭開斯陰莖的上方，右手握住對方的莖身，左手扳開自己的臀瓣，對準莖頂坐下去。

Alpha 的性器天生就不小，蘭開斯的又比一般 Alpha 粗壯不只一號，導致司寇夜剛往下坐就疼得抽氣，不過他雖沒有 Omega 的柔軟濕潤，卻有過人的柔韌與忍痛力，硬是咬牙將肉刃納入體內。

——好脹……像是要將生殖腔戳穿一樣。

司寇夜大口大口吸氣，男性 Beta 雖有生殖腔，但大多發育不全，難以受孕也不如女性 Beta 或 Omega 敏感，但此刻他的腹部卻滿是痠麻，讓狙擊手有種如果沒給身下人戴套，自己肯定會懷孕的錯覺。

「小夜……」

蘭開斯的喘息，渾身緊繃、滿臉苦澀地注視司寇夜道：「我不能……你是我的……家人，重要的弟……弟弟，這種事……不可以。」

司寇夜看著身下痛苦不堪的蘭開斯，深切認知對方有多珍惜自己的男僕，繚繞身心的熱度、疼痛倏然轉為苦悶。

他不是蘭開斯珍惜的那人，他只是有著相同姓名的殺手。

「……我不是你的家人。」司寇夜聽見自己如此低語。

望著富豪詫異的面容，無視撕裂般的痛楚將身體抬起再坐下，他含著淚光微笑道：「我是不相干的人，你和你重要的弟弟都是乾淨的，骯髒的只有……強上你的我。」

蘭開斯愣住，還沒將司寇夜的話語消化完，身上人便繼續抬降白臀。

司寇夜一次次讓蘭開斯貫穿自己，疼痛使他的性器頹軟，臉色也從紅潤轉為蒼白，可即使疼得頭腦發暈，仍沒有停止交媾。

直到蘭開斯在七八回交疊後，挺起腰桿抱住司寇夜。

「我不是……那個意思。」

蘭開斯摟住司寇夜，垂首靠在對方頸邊道：「你一點也不髒……髒的是克制不住的我……你是勇敢又高潔的小夜鶯，我無可取代的寶貝。」

「我不是你要找的……」

「你是。」

蘭開斯一邊親啄司寇夜的頸側，一邊撫摸狙擊手爬上冷汗的背脊道：「可愛又正直，為了讓我好受點，多疼、多不擅長、多羞恥的事都願意做……你若不是我的小鳥兒，我的小鳥兒就不存在了。」

司寇夜先抬起眼睫，再覺得鼻頭一陣酸熱，正不知所措時，忽然被蘭開斯托起身軀，放到一旁的枕頭堆上。

「既然要做……就得讓我的小夜鶯也享受到。」

蘭開斯撫上司寇夜的面頰，帶著幾分僵硬將司寇夜翻成臥姿，俯身貼上對方的背脊，一隻手碰觸狙擊手的胸脯，另一手則握住身下人的半身。

這動作讓司寇夜迅速想起蘭開斯返回別墅後的第一晚，那晚富豪也是這麼抱著自己，差別只有當時兩人是側躺，現在則是雙雙伏臥。

他感覺蘭開斯的陰莖抵上臀瓣，以為對方會馬上進入，然而富豪只是吻著狙擊手的肩膀，揉撫胸乳套弄肉根，緩慢地讓自身莖柱摩擦臀口。

於此同時，暖香也罩上司寇夜的身軀，痠痛一點一滴散去，燥熱感重新降臨。

這回疏解熱感的是蘭開斯的唇舌、手指和陽具，被對方親吻、碰觸和磨壓的地方無一不舒爽，令司寇夜迅速軟下腰，伏在枕頭堆上喘息。

蘭開斯聽著喘氣聲，頸間浮起淡淡的青筋，下身挺抽的角度忽然改變，龜頭因此沒入司寇夜的臀中。

司寇反射性緊繃身體，然而靜止數秒後沒迎來捅貫，反倒是胸上、胯間的愛撫加重了些。

蘭開斯吮舔司寇夜的肩頸，感覺身下人的緩緩放鬆，這才小幅搖晃腰臀，輕柔抽磨狙擊手的花口。司寇夜抱著枕頭的手指緩緩收緊，麻癢感慢慢攀進肉徑，臀瓣細微抖顫，肉根也進入半勃狀態。

蘭開斯掐捏著司寇夜的乳頭，把一部分莖身推進狙擊手體內，繼續和緩地抽插，直至肉徑被磨出愛液才更進一步。

而當蘭開斯插入至半截時，粗硬的龜頂直接輾上司寇夜的前列腺。

「喔……喔呵——啊……啊哈——」

司寇夜雙腿打顫，比先前擴張時強烈數倍的歡快注入神經，讓他克制不住聲音，扯著枕頭喘叫起來。

叫聲讓蘭開斯一陣灼熱，想完全插進司寇夜體內，但最後還是壓制住慾望，只是用力吮了狙擊手的肩頭一口，散出濃重的催情素。

司寇夜全身打顫，瀰漫鼻腔的香氣熾熱如日，讓他整個人癱軟在被褥間，只有菊穴不受控制地收縮，吸捲撐脹自身的肉具。

這一捲讓狙擊手的後穴酥爽又空虛，酥的是被蘭開斯插入的部分，空的則是尚未被肉刃進占之處。

——好想被徹底填滿……

司寇夜向蘭開斯翹起臀部，感受到肉柱前進些許，還在消化撐脹感，柱身就退回原位。

「還不行。」

蘭開斯的聲音比平日低且沙啞，吻著司寇夜的耳垂，輕緩插磨身下人的窄徑道：「你還沒適應……進去會痛。」

「但是我想要……」

司寇夜側頭雙眼潮濕地注視蘭開斯，再次將臀部蹭向對方的胯下，恍惚地道：「撐開了……開斯的肉棒好粗。」

蘭開斯先靜止不動，接著咂舌扣住司寇夜的腰肢，將性器往對方體內推。

「哈……」

司寇夜抖著肩膀承受突入，感覺自己一寸一寸烙上另一人的形狀，痛感和快感一同充盈花徑，讓他既想逃又渴望盈滿。

蘭開斯推得相當慢，花了十多秒才將陰囊貼上司寇夜的臀瓣，抬起手撫摸狙擊手的胸脯和大腿，在對方肩頸灑下細碎的吻。

司寇夜在撫吻中放鬆，蘭開斯陰莖的存在感依舊強烈，但旋繞臀穴的抽痛緩緩散去，化為由穴口直達生殖腔的騷麻。

——如果做到最後，身心都會回不去。

理智警告，但司寇夜選擇無視，因為在身上遊走的指掌唇舌如此溫柔、飽含愛意，讓他迷戀不已。

「我的小夜鶯啊……」

蘭開斯用嘴唇輕磨司寇夜的耳廓，將陽具抽出半截再慢慢插入，用龜頭頂了頂閉合的生殖腔，再重複相同的動作。

司寇夜的身軀泛起潮紅，蘭開斯太粗，不用調角度就能輾到前列腺，且雖沒有插進生殖腔中，可每次頂戳都讓他下腹一陣麻熱。

而當蘭開斯加快速度時，這種感覺更強烈了，蜜糖般的歡愉從性器交磨處湧現，司寇夜的呼吸迅速紊亂，抓著枕頭喘吟不止。

「哈啊、啊——開斯……喔呵！頂到了……好深。」

蘭開斯耳邊迴盪著司寇夜的嬌喘，那是對方清醒時絕對不會發出的聲音，而同一人的肉徑也熱切地吸吮自己，再搭配染上媚態的翠眼，直接壓垮他最後一分克制。

他將肉刃完全抽出，再一口氣插到最深處，不給司寇夜消化快感的時間，就再次、三次、四次……無數次快抽深搗。

司寇夜眼前的景色頓時模糊，猛烈到可怕的愉悅拍打神經，先是本能地扭腰想躲避，再被蘭開斯扣住下身一陣猛攻，待對方鬆手時，他已是每次被深插，馬眼就會吐出精液，臀口流出愛液的狀態。

蘭開斯的龜頭、莖身甚至囊袋裹上水澤，讓他既能享受狙擊手的緊緻，又得以毫不費力地抽插。流暢且深刻的占有讓司寇夜很快就射出來，但本人完全沒發現，因為內穴的高潮更加強烈，讓他除了體內的粗刃外什麼都感覺不到。

蘭開斯在高潮的緊縮中靜止片刻，再大力將花徑操開，摟著嬌吟打顫的青年不斷挺動下身，直到陰莖成結才停止。

司寇夜在蘭開斯射精時二度高潮，由於保險套遮擋，他沒有直接接觸對方的精液，但仍感受到保險套膨脹的壓力，與套內液體的熱度。

這加劇狙擊手的歡愉，更讓他的生殖腔一陣抽抖，默默開出一條細縫。

第五章

戰鬥中沒有主角威能，只有分工合作

「所以……」

祿陽深吸一口氣，抓著奈奈樂園的兔子騎士玩偶，注視司寇夜認真問：「你有和奈奈兔合照嗎？」

「沒有。」

「你都去奈奈樂園了，怎麼可能沒有！」

「就是沒有。」

「那你有戴奈奈兔髮箍站在夢幻城堡前拍照嗎？我聽說這是去奈奈樂園必做的事。」

「無可奉告。」

「無可奉告是……」

「有客人來了。」

司寇夜手指遠處剛坐下的女性，無言地催促自家隊長盡甜甜圈店店員的職責。

祿陽握拳咬牙，掙扎片刻後拿起菜單，掛上營業用微笑前去招待客人。

司寇夜目送祿陽走遠，靠上椅背啜飲黑咖啡。

距離他搬進蘭開斯的別墅已有兩個多禮拜，而他照常在周二搭著電梯來到R國離天空最近的甜甜圈店。

在蘭開斯透漏雅典娜能利用衛星監控甜甜圈店後，司寇夜一度想約祿陽到其他地方交換晶片，但仔細想想這麼做反而啟人疑竇，最終僅是在日記本上報告這件事，要不要換地點交給上面定奪。

「我回來啦！」

祿陽端著一托盤的甜甜圈、潛艇堡和可樂來到司寇夜的桌前，感受到同僚質疑的目光，馬上澄清道：「現在是我的休息時間！」

「你們店早班外場就你一個人，可以休息？」

「今天有三個！店長前天招了一個新人，正在帶她熟悉外場。」

「以你們這種來客量居然招新人……是對你不滿意，招來取代的嗎？」

「才不是！店長昨天才稱讚過我。」

祿陽見司寇夜一臉懷疑，惱火地拿起甜甜圈道：「不信就算了！上新聞了不起啊！」

「誰上新聞？」

「你啊，還有我們的準暗殺目標。」

祿陽邊說邊掏出手機，單手滑滑螢幕遞給司寇夜。

司寇夜接下手機，螢幕上是關於一周前奈奈樂園被極端分子占領的報導，他的雙眉隨閱讀聚攏，放下手機道：「這也寫太細了，記者買通警方內部的人嗎？」

「也有可能是遊客說的，那裡可是奈奈樂園，最不缺的就是人。」

「不可能，當時遊樂園中的人不是忙著逃就是神智不清，不可能將過程記得這麼仔細。」

「你這麼說的確是……不過這也沒關係吧！又不是咱們純淨的作戰計劃，一旦曝光就只能等著被敵人爆頭。」

「但若再發生類似的事，敵人就會提防了。」

「不會再發生啦，這裡可是R國，治安好得不像話，報導中最後段都說了：『這是本國立國以來第一起恐怖攻擊』。」

「有一就有二。」

司寇夜伸手抓起一個潛艇堡，一口一口將塞滿牛肉與生菜的麵包吃完，拿紙巾擦手時才發現祿陽直直盯著自己。

「怎麼了？」

「你吃了。」祿陽指著潛艇堡的包裝。

「這是刷我的卡買的，我不能吃？」

「你當然能！只是你前兩次來這裡時都只有喝飲料沒吃東西，是胃口變好了嗎？」

「大概吧，我沒注意。」

「不過這算好改變，你太瘦啦。」祿陽邊說邊抓起一個甜甜圈，塞進嘴中咀嚼。拜此之賜，他壓根沒發現司寇夜在聽見「改變」兩個字時，先是手指一顫，再下意識別開眼。

司寇夜不知道自己的食慾有沒有變化，但他很清楚自己的身體有變化。

迪詩奈樂園歸來後的那晚，兩人不只做一回，而是三回，且其中一回司寇夜還扣著蘭開斯的手，主動坐在對方身上把彼此搖出來。

司寇夜不記得怎麼回房間的，第二天睜眼時已經乾乾淨淨躺在副主臥室，而蘭開斯、雅典娜、七矮人對自己的態度也與過去一致。

這讓司寇夜產生一個錯覺，那失控而甜美的夜晚只是一場夢。

而他的身體很快就告訴主人，那晚不但真實，還深刻入骨。

司寇夜是個寡慾的人，能平靜地用狙擊鏡窺視進行床上運動的目標，鮮少手淫更不覺得性事有何樂趣，然而在與蘭開斯身體交疊後一周內，他不但做了三場春夢，還在浴室想著對方的碩大自瀆數回。

「要再來一個嗎？」祿陽拿起另一個潛艇堡問。

司寇夜張口但沒發出聲音，靜默五六秒後問：「問你個問題，純粹好奇沒別的意思。在何種情況下，你會對某件事物從不感興趣轉為熱衷？」

「我想想……遭逢巨變？我聽二隊的海參說過，他養的貓原本死活不給人摸，但某次宿舍著火被他救出來後，就整天黏他腿上。」

「除此之外呢？」司寇夜很確定在遊樂園的經歷不足以動搖自己。

「除此之外……對那個事物的認識增加？先前武器部買了火龍神機槍，我覺得這槍笨重聲音又大，只有想耍帥的人才會拿，結果有一回出任務時我被迫拿它來用，這才發現這大傢伙掃射起來有夠爽。」

司寇夜抿唇。祿陽的描述和他的狀態很接近，自己對性事僅止於旁觀，直到那晚才有實作經驗，在認識薄弱下，以為自己對性交不感興趣是有可能的。

他面色凝重問：「以你的經驗，這種變化會持續多久？」

「這很難說啊，有些只有一陣子，有些會持續一輩子。」

「什麼狀態下會只有一陣子？」

「唔——」祿陽偏頭思索許久才不確定地道：「激烈接觸你熱衷的東西？二隊的魷魚很迷一款射擊手遊，每次任務空檔都要摸手機，但有回他重傷休養一個多月，整天沒事幹只能打手遊，結果連打三、四十天後，他單聽開頭音樂就想吐。」

司寇夜的臉色微微轉白，他無法想像自己纏著蘭開斯連打一個月砲的模樣，若一定要這麼做才能止住性慾，他寧願閹了自己。

好在祿陽的答案不只一個，停頓片刻繼續道：「或是強迫自己別碰，然後找其他東西轉移注意力。這招我們隊上的兔子用過，她為了減肥要戒可樂，找奶茶當替代品後成功告別可樂，就是人沒瘦。」

司寇夜雙眼亮起，蘭開斯的別墅中最不缺的就是吸引注意力的東西，他可以整天泡在書房中，或是將精力發洩在健身房裡。

此舉可能會影響自己對蘭開斯的調查進度，不過他相信只要做得夠徹底，兩周……不，一周內就能讓身體恢復正常！困擾一周的難題得到解決，司寇夜的心情頓時愉快起來，從祿陽的盤子中拿起甜甜圈咬下去。

祿陽捕捉到司寇夜的表情變化，雙眼一亮問：「等等，剛剛不是純假設？誰對什麼從沒興趣變成很熱衷？」

「這是假設。」

「我才不信！快告訴我，甜甜圈店上班超無聊，需要八卦滋潤！」

「我要走了，蘭開斯明天要去新開幕的美術館剪綵，我得提前去踩點。」

「別找藉口逃跑！你上禮拜也這樣，剛說起有趣的事就……」

「再見。」

祿陽對司寇夜的指控一半對、一半錯。

對的是狙擊手是真想逃跑，錯的則是他講的不是藉口。

蘭家長輩贊助的美術館近日落成，蘭開斯代替行動不便的長輩成為剪綵者之一，而鑑於蘭開斯一向當天事當天定，這一個月前就排定的剪綵典禮竟成為司寇夜擔任保鏢兩周來，首次有機會提前勘查的行程。

美術館尚未開放外人進入，但司寇夜事先拿到內部平面圖，今天只是來記住窗戶和出入口的位置、可供狙擊手埋伏的高點，以及擬定幾條緊急撤退路線。

他輕鬆完成勘查工作回到別墅。今日蘭開斯不打算出門，一整天都窩在四樓工作室裡，這對狙擊手是大好消息，他照計劃在書房和健身房消磨精神與精力，帶著疲倦躺上床，以珍珠的呼嚕聲結束美好、平靜、禁慾的一天。

這份順利一直延續到隔日，兩人乘坐的藍寶堅尼幾乎一路綠燈通行無阻地抵達美術館門口。

司寇夜一下車就發覺周圍情況有異，一個不算知名、今日才要正式開張的民間美術館外竟聚滿R國各大媒體，手機、攝影機、單眼鏡頭、空拍機……各式攝影器材一字排開，熱鬧得像總統爆出外遇醜聞後首次公開行程。

而更要命的是這些鏡頭與持鏡人在蘭開斯露面後，便紅著眼朝富豪直衝而來。

司寇夜嚇一跳，反射動作將蘭開斯塞回車中，一手出拐子架開跑第一的記者，一手直接掏槍對空扣板機。

「全部後退！」司寇夜舉槍厲聲要求，在記者們僵硬地退開後，抓起蘭開斯的手，以最快速度衝進美術館中。

館內的工作人員看見司寇夜踢開大門，無視一旁的金屬安檢門握槍往內走，趕緊上前道：「這、這位先生，要出示邀請函才可……」

「他是我的保鑣。」

蘭開斯在司寇夜身後說話，掏手機亮出電子邀請函道：「邀請函在這裡，我是蘭家的代表。」

工作人員先盯著邀請函，再認出蘭開斯是誰，緊張地立正道：「抱抱抱歉！我沒注意到您，歡迎、歡迎兩位，請進！」

「那我就不客氣了。」

蘭開斯挽起司寇夜的手，進入正在擺放餐食飲料的挑高大廳，挑了張沙發凳坐下。

司寇夜沒坐上凳子，看著毛玻璃外的重重人影問：「那些記者是怎麼回事？R國人很熱衷藝術新聞嗎？」

「完全不熱衷，應該是來堵璃君的。」

「璃君？」

「國會議員趙璃君，剪綵者之一，《咦周刊》本期封面人物。」

「《咦周刊》又是……」

司寇夜沒能把話說完，因為美術館館長上前與蘭開斯打招呼，而以此為開端，當期展覽策展人、幾名藝術經理人、藝評、藝廊老闆……幾乎整個大廳的來賓都前來寒暄遞名片。

名片收集活動持續到工作人員前來通知剪綵典禮要開始了，請眾貴賓移駕正門準備。

而司寇夜也終於看見趙璃君。

那是一名被三位男性 Alpha 保鏢、一位男性 Beta 祕書圍繞在中心的女性 Alpha 身邊，她身穿火紅色的套裝，艷麗得不可方物，存在感在眾嘉賓僅次於蘭開斯。

「趙議員，這邊請。」

典禮主持人將女性引到中間偏左，緊鄰蘭開斯的位置，面向底下閃個不停的鎂光燈，微笑說了幾句祝福語後請嘉賓們動刀。

長緞帶在七把剪刀下化為碎片，剪綵儀式結束，媒體們的戰鬥才剛要開始。

「趙議員！議員請留步！」

「我是電視臺的記者，可以請蘭先生回答幾個問題嗎？」

「關於本期《咦周刊》的爆料，兩位有什麼話想說嗎？」

「這就是兩位至今未與任何 Omega 有婚約或緋聞的理由嗎！」

「趙議員！蘭先生！」

「各位，議員今日不接受採訪！」

Beta 祕書站出來攔阻，然而無論是身板還是音量都不敵記者們，很快就被麥克風和錄音筆推得後退。

好在保鑣馬上上前隔開記者，眼看場面就要朝物理對抗邁進時，一聲冷笑忽然劃破空氣。發笑的人是蘭開斯，他的笑聲不大，但卻落在眾人閉嘴的寧靜時刻。

「別傻了，那不是什麼浪漫約會，是邪惡的官商勾結現場。」

蘭開斯一手搭上趙璃君的肩膀，衝著愣住的記者們眨單眼道：「不爽就按鈴檢舉我們，誰抓得到小辮子我送他一億。」

記者們先全體靜止，接著雙眼瞪大將麥克風、錄音筆往前捅，氣勢之猛彷彿衝鋒的長槍兵。不過先前的呆滯已給保鑣們反應時間，司寇夜勾住蘭開斯的腰把人往館內拖，其餘人則用身體擋住記者。

當司寇夜一路衝到美術館大廳時，才發現自己不是勾一個人進門，而是勾了一串人——蘭開斯扣著趙璃君的肩膀，趙璃君握住祕書的手。

「不愧是我的小夜鶯，反應迅速又準確。」

蘭開斯放開趙璃君，向司寇夜笑道：「向你介紹一下，與我狼狽為奸的趙璃君趙議員，和與趙議員藕斷絲連的白祕書；老璃，這位是我的貼身保鑣，司寇夜。」

「別隨便給我加老字，我才大你八個月。」

趙璃君瞪蘭開斯一眼，轉向司寇夜伸手本要打招呼，卻在看見對方的護頸時一愣問：「你是Omega？」

「是。」

「是又如何？」

蘭開斯的聲音與司寇夜的回覆疊在一起，攬上狙擊手的肩膀，「我的小夜鶯可是能一招摔暈Alpha，三百公尺外一槍爆人頭，彈雨中奔跑不沾彈片的高手，比妳家那三個管用多了。」

「Omega的體能和恢復力都不如Alpha，這對保鑣來說……」

「是優勢。」

蘭開斯打斷趙璃君，勾唇笑道：「因為所有人都像妳這麼想，所以不會把Alpha身邊的Omega當保鏢，會傻乎乎地上前行刺，然後被我可愛的小夜鶯槍斃。」

「你這傢伙還是一樣愛走偏門。」

「門本來就沒有正偏之分，真要說，世上哪有門。」

趙璃君垮下肩膀，放棄和老友瞎扯，將目光擺回司寇夜身上道：「司寇先生，我是趙璃君，很高興認識你，照顧這個三十歲巨嬰很辛苦吧。」

「我是天才不是……」

「還撐得住，他偶爾會恢復大人樣。」

「小夜——」

司寇夜被蘭開斯抱住肩膀搖晃，白祕書瞪大眼瞳，趙璃君則是毫不猶豫地拿出手機錄影。這舉動非常不給蘭開斯面子，也非常清楚地顯示兩人有多熟稔。

司寇夜感覺自己的胸口抽動一下，腦中浮現方才記者們的追問，以及蘭開斯那句「浪漫約會」，雙唇開啟想問些什麼，但腦中卻只能拎出模糊的文字。

趙璃君沒發現司寇夜的變化，放下手機道：「開斯，你敢放那種話，是有所覺悟了吧？」

「如果沒有，妳會怎樣？」蘭開斯偏頭問。

「還能怎樣？給你上三炷香，你是個成熟的大人了，該學習自己隱藏犯罪證據。」

趙璃君眼角餘光瞄到必須前去寒暄的人物，戳蘭開斯的胸口一下道：「出包前通知我。」

「放心，一定拖妳下水。」

蘭開斯對趙璃君比了個手槍手勢，待對方轉身後勾起司寇夜的手臂，喜孜孜地朝擺放點心的長桌跑。

司寇夜反射動作想抽手——沒有哪個狙擊手能接受慣用手被人控制住，但在動臂的同時，忽然想起蘭開斯在大門口和趙璃君勾肩搭背的那幕。

而這一走神，他就被蘭開斯拉到長桌前，面對一整桌精美如首飾的糕點麵包。

「我看看……這個不錯！」蘭開斯拿起兩片放有鮮蝦酪梨沙拉的法國麵包，一片放自己嘴裡，一片直接塞進司寇夜口中。

沙拉灑了檸檬汁和黑胡椒，凸顯蝦肉的鮮味之餘，也讓司寇夜的口腔一陣酸辣。而怪的是當他嚥下麵包時，酸與辣也轉移到胸口，令狙擊手面色一沉，下意識抬手碰觸胸膛。

蘭開斯瞄到司寇夜的動作，低頭靠近對方問：「不舒服？」

「沒……不礙事。」

司寇夜三兩口解決麵包，決定將心力放到周遭而非自己身上。

蘭開斯注視司寇夜片刻後招來服務生，向對方要了個方托盤，大肆搜刮桌面上的點心。

當司寇夜將視線轉回來時，托盤上早已排上密密麻麻四排甜點鹹點，盤邊還多了一壺花茶和兩個杯子，他微微一愣問：「你要打包回別墅吃？」

「是打包，但不回別墅吃。」

蘭開斯將茶壺茶杯塞到司寇夜手上，自己則端起托盤，朝美術館內走道：「這裡人太多了，咬沒兩口就要停下來和人打招呼，換個安靜沒人風景好的地方，坐下來好好說悄悄話吧。」

「你是要吃東西還是要說話？」

司寇夜嘴上批評，腦內卻自動浮現美術館的平面圖，很快就找到符合蘭開斯需求的地點，走在對方前頭帶路。

兩人穿過幾個展覽室，來到環繞中央庭院的方迴廊，坐在面對落地窗的長椅上。

「……吃完鹹的就會想吃甜的呢。」

蘭開斯一口一口將草莓蛋糕吞下肚，一手拿三明治、一手從口袋掏出一個金屬圓餅，按下餅中央的按鈕。

細微的搔刮聲掠過司寇夜的耳朵，警覺地直起腰肢問：「你做了什麼？」

「放妨礙電波，現在你我中心方圓二十公尺內的錄音錄影設備都無法作用。」

蘭開斯放下金屬圓餅，在司寇夜問他為何這麼做前主動道：「你想問我和老璃的關係吧？」

司寇夜的手指微顫，接著恍然大悟地抬起眼睫。自趙璃君出現後，他的胸口就莫名悶脹，原來是因為自己不清楚對方和蘭開斯的關係！

這很合理，蘭開斯既是自己的保護對象，也是調查目標——根據結果還可能會成為暗殺目標，這樣的人物身邊出現他摸不清底的對象，會鬱悶是理所當然的。

——原來如此，我還以為是身體哪裡出狀況。

司寇夜暗自鬆一口氣，看向金屬圓餅低聲問：「你和她的關係是機密？」

「稱不上機密，但曝光的話對老璃沒有好處。」

蘭開斯翹起腳道：「老璃身旁的祕書既是她的首席智囊，也是她認識十年的摯友，而這位先生上上個月在老璃的辦公室發情了。」

司寇夜腦裡浮現祕書的身影——對方沒有 Omega 護頸，搭上蘭開斯的描述，靈光一閃問：「他是偽裝成 Beta 的 Omega，但由於長期超量使用抑制劑，對抑制劑產生抗藥性，這才在辦公室發情？」

「正解！不愧是我的小夜鶯。」

蘭開斯連續拍手，拿起茶壺倒茶道：「情急之下老璃只能臨時標記祕書，但這不是長遠之計，所以才找上我，希望蘭皇的藥劑部門能替自家祕書訂做抑制劑。而我們的『密會』被八卦周刊的記者拍到，在他們眼中孤男寡女共處一室不是愛情就是姦情，因此我和她就在一夜間從七年損友變成七年地下情侶。」

「難怪剪綵儀式會引來那麼多記者，他們是來向你們求證周刊報導是否為真。」

「是的。老璃原本計畫拿性別平等就業法修正案當藉口，說那天和我見面是要向企業界徵詢修法意見，我覺得這說詞鬼才會相信，所以改成億元抓違法遊戲。」

蘭開斯偏頭望向司寇夜道：「我的主意有趣多了吧？」

「是找死多了，你想同時破財和坐牢嗎？」

「怎麼會！蘭皇可是奉公守法的好企業，獎金和傳票都發不出去。」

「……」

「真的啦！你不信我也要信老建，他可是不管路口有人沒人，只要紅燈都會乖乖停車的規矩人！」蘭開斯沒在司寇夜臉上找到絲毫信賴，嘆一口氣暫且放棄說服狙擊手，望向靜謐無人的庭

院道：「無論如何，在這件事後我總算能信任老璃了。」

「因為她支持 Omega 就業？」

「錯，因為我得到她的把柄。」

蘭開斯的口氣依舊輕挑帶笑，但目光卻轉為深沉：「她不希望祕書的性別曝光，為此不惜向自己口中『世上最聰明的混帳商人』低頭，而我只要充分利用這點，就能讓她當我的棋子。」

「你不會這麼做。」

司寇夜的回應引來蘭開斯詫異的注目，而狙擊手也感到驚愕，因為他是先聽見自身聲音，才意識到自己剛剛開口了。

——得說點什麼解釋。

司寇夜張開嘴，但空有說話的衝動，卻沒有能組織成詞句的文字，畢竟連他自己都不明白為何會吐出那六個字。

那六個字是熟悉蘭開斯的人才有資格講的話，而司寇夜不具備此身分。

寂靜籠罩迴廊，就在司寇夜快被凝固的空氣壓窒息時，蘭開斯先勾起嘴唇，打破沉默淺笑道：「十年前的我不會，但十年後的我……如果你沒失去記憶，一定會指著我的鼻子說：『你變了！把以前善良正直的主人還我！』」

「人本來就會變。」

司寇夜停頓兩秒，低頭看手中的玻璃杯道：「真要說的話，我的變化才是天翻地覆。」

「哈哈，說的也是。」

蘭開斯的笑語讓司寇夜心頭一沉，還沒消化完情緒，就聽見差點讓他摔杯子的發言：「你從乖巧可人的小鳥兒，變成能讓我的小鳥變大鳥的美人兒。」

「你、你胡說什麼！」

「我是陳述事實，那晚你不是對著我的鳥喊了好幾次：『好大』、『好脹好深』嗎？」

蘭開斯真誠且無賴地發問，見司寇夜的臉色先白後紅，毫不客氣地大笑起來。

司寇夜在笑聲中張口又閉口，反覆數次才怒吼道：「我才沒有對著你的鳥喊！」

「是是是，你是『含』著我的鳥喊。」

「蘭、開、斯！」

「有！」

蘭開斯開開心心地舉手回應，拿起一片餅乾咬食道：「我不清楚你是怎麼想的，但我沒打算無視那晚發生的事喔。」

司寇夜肩頭一緊，別開頭道：「那晚只是醫療行為。」

「第一次是，後兩次很難說是吧？」

「……」

「我們的身體很合呢。」

蘭開斯用評論天氣的平靜口吻說話，靠上牆壁道：「老實說我有點嚇到，以往不管是遭人直接注射醫療用催情素，還是被迫和二位數的發情 Omega 關在同一個房間時，我都沒失控到那種程度過。」

「你為什麼會被注射醫療用催情素，和與發情的 Omega 關在一起？」

「因為我是世上最有價值的單身 Alpha。」

蘭開斯眨眨單眼回答，再收起不正經道：「這一個禮拜來，我一直在想要怎麼理解那晚發生的事，而我的結論是……我不知道。」

「不知道能當結論？」司寇夜皺眉。

「怎麼不能？不是有個東方賢者說過：『知之為知之，不知為不知，是知也。』」

蘭開斯搖頭晃腦道：「我不清楚自己為什麼控制不住身體，可能是單純肉體合拍、腺體痙攣不為人知的症狀、遊樂園中的醫療用催情素特別給力，或是我對你抱持超越家人範疇的慾望。」

「最後一個不可能，我們才認識不到半個月，要發展成朋友都難，更何況是戀人。」

「這可難說，有人十年愛情長跑，蜜月結束機場離婚；也有人一周閃電結婚，六十年不離不棄。」司寇夜忍不住吐槽。

「那種事……」

「誰也說不準呢。」

蘭開斯截斷司寇夜的話，掏出手機滑動道：「但不管是哪種原因，那晚讓我確定一件事——絕對不能放你一個人，所以我準備了這個。」

「這個是……」

司寇夜口袋裡的手機震動兩下，拿出手機發現蘭開斯扔了一個檔案過來，打開看發現是一份正式契約書。

契約書文字不多，內容卻相當驚人，大意是倘若蘭開斯在未獲得司寇夜積極同意下，以肢體、信息素或其他手段性侵害或性騷擾對方，財產將在扣除贈與稅後全數轉到狙擊手名下。

「這是經過律師看過的電子契約，你若滿意就直接簽名，不滿意可以調整。」

蘭開斯偏頭笑道：「老建聽說這事，半夜打電話來罵我……資產這種東西若不能想給就給，我留著做什麼？」

司寇夜瞪著手機螢幕五六秒才低聲道：「就算沒有契約，我也不會離開你。」

蘭開斯先是一愣，再苦笑道：「就是因為你會這麼說，我才不放心。」

「你對我的自保能力沒信心？。」

「單論戰力我對你是很有信心，問題是你善良又天真，還對自己的魅力毫無自覺。」

「我不善良不天真更沒有魅力。」

「迷人的傢伙都是這麼評價自己。」

蘭開斯在司寇夜回答前，抓起一塊餅乾塞進對方嘴中，聳肩笑道：「這契約又不會咬人，你就當作要讓我安心，動動手簽下去吧。」

司寇夜提起手指但沒有碰觸螢幕，靜默片刻放下手道：「失去所有資產對你不痛不癢，只要你認真，十年內就能把轉出去的財產賺回來。」

「不認真是十年，認真只要五年。」

「那根本不構成懲罰。我不要你的錢，你若是手腳腺體不乾淨，就穿兔女郎裝一面跳康康舞，一面把首都繞一圈。」

「小夜……」

蘭開斯垂下肩膀，猛然轉頭掩嘴道：「沒想到你有這種癖好！你要是想看我穿兔女郎裝，不用等我性騷擾你，我現在就要雅典娜下訂單，明天穿給你看。」

「我沒有，別穿也別訂！」

「別害羞，無論你喜歡貓女郎還是兔女郎，我都會支持你！」

「都說了我沒……」

司寇夜猛然頓住，因為他聽見後方響起腳步聲，但那既不是皮鞋的啪響，也不是高跟鞋的叩音，而是厚底靴的頓聲。

被刀槍血雨打磨過的直覺發出警告，司寇夜毫不猶豫地將蘭開斯推下椅子，抽槍轉身朝聲音源扣下板機。

為防自己判斷錯誤，他的槍口放得比平常低，約略是成年男性大腿的高度，而這決定意外命中敵人的弱點——走進迴廊的是一名全副武裝，只有大腿沒有裝護具的男子。

橡膠子彈正中男子的右大腿，他痛得嚎叫，握著衝鋒槍要找是誰攻擊自己，然而司寇夜已經衝到他面前，屈膝躍起拉著對方的頭撞自己的膝蓋。

這一撞讓男子失去意識跪倒在地。

司寇夜先將衝鋒槍踢遠，再蹲下搜對方的身，從腰間摸出對講機時，機器冒出沙沙聲，傳出沙啞的男子聲問：「三號？三號聽得見嗎？迴廊那邊有沒有人？」

司寇夜心臟猛然緊縮，整個美術館中稱得上迴廊的地方有三處，若對方問的是自己和蘭開斯所在的地方……

「沒有！」

一個輕快許多的聲音在對講機中回答：「我把監視鏡頭都破壞掉就回來。」

司寇夜拉緊的心弦恢復原狀，繼續解除男子的武裝與護具，用對方身上的束帶將人的手腳綁起。蘭開斯來到司寇夜身邊，不等對方開口就主動將人提起來，走向左手邊的洗手間。

司寇夜抓起地上的裝備跟上。

他在蘭開斯將男子扔進隔間後，把防彈背心丟給對方道：「穿上。」

「你穿……」

「穿上。」

司寇夜催促，將衝鋒槍背上肩，扣上男子的戰術腰帶，忽然覺得手中的裝備莫名眼熟，卻想不起來在哪裡看過。

「雅典娜——」

蘭開斯邊穿防彈背心邊道：「好好跟爸爸解釋，為什麼沒在壞人摸進迴廊前通知我們。」

「有人在我入侵監視鏡頭前，先行控制鏡頭撥放重複畫面，導致我沒發現異狀。」

「重複畫面排除了嗎？」

「排除了，但扣除兩位所在的迴廊，與其後的三個展覽廳外，監視鏡頭都被破壞了。」

雅典娜停頓兩秒接續道：「館內的機器人也是，扣除兩具故障的保安機器人外，館內的機器人已全數損毀。」

司寇夜雙唇抿起，事先控制監視鏡頭、迅速摧毀機器人，再加上護目鏡和半臉式濾氣面罩，這些安排怎麼看都……

「哇啊，簡直是吸取自然社會那票沙豬占領遊樂園失敗的教訓，針對我們擬定的戰術呢。」

蘭開斯說出司寇夜的心底話，從司寇夜的腰間抽來伸縮棍——男子的裝備之一，插上腰帶道：「別告訴我，這票人也是性別恐怖分子。」

雅典娜：「他們不是，他們是無政府主義者『絕對自由』的成員，一分鐘前該組織在社群平臺上發表聲明，要求政府在兩小時內將兩輛廂型車與一億元現金送到美術館前，否則就殺死館內所有人質。」

——這裡可是R國，治安好得不像話。

司寇夜腦中冒出祿陽說過的話，他來R國不到半個月，就撞上兩起恐怖攻擊，而R國開國至今也就發生過這兩起，這是R國國民墮落了，還是自己運氣太背？

蘭開斯似乎也想到相同的事，拍頭苦笑道：「現在網路下注彩券，也許買哪號中哪號喔。」

「你有缺那點錢嗎？」

司寇夜瞪蘭開斯一眼，摸著下巴思索道：「這裡和遊樂園不一樣，位於市中心，警方很快就能到達，但如果不能確定人質的位置，警方就算到了也沒辦法攻堅。」

「那就只能乖乖奉上錢和車子，或是幫人質們辦後事了。」

蘭開斯沒心沒肺地聳肩，抬頭望向洗手間的氣窗估量道：「這個大小你應該能出去，我的話……」

「你會卡住。」

司寇夜打斷蘭開斯，上前替對方調整防彈背心道：「沒有保鑣丟下雇主逃跑的道理，我留下，和你一起找個安全的地方躲起來……」

「那種無聊的事我才不想幹呢！」

蘭開斯蓋過司寇夜的聲音，望著傻住的狙擊手笑道：「躲起來不是你我的風格，還是主動出擊吧！」

「主動出擊個鬼！你沒聽雅典娜的報告嗎？我們在遊樂園中使過的手段都被封鎖了。」

「那就想出新手段，對方這麼用心針對我們，不給點回禮說不過去。」

「你這是找……」

「全體注意！蘭皇集團的代表蘭開斯沒被抓到！」

沙啞男子在對講機中急切地道：「扣除看守大門、側門和頂樓的成員，所有人立刻搜索各自負責的區域！有找到人、沒找到人都要回報，一旦將人制伏就馬上帶到大廳。」

「注意！蘭開斯是頂級的 Alpha，威迫素濃度是普通 Alpha 的好幾倍，接下來所有人無論發生什麼狀況都不得摘下濾氣面罩！」

司寇夜瞪著對講機整整五秒，一抬頭便看到蘭開斯笑容燦爛地捏拳頭，垂下肩膀無奈道：「接下來怎麼行動由我決定，你若是亂來，我就卸掉你的肩膀，把你從氣窗硬推出去。」

「沒問題、沒問題，我們要從哪裡進攻？」蘭開斯亮著眼瞳問。

——還是把這傢伙折一折推出去吧。

司寇夜的理智與感性同聲建議，他猶豫兩秒後否決這個極具吸引力的建議，搖頭道：「我們先別動。對講機裡的人說了，要手下回報搜索過的地方，我們等對方報過一輪，摸清楚他們的人員配置後，再視情況偷襲。」

「這計劃不錯，希望他們搜快點！」蘭開斯用期待煙火開場的口氣說話。

司寇夜垮下臉無視異常興奮的富豪，將注意力轉到警戒上。

約莫四分鐘後，對講機傳來恐怖分子們的回報，司寇夜一面透過聲音計算有幾個人，一面在腦裡的美術館平面圖上做標記。

很快地，在除迴廊以外的地方都按上記號，司寇夜沒等敵方隊長問「迴廊呢？負責的人呢」，就拉著蘭開斯往廊道右側的第三展覽室跑。

選擇第三展覽室的理由是該處是個獨立區域，就算一進展間就撞上敵人，短時間內不用擔心會有支援趕到。

兩人運氣不錯，進入展覽室時敵人正巧背對入口，司寇夜和蘭開斯對看一眼後一人繞左、一人繞右，兩三秒就將恐怖分子打昏，扒光裝備。

司寇夜穿上對方的防彈背心，猶豫片刻還是把另一把衝鋒槍交給蘭開斯，要求對方盡可能別開槍後，透過對講機監控敵方位置，趁隙走安全梯上三樓。

上三樓的理由有二，一是根據對講機，這樓層沒有人看守，只要控制住電梯與安全門就能死守一陣子；第二是美術館的大廳挑高兩層樓，從三樓可以看見大廳的狀況。

司寇夜先找椅子卡住安全門，再將電梯叫上三樓後再次扔椅卡門，最後來到能俯瞰一樓大廳的弧形長廊，蹲在半身高的矮牆後，抓手機越過牆頭拍攝。

雖然恐怖分子為了監視人質，視線基本朝下不朝上，但為防意外司寇夜只拍六七秒就收回手機，靠上牆壁按下撥放鍵。

螢幕中央是十多名人質，他們雙手反綁，被四張倒放的長桌圍住；五名持槍恐怖分子在桌邊巡走，其中一人不時向對講機說話，顯然是這票人的隊長。

「哇，老璃翹毛了。」

蘭開斯盯著手機毫無緊張感地評論，偏頭靠近司寇夜問：「這距離你能一槍一個吧？」

「能是能，但只要有一人在斃命前有餘力掃射人質，我們就會成為館內唯一的生還者。」

「以你的速度，沒辦法在他們反應過來前幹掉所有人？」

「如果只有兩到三人，可以，五個人太多了。」

司寇夜朝蘭開斯的別針問：「雅典娜，警察到了嗎？」

「到了，已將美術館包圍，正準備派出談判專家和恐怖分子接觸。」

「妳能把我拍到的影像傳給警方嗎？」

「只要你授權我進入你的手機就可以。」

「妳還沒進入？」司寇夜愣住，考量到雅典娜曾控制衛星監視自己，他以為人工智慧早就在手機裡裝後門了。

「我很想，但主人不允許，他甚至禁止我留存你的日常生活紀錄。」

「不允許是……」

司寇夜猛然明瞭雅典娜沒說全的話，心情複雜地轉向蘭開斯道：「對來路不明還隨身攜帶槍械的男人毫不設防，是誰太善良天真？」

「當然是我可愛的小夜鶯。」蘭開斯明亮地笑著。

司寇夜無言地收回視線，將手機遞向太陽胸針道：「雅典娜，拜託妳。」

「好的。」雅典娜道。

雅典娜不愧是頂級人工智慧，不到一分鐘就將大廳攝影傳給警方——以直接控制警察指揮所投影機的的形式，並且充當聯絡人，告知蘭開斯和司寇夜第一次交涉將於五分鐘後開始。

「交涉時對方的人力會被分去對付談判專家，要不要趁機進攻？」

「敵人不只一人，只要將找我們的隊員調回大廳，人力就不受影響，況且在有警方的人進入美術館的情況下，他們會更戒備。」

「那等談判專家走後？」

「走後再看情況。也許警方那邊能找到攻堅的破口，我們就不用冒險了。」

司寇夜抱著五分期待祈禱，然而下一秒對講機就傳來讓他希望破滅的發言。

「七號報告，電梯怪怪的，一直停在三樓叫不下來，需要我上三樓檢查嗎？」

「先別，警察的人要進來了，等人走後我再派人上去。」沙啞男子道。

司寇夜拉平嘴角。失策了，當初將電梯卡住是怕有敵人上樓，結果反而引起對方注意。不出意外，等談判專家離開後，恐怕會有一小隊的人走安全梯到三樓搜查，安全梯的門厚重又防火，但在槍砲彈藥面前也撐不了多久。

——怎麼辦？

司寇夜咬牙。以先前聽到的對話判斷，蘭開斯被抓最慘也不過是去和一樓的人質蹲在一起，但他總覺得自己漏了什麼細節，直覺事情沒那麼簡單。

而在他釐清腦中迷障前，蘭開斯先開口了。

「雅典娜，連絡警方，要他們在專家離開後準備攻堅，我們這邊會製造機會，他們接到信號就動手。」

「遵命。」

「你要做什麼！」司寇夜抓住蘭開斯的手臂。

「我不是當人質的料，所以只能請樓下的大哥們下地獄了。」

蘭開斯無辜地眨眼，活動手腳道：「等專家走後，我會站起來對一樓的朋友問好，把人引到安全梯解決。在底下的人剩三個時，雅典娜先給一樓所有人打電話，用鈴聲把敵人的注意力引開，然後你就動手，沒問題吧？」

「問題比底下的人頭還多好嗎！對方至少有九個人，扣除三人也還有六人，六打一你……」

「我會給他們留全屍。」

蘭開斯微笑，伏低身軀沿牆面繞到另一端。

司寇夜想喊人，但又怕聲音太大會驚動敵人，只能面目猙獰地瞪著蘭開斯的背影。

談判專家在蘭開斯離去後進入美術館，以司寇夜的位置聽不清交談內容，但雅典娜早早入侵專家身上的監聽設備，透過手機給狙擊手全程轉播。

可惜司寇夜對談判內容毫無興趣，他旁聽甚至參與過好幾次類似的交涉，雙方主張不外乎「快點把我要的東西送來，否則我一小時槍殺一個人」、「閣下的主張窒礙難行，請多寬限一點時間」，討價還價一陣後同意先放有心臟病的老人家出來。

司寇夜料想得不錯，談判專家帶著兩名長者離開美術館，在三人踏出大門的瞬間，狙擊手解除手槍的保險，雙目一凜進入備戰狀態。

而幾乎在司寇夜轉入戰鬥模式的下一秒，蘭開斯自他對面站起來。

「呦呵——」

蘭開斯笑容燦爛地衝一樓朗聲道：「各位小弟弟們，你們這輩子的第一桶金在此，想要獲得奶嘴自由嗎？希望能有一輩子都吃不完的糖糖，或是漂亮的小碎花裙嗎？那就快點到三樓來，溫柔風趣又多金的大哥哥在這邊等著你們。」

司寇夜愣住，他知道蘭開斯口中的「問好」肯定不具正面意義，可這也太羞辱人了，簡直讓人想直接賞一排子彈。

恐怖分子們顯然與司寇夜有相同的感想，其中兩人立刻舉槍朝三樓射擊，然而蘭開斯先一步蹲下躲到牆後，大笑道：「別打別打！再打下去沒錢買牛奶喝了。」

「停止射擊！」

沙啞男子厲聲制止屬下，掛著青筋道：「二號，上去把那小白臉抓下來，手腳打殘沒關係，人活著就好。」

司寇夜看見蘭開斯弓身提著防彈背心與槍械往安全門走，一度想跟上，但最後還是壓住自己的雙腿。

好萊塢電影中時常有主角一人單挑反派解決危機的橋段，但在實戰上這是不可能的，即使是傀儡國王也是靠子機配合才能與純淨小隊對抗，戰鬥中沒有主角威能，只有分工合作。

——蘭開斯雖然沒實戰經驗，但有地利優勢，且上來的歹徒只有一人，還不知道自己要抓的人有槍。

司寇夜如此說服自己，片刻後便聽見一連串槍聲，心跳隨聲響迅速拉高。

槍聲只持續不到五秒，而後是短暫但讓人窒息的沉默，司寇夜瞪著半開的安全門，覺得自己全身血液都往頭頂衝。

沙啞男子的情緒再度和司寇夜同步，對講機內很快傳出他的呼喚：「二號？回報狀況！」

「……」

「二號！」

「……二號弟弟下地獄去了，我們懷念他。」

蘭開斯以結合惋惜與欠揍的聲調回答，放低嗓音道：「老沙，我實在不想說這種話，但你是我碰過最差的一屆，你的孫子知道爺爺在外面丟人嗎？」

沙啞男子沒有回應——沒人會在確知無線電遭監聽後繼續下令，但半分鐘後安全梯再次傳出槍響，且這次密集度遠勝上回，且持續十秒仍未停歇。

「對方派出三人。」

雅典娜透過司寇夜的手機道：「少爺已經解決其中兩名，剩下一名也負傷了，司寇先生不用擔心。不過我方先前預估的敵人人數有錯誤，敵方不止九人，而是十二人。」

「妳怎麼知道？」

「我入侵了趙議員與其他人質的手機，敵方將人質的手機放在大廳西南角的展示櫃上，只要打開攝影鏡頭就能看到整個大廳。」

雅典娜停頓兩秒道：「對方派出第三組人了，這次有五人。」

「一樓還剩幾個？」

「三人……司寇先生，請留步。」

雅典娜阻止司寇夜站起來，嚴肅地道：「你現在開槍，那五人會馬上返回大廳，屆時不僅人質的性命難保，你也是。」

司寇夜張口再閉口，反覆兩三回後咬牙道：「那五人進安全梯後，馬上打電話。」

「好的。」雅典娜道。

司寇夜握緊槍柄，聽著遠處斷斷續續的槍聲，感覺每一秒都漫長得像一年。

而在狙擊手的耐心耗盡的前一刻，一樓傳來紛雜的手機鈴響。

「啊？」

「不是靜音了嗎？」

「別把眼睛從人質身上轉開！」

司寇夜在恐怖分子們的呼喊聲中起立，裝填金屬彈的手槍指向底下的男人，在一個呼吸內連開三槍，射穿三人的頭部。

恐怖分子幾乎同時倒地，近距離目睹子彈貫穿腦袋的人質們先沉默，接著不受控制地尖叫。

警方在叫聲傳出後兩三秒破門破窗衝進美術館，一隊人衝向恐怖分子確認生死，另一隊人則拉開包圍人質的長桌。

司寇夜在瞧見警方後立刻轉頭往安全梯跑，跑到中途就瞧見蘭開斯帶著半身血，但好手好腳地推開金屬門，懸在胸口的大石總算落下。

然後司寇夜正後方的儲藏櫃就打開了。

司寇夜沒注意到身後的變化，直到看見蘭開斯罕見地露出驚慌之色，才回頭往後看，瞧見從櫃子裡伸出的步槍槍口。

他身上罩著防彈背心，可防彈背心擋不住近距離射擊的步槍。

「小夜！」

蘭開斯的吶喊幾乎與子彈同時來到司寇夜面前，狙擊手被富豪一臂勾倒，在躺上地板時憑戰鬥本能一個翻滾舉槍射擊。

櫃內的殺手正面吃下七發子彈，維持瞄準的姿勢摔出櫃子，鮮血從頭顱與手臂流出，沿著大理石地板漫向司寇夜。

司寇夜爬起來確認殺手斷氣，回頭正要問蘭開斯的狀況時，碧色眼瞳張至極限。

蘭開斯側躺在地上，防彈背心的左上角開了一個洞，血液從中緩緩流出。

司寇夜腦袋先陷入空白，再竄起猛烈的顫慄，一個箭步上前按住傷口，以幾乎要撕裂聲帶的音量大喊：「醫護人員！底下有醫護人員嗎？三樓有人中彈！」

「小夜，我沒……」

「你閉嘴！」司寇夜聽見自己的聲音在發抖，再次呼喊：「有的話快點上來！是步槍子彈的貫穿傷，需要止血和擔架！」

三名醫護人員在半分鐘內趕到三樓，動作俐落地將蘭開斯放上擔架，送進美術館外待命的救護車中。

司寇夜跟進車中，看醫護人員除去防彈背心剪開襯衫，露出位於肩窩上的血窟窿。

「沒打中要害。」

其中一名醫護人員半是慶幸半是安撫地宣告，拿麻醉針扎進蘭開斯的手臂，而他的同伴則取出止血棉和鉗子做基礎處理。

司寇夜鬆一口氣，但片刻後他就發現情況不對——醫護人員明明已經給蘭開斯打了麻醉，當事人卻不時咬牙吸氣，轉頭問：「麻醉藥還沒生效嗎？」

「應該生效了。」醫護人員道。

「那為什麼他看起來還是很痛的樣子？」

「這……」

「主人對麻醉藥有抗藥性。」雅典娜在司寇夜的口袋中回答：「放心，虛弱時抗藥性會減弱，以目前的狀態判斷，大概三十分鐘後麻醉就能生效。」

「他得痛三十分鐘？」司寇夜不自覺拉高音調，周圍的醫護人員也變了臉色。

「主人很能忍痛，沒問題。」

「這最好能靠忍的！妳當我沒吃過子彈嗎！」

「司寇先生……」

「撫慰素！」

一名醫護人員忽然開口道：「我先前聽性別與藥劑講座時，主講的教授提過抵抗性高的Alpha和Omega有一定機率對麻醉或鬆弛劑有先天抗藥性，這種時候可以改用醫療用撫慰素。」

「車上沒醫療用撫慰素，然後我們三個都是Beta。」另一名醫療人員道。

「唔……」

第三名醫護人員垮下肩膀，眼角餘光掠過司寇夜的護頸，雙眼亮起道：「先生是Omega吧？能否請你盡全力釋放撫慰素？」

提到講座的醫療人員舉手道：「講座教授說，在對象是Alpha的情況下Omega釋放的撫慰素效果比醫療用好，反之亦然！」

司寇夜僵住，身上疊了三道洋溢期待的注目，卻無法回應半分，因為他不是Omega，蘭開斯要找的司寇夜是，但他不是。

他感覺胸口的空氣迅速脫離肺葉，窒息感讓耳邊的聲音、面前醫護人員的臉龐都飄到遠方，只有死寂包圍自己。

「沒事的……」

蘭開斯的聲音劃破寂靜，蒼白的臉上掛著淺笑，伸手握住司寇葉輕聲道：「醫院很快就到……醫院裡有。」

司寇夜肩頭猛顫，眼眶、鼻頭迅速被熱流籠罩，在失態前別開頭藏住神情。

「真的沒事……麻藥在生效了。」

「……」

「小夜？」

「……」

「你在……」

「閉嘴，開洞的血袋別說話！」

司寇夜哽咽地喝斥，沒有看蘭開斯，但緊緊抓住對方的手。

如果他不是偽裝成 Omega 的 Beta，就能放出安撫素減輕蘭開斯的痛苦；倘若他不是假扮成男僕的狙擊手，就不會讓對方動和恐怖分子對抗的念頭。

假如自己是受過專業訓練的保鑣，或起碼是個 Omega，此刻掌中的手指就不會痛得打顫。

一切都是他的錯。

第六章

今晚注定是個不眠夜

R國樓層最高的甜甜圈店店長瞇起眼睛，轉頭向在內場擦托盤的祿陽喊道：「小陽啊，你過來一下。」

祿陽放下托盤，兩三步走到店長身側問：「來啦，店長什麼事？」

「坐在最邊緣位子的客人，是你朋友嗎？」

「是啊。」

「他坐著不動兩小時了吧？」

「不只，他早上開門就來，到現在……八小時有了。」

「你去關心一下。」

店長面色嚴峻地道：「他表情不對勁，怕是想不開來跳樓的。」

祿陽微微一頓，遠遠看著「邊緣位子上的客人」——司寇夜，帶著幾分懷念道：「不用擔心，他只是氣瘋了。」

如果問祿陽，對自家副隊長有什麼印象，他第一句話會回答安靜，第二句話會說特別是氣過頭時。

而此刻的司寇夜，正處於這種狀態。

「呦呵——阿夜我來關心你了。」

祿陽端著一大盤甜甜圈和潛艇堡來到司寇夜面前，放下托盤，拉開椅子坐下問：「要不要來幾個？」

司寇夜沉默片刻，伸手抓起金黃色的南瓜潛艇堡，張嘴惡狠狠地咬下去。

祿陽悠悠哉哉地拿起甜甜圈塞進嘴中，望著快速消滅潛艇堡的隊友，絲毫沒有打擾的意思。

司寇夜嚥下最後一口潛艇堡，嘴角一扭，吐出進店後第一句話：「蘭開斯那不知死活的混帳有錢人！

「他幹了什麼？」

「他今晚要去國家劇院看芭蕾舞。」司寇夜停頓一秒接續道：「那傢伙十四天前從美術館躺著出來，上周才拆線，今天就想去跑趴！」

「Alpha 的恢復力比較……」

「他是 Alpha 沒錯，但不是你這種受過戰鬥訓練，吃子彈像吃甜甜圈一樣的 Alpha！」

司寇夜截斷祿陽的話，手抓頭髮惱怒道：「還是直接給他下藥……不行，那傢伙天生藥不倒，酒量還好得天怒人怨。那改用物理手段……這本末倒置了啊！」

祿陽睜大眼看著氣到頭皮冒煙的戰友，盡可能柔和地安撫道：「不過是去看芭蕾舞，坐著不動不會牽扯到傷口，進出要門票也有保全在，出不了亂子啦。」

「遊樂園進出也要買票，美術館進出除邀請函還要掃金屬探測器，但你看我們遇到什麼？」

「呃……禍不單行，但你們已經雙行過了，不會更慘了。」

「一場突襲中先踏到爛階梯摔倒，再被手榴彈爆風襲擊，最後吃子彈的人沒資格說這種話。」司寇夜憤恨道。

「那種事我也只發生過一次！而且你怎麼不提我出院後刮刮樂刮到最大獎的事！」

「因為那張刮刮樂是白兔挑的。」

司寇夜邊說邊拿起黑咖啡潤喉，視線偶然掠過遠處客人的迷彩腰帶，嘴唇微微一抿問：「我記得純淨除了暗殺外，也有接傭兵培訓或擬定作戰計劃的工作吧？」

「有啊，是十、十一、十二隊的業務。」

「這三隊一年內有到過R國嗎？」

「我不知道。你問這做什麼？」祿陽偏頭問。

司寇夜猶豫片刻低聲道：「我懷疑美術館還有遊樂園的恐怖分子是我們的客戶，或根本是上面的人策動的。」

「……啊！」

「我這禮拜查了R國的社會新聞，我和蘭開斯遇到的那兩起恐怖攻擊，是這國家建國後唯一兩起，一起還能說是運氣不好，兩起就有鬼了。」

「也有可能真的是運氣啊，像我一個任務栽三……」

「我在美術館對恐怖分子搜身時，發現他們的裝備有些眼熟，回頭細想才想起那是純淨一年前淘汰的款式。」

司寇夜目光轉沉，思考道：「我記得豺狼說過，有一回他和裝備部門的人喝酒時，對方說會把一些還堪用，但實戰上已沒有優勢的設備轉賣給客戶，客戶能低價拿到武器，我們能省處理費還小賺一筆。」

「這我也有印象……但純淨的裝備好歸好，都不是訂製品，有錢有管道就能弄到，沒辦法當證據吧？」

「是不能，所以我才想問你十、十一、十二隊有沒有來過R國。」

「我問問老爹，不過就算真是十、十一、十二隊幹的，也不大意外就是。」

「什麼意思？」

「上面不是懷疑蘭開斯和傀儡國王有聯繫，或根本是國王本王嗎？既然如此，除了要你貼身調查外，派人試探也很正常。」

祿陽聳肩，拿起甜甜圈邊吃邊含糊地道：「傀儡國王再怎麼冷酷無情，也不會不管金主的性命，這麼戳一兩次，他肯定會坐不住，準備動手。」

「……」

「只要那鐵怪物有動作——不管是出手救人，還是調查你們撞見的恐怖攻擊，都能直接證實蘭開斯和他的確有關係，甚至有可能讓情報部順藤摸瓜找出本……阿夜你臉色怎麼這麼難看？」

「沒事，咖啡太苦。」

司寇夜有些僵硬地放下咖啡，拿起糖包道：「這三周除了蘭皇的人外，沒有人聯繫蘭開斯，傀儡國王要不沒有聯絡他，要不跟他完全沒關係。」

「或是他就是鐵怪物？我看新聞報導說，蘭開斯在美術館一個人幹掉十五人。」

「只有九個，還是分次上來，況且他守在樓梯上段，有地利優勢不說，對方為了留他勒索也不可能往死裡打。」

「那也比普通人強啦。」

「是比普通人強，但傀儡國王不是普通人，是名符其實的怪物。」司寇夜雙唇緊抿。

第一小隊中近距離看過傀儡國王的只有兩人，一是當場被擊斃的近戰戰鬥員白牛，第二就是掩護白牛失敗的司寇夜自己。

當時兩人分別在兩棟賭場的頂樓，司寇夜遠遠看見傀儡國王逼近隊友，連開三槍想阻止，然而一槍被子機擋住，一槍遭閃開，最後一槍命中大腿，卻絲毫無法阻止對方行動，眼睜睜看見白牛被一刀削去頭顱。

司寇夜感覺自己的腦袋空白半秒，無視耳機中的撤退命令，換上新彈夾對著傀儡國王連續扣板機。

這是洩憤，是替其餘同伴爭取時間，也毫無疑問是找死——狙擊手對上能秒殺近戰戰鬥員的人，只要被拉近就死定了。

傀儡國王沒讓司寇夜失望，大腿中彈卻靈活得像剛出廠，利用繩索、噴射裝置和半毀的子機，輕輕鬆鬆繞到司寇夜背面，揮刀掃向狙擊手的後腦杓。

司寇夜緊急轉身橫槍自保，合金槍身如豆腐般斷裂，臉上的護目鏡也一分為二，若不是轉得太急重心不穩往後摔，恐怕頭殼也會被切到。

他在背脊著地的下一秒就拔手槍連射，但不期待自己能反殺傀儡國王，畢竟對方的裝甲連狙擊槍的子彈都能擋下，區區手槍更不在話下。

然而不知道是不是先前那一發讓傀儡國王的系統故障，還是其餘不可知的因素，傀儡國王一動也不動地吃完司寇夜兩個彈匣。

司寇夜愣住，握著耗盡子彈的手槍和傀儡國王對視，正猶豫要不要扔手榴彈同歸於盡，被刀槍磨利的神經忽然湧現強烈的恐懼。

那是如同被百斤掠食者壓住胸口，理性、感性、直覺通通凍結的威脅，想逃卻連一節手指都動不了，只能僵直在地上等待死亡。

死亡沒有降臨，傀儡國王轉身帶著子機消失在燈火中，司寇夜直到同伴趕到才回神。

祿陽的聲音將司寇夜拉回甜甜圈店，搭上狙擊手的肩膀認真道：「總之，注意安全，早點回來支援我們。」

「站在純淨的立場，我希望蘭開斯和傀儡國王有關係；但站在你朋友的角度，我希望蘭開斯只是個欠揍的有錢人。」

司寇夜微笑，起身道：「你也是。我得回去了，下次定期匯報見。」

「定期匯報見！」

祿陽舉手回應，忽然一陣清風自司寇夜吹向他，他動了動鼻子皺眉問：「你有沒有聞到什麼味道？」

「什麼什麼味道？」

「就是……淡淡的花香？不是玫瑰那種又濃又甜的，是帶點清爽感……這是 Omega 的氣味吧！」祿陽疑惑道。

「大概是 Omega 香水，這幾天為了讓蘭開斯好過些，我幾乎噴掉半罐。」

「是嗎？但我怎麼覺得味道不大一樣？」

「就是這味道。」

司寇夜斬釘截鐵道，順手撈起一個甜甜圈，邊吃邊走向電梯口。

司寇夜返回別墅時已是黃昏時分，迎接他的不是不愛養傷愛找死的兆億富豪，而是兩臺沒見過的蛋形機器人。

「這是蘭皇的家用機器人之一，產品名是神仙教母。」

雅典娜如此介紹，而做為人生前十五年是一張白紙，後十年摸的槍比摸的書還多的狙擊手，壓根無法從品名理解機器人的用途。

在毫無心理準備下，他被兩臺機器人先拉進浴室，再推入衣帽間。

接下來兩個小時，司寇夜充分體驗貴婦的出門流程，從頭髮到腳趾甲都被仔細打磨，才被機器人放出房間。

但他沒有就此得到自由，因為七矮人中的保安機守在房外，二話不說將狙擊手抬送停車場，塞進藍寶堅尼跑車中。

而在司寇夜被強迫入座後五六分鐘，蘭開斯拉開車門現身。

「小夜！喜歡我幫你準備的……」

蘭開斯話聲漸弱，盯著助手席上的司寇夜，久久吐不出一句話。

司寇夜以為蘭開斯發現異狀，回頭看向車窗，卻只瞧見一輛輛跑車轎車，才意識對方傻掉的原因是自己。

「不干我的事！有意見去找你的機器人！」

司寇夜殺氣騰騰地回瞪蘭開斯，機器人們除了給他洗頭洗澡全身護膚，還拿了三套不知何時訂製的西裝要自己試穿。

因此此刻狙擊手身上不是慣穿的低調黑色系高領衫，而是由黑色劍領緞面外套、絲質白襯衫、黑西裝褲和祖母綠領針組成的晚禮服。

蘭開斯沒有立即答話，視線在司寇夜身上流轉三四回，才深呼吸，沉聲問：「雅典娜，有記錄下來嗎？」

「紀錄了，需要建模嗎？」

「建。」

「建什麼？」司寇夜一臉茫然。

蘭開斯依舊沒回答，俐落坐進車內凝視司寇夜近十秒鐘，才沉下嗓音道：「我陷入兩難了，一方面瘋狂想向全世界炫耀我家小夜驚漂亮又帥氣，一方面又強烈想把你關在家裡不給任何人看，怎麼辦？」

「那就別去劇院，待在家裡休息，傷口拆線不等於傷口好了。」

「不要！不去的話你肯定會馬上找理由把衣服換回去。」

「就算要去劇院我也想換，這身衣服別說和襲擊者搏鬥，光伸展一下就有可能扯破，還可能引來搶匪。」

「我差人訂做的衣服沒那麼脆弱，至於搶匪……」

蘭開斯手摸下巴認真道：「把你整個人搶回家嗎？這有可能，今天出門時要不要帶一臺保安機隨行？」

「才不會有人想搶我，但考量到你的傷勢和身價，是應該帶。」

「那就為了你帶。雅典娜，後車廂放得下吧？」

「折疊後可以。」

「不是為了我，是為了你！」司寇夜厲聲糾正。

蘭開斯毫無誠意地說「是是是」。

在保安機器人進入後車廂後，他要雅典娜把車開到國家劇院。

兩人與保安機器人在正門前下車，踩著紅地毯進入劇院繪滿天使與繁花的巴洛克式廳堂中。

同時，包圍他們的也由板金和真皮座椅，轉為妝容精緻、衣衫華貴的男女。

司寇夜不自覺地睜大眼，他自認見過不少富豪聚會的人，但眼前賓客的衣著、首飾與身分地位——R國的總統、全球十大企業的總裁之一與兩名影后剛剛從他面前走過去，都比自己記憶中高出不只一個檔次。

這讓他猛然理解蘭開斯不顧傷勢也要出席的理由，用僅夠兩人聽聞的氣音問：「這裡有誰是你必須見，或不能得罪的嗎？」

「問這做什麼？」

「以免我壞了你和重要人物的……」

司寇夜發覺蘭開斯臉上寫滿問號，心臟一沉問：

「你不是要和某個政商大佬碰面，才無視槍傷硬要來劇院？」

「當然不是，我只是想讓你穿上世界最好的裁縫做的晚禮服，在R國造價最高的劇院，看拿過最多獎項的芭蕾舞團的表演。」

蘭開斯笑容燦爛、毫無羞恥地道：「然後趁你的注意力被舞劇吸引時，肆無忌憚地用眼睛舔你全身。」

司寇夜嘴角抽動，正在「大庭廣眾下給雇主留面子」和「一拳兩腳教三十歲死小孩珍惜生命」中猶疑時，一陣香風忽然襲來，他反射動作轉身擋在蘭開斯面前，差點撞上小跑而來的公子名媛們。

好在這些身價百萬的貴客對此毫不在意，甚至沒將視線放在司寇夜身上，直接衝著蘭開斯嘰嘰喳喳說話。

「開斯！我就知道你不會錯過沙皇舞團的演出。」

「三個月不見了吧？你看起來氣色好多了，是吃了我家的保養品吧！」

「你今天在哪間包廂？」

「我看到美術館的消息了，太驚險了！不過放心，我叔叔那邊……」

司寇夜被熱切的言語所淹沒，看著周圍一雙雙從單純欽慕到蘊含慾望的眼眸，先覺得不可思議，再猛然明白這是理所當然的反應。

蘭開斯的才華、身價和家世背景，三項任一項單拉出來都能讓人垂涎三尺，更何況他有的還不只如此。

近兩百公分的身高、深刻俊美的容顏，無須打扮就萬分醒目，在將毛亂的金髮梳整，換上量身訂做的雪色燕尾服，綴以水晶袖釦和寶藍色領結後，更是近乎暴力的魅力。

這全方位激起堂中人的慾望，讓這些身著高檔訂製服、大師手工珠寶的富貴之人死死黏在蘭開斯身旁。

而在搞懂這群人為何激動的同時，司寇夜也察覺到另一件事——自己是整個大廳中最不自在的人。他不習慣貼合胸背的絲綢布料，舉手擺動間總擔心會搞丟袖釦，踏步站立時都怕會弄壞真皮皮鞋。

然而眼前的男女們沒有這些顧慮，他們穿戴珠寶就像喝水呼吸一般，非但不覺得緊張，還能自然地擺出最能彰顯自身魅力的姿勢。

——和我是兩個世界的人。

司寇夜的胸口一陣緊縮，不知道自己在心塞什麼，他本就不是上流社會的人，也從未有加入的打算，不該對此失落。

而像是嫌狙擊手還不夠混亂般，一名戴著蕾絲護頸的美少年闖進他的視線，勾起他兩周前的記憶。

——先生是 Omega 吧？能否請你盡全力釋放撫慰素？

心塞猛然進階為心顫，司寇夜反射動作扭開頭，握拳將指尖刺入掌心中。

一隻手由後握住司寇夜，他先是僵住，再低頭發現那是蘭開斯的手。

「我不想錯過的是看我的小鳥兒穿晚禮服的機會、我氣色好和你家產品沒關係、我在我的包廂、我不需要你的叔叔伯伯或阿姨。」

蘭開斯一口氣回答所有人的問題，淺淡的暖香撫上司寇夜的肩頸，得意且囂張地笑道：「以上，我沒半秒鐘給你們浪費，今晚我屬於我的小夜鶯。」

賓客陷入靜默，接著有人錯愕地後退，有人激動地前傾想追問，稍遠處的人也紛紛轉頭看向他們。

而蘭開斯顯然三者都不想理會，牽著司寇夜轉身打了個響指，保安機立刻伸長機械臂，以摩西開紅海之姿替主人開路。

司寇夜被蘭開斯拉著小跑步離場，完全脫離大廳後才回神，錯愕地抬頭道：「你瘋了嗎！那些人不是政二代就是富二代，你這樣對待他們……」

「沒什麼大不了。」

蘭開斯切斷司寇夜的焦慮，步履輕快地道：「那些撲上來的都是需要巴結我的，我要是擺不平他們，早就從蘭皇執行長的位子跌下來。」

「你現在的確不是蘭皇執行長。」

「那是我自己不要的。」

蘭開斯聳肩，接著拉起司寇夜的手，輕輕啄狙擊手的手背一下，開心笑道：「然後這個是我自己要的。」

司寇夜心頭一燙，一時不知如何回話，就被蘭開斯推進電梯中。

電梯直上三樓的 VIP 包廂層，劇院接待員上前將兩人領到舞臺右側第二間包廂，簡單介紹包廂設備後離去。

「……小夜小夜！這裡可以叫麥當當外送耶！」

蘭開斯坐在紅絨座椅上，滑動劇院供點餐和呼叫接待員的平板電腦道：「誰會在這裡吃麥當當？不，說不定在這種環境下吃別有一番趣味！是不是該來個超級大麥特？」

司寇夜腦中浮現蘭開斯穿著雪白燕尾服，張嘴咬三層大漢堡的模樣，背脊一抖道：「別點那個，衣服會被醬料弄髒。」

「你太小看我吃漢堡的功力了！不過今天是你的第一次劇院行，我們還是挑常規一點的食物吧，我看看……香檳王、乳酪拼盤、魚子醬餅乾拼盤、風乾火腿水果卷拼盤、干貝生蠔天使紅蝦拼盤、和牛……」

「夠了，你是來看表演還是吃到飽！」司寇夜搶下蘭開斯的平板，塞進保護套中。

儘管司寇夜打斷蘭開斯點餐，但在二十多分鐘後酒水點心仍一份份送進包廂，占據所有桌面甚至一張椅子。

而幾乎在外送員離開那刻，劇院大燈轉暗，拉起舞臺布幕宣告演出開始。

司寇夜只能坐上椅子，給蘭開斯一記「中場休息再追究你幹了什麼事」的眼刀，將目光轉向舞臺。

今日演出的劇碼是《天鵝湖》，司寇夜對這個故事的了解僅止於劇院海報上的簡介，知道男主角是王子，女主角是因詛咒變成白天鵝的公主，反派則是下咒的巫師。

飾演公主的女舞者先出場，誤闖巫師領地慘遭詛咒，以顫抖的舞步表達公主的絕望、慌張和不知所措，扮演巫師的男舞者則猖狂地揮舞法杖表示得意。

接著王子登場，他手拿獵弓險些射殺化為天鵝的公主，好在公主於月光下短暫恢復人身，優美的身姿迷倒王子，雪色雙影在舞臺上共舞共旋，跳起纏綿、滿是愛意的雙人舞。

直到巫師再度登場，兩人才依依不捨地分別，舞臺布幕也同時降下，宣告上半場結束，中場休息時間開始。

司寇夜看著重新亮起的劇場，感覺心頭莫名發熱，為了緩解熱度伸手拿冰鎮的香檳，眼角餘光捕捉到蘭開斯的視線，停下動作問：「看什麼？」

「喜歡嗎？」蘭開斯偏頭暗指舞臺的方向。

「不討厭。」

司寇夜停頓片刻道：「不過感覺好奇妙，明明沒有對白，卻能看懂在說什麼。」

「不是所有故事都得用說的，肢體語言也是語言，更別說有時候音樂比文字更能傳達情緒。」蘭開斯邊說邊拿起餅乾，熟練地放上酸奶油、魚子醬和切成薄片的黃瓜道：「不過下半場若是沒事先知道劇情，會稍微不好理解一些。」

「為什麼？」

「因為有人一人分飾兩角。」

蘭開斯將餅乾塞進嘴中，手指海報上的首席女舞者，含糊道：「下半場女主角會換上黑舞衣，飾演巫師的女兒黑天鵝，假扮白天鵝公主欺騙王子。」

司寇夜搭在扶手上的指頭微微一顫，心頭忽然冒起驚慌，卻不知道自己在怕什麼。

蘭開斯嚥下餅乾，再次拿起魚子醬、酸奶油塗抹小圓餅道：「只有堅定不移的愛能拯救天鵝公主，然而王子卻將黑天鵝誤認成天鵝公主，向黑天鵝求婚，無法達成解咒條件。」

「所以這故事是悲劇？」

「要看演出版本。」

蘭開斯將黃瓜片放到魚子醬餅乾上，遞出餅乾道：「給你，配香檳吃。」

司寇夜接下餅乾，看著坐在乳白酸奶中央的魚子醬，感覺胸中的騷亂近一步擴大，為了壓制情緒一口吞下餅乾，再仰頭飲盡香檳。

「別急別急，吃的喝的有得是，沒人跟你搶的。」

蘭開斯輕笑，一手給司寇夜倒香檳，一手端起裝火腿水果卷的托盤問：「下杯配這個？」

「才不會有下杯。」

司寇夜嘴上這麼說，然而不知道是單盤上千的下酒菜和一支近萬的香檳太誘人，還是單純胃口變好了，當中場休息結束時，舞臺布幕再度拉起時，包廂內的拼盤各自空了五分之一，而他手中的高腳杯也被注滿兩回。

下半場始於宮廷舞會，王子在賓客中徘徊踱步，緊張焦慮許久後，舞臺燈倏然聚焦於正中央的皇宮大門，身著漆黑舞裙的首席女舞者翩然現身。

雖是由同一名舞者扮演，但白天鵝公主與黑天鵝的舞蹈風格截然不同，前者宛如落於湖水上的白蓮，優雅、柔美、惹人憐愛；後者則是開於月輝下的黑玫瑰，艷麗、俐落、懾人心魂。

司寇夜看王子被黑天鵝所吸引，茫茫然地走向對方，握住另一人的手共舞，被酒水餐食沖離的心慌再度浮現，下意識握住座椅扶手。

——我是怎麼了？

司寇夜自問，眼前的舞劇雖然感動人心，但並不恐怖，沒有任何能讓人慌張的地方。

故事在司寇夜混亂時繼續前進，王子對黑天鵝單膝下跪遞出手，而黑天鵝接下對方的手，接著扭頭跳起狂喜之舞。

那一瞬間，司寇夜在黑天鵝身上看見自己的臉。

——你也是黑天鵝呢。

某個聲音在司寇夜耳邊低語，模糊、不明所以的恐懼倏然清晰。

沒錯，如果蘭開斯是王子，真正的司寇夜是白天鵝公主，那麼自己毫無疑問是黑天鵝，都是利用相同的面容，騙取另一人真心的賊。

——先生是Omega吧？

醫護人員的詢問再次敲打司寇夜的腦殼，一同出現的還有大廳內嫵媚的白蕾絲Omega，兩者乘著臺前樂團激越、絕望、滿是譴責的音符，貫穿狙擊手的心臟。

蘭開斯聽見碰撞聲，一抬頭看見司寇夜不知何時站起來，臉上毫無血色。

「怎麼了？」蘭開斯蹙眉問。

「我……」

司寇夜拉長語尾，停滯好一會才轉身道：「我去洗手間。」

「阿保，跟著小……」

「保安機留在這裡！」

司寇夜厲聲下令，不等蘭開斯說第二句話，就拉開包廂的門出去。

他的目的地是長廊盡頭的男廁，一開始只是快走，走沒幾步就轉成小跑，待踏進廁所門檻時，已是跑百米的高速。

司寇夜進入最深處的隔間，鎖上門扉直接坐上馬桶蓋，將臉埋進手掌中，大口大口吸氣。

自己不是蘭開斯要找的司寇夜，只是頂著與之相似的臉，靠香水和護頸偽裝成Omega的假貨，這些事他早知道，沒有理由為此心虛愧疚。

那為什麼胸口會這麼疼呢？

——因為想當天鵝公主？

「不想，那只是故事……」

——那是想當Omega？

「只有蘭開斯受傷又無法用麻醉時，除此之外……」

——還是想成為那個人真正要找的人？

「我才沒想過那種事！」

司寇夜仰頭大喊，喊聲在廁所中迴盪，像在提醒狙擊手此處只有他，不存在能發問或回答的第二人。

「我沒有……才沒有，怎麼可能會有……我是來調查的，只是來調查的，所以……」

他緊揪襯衫低語，無法壓制奔騰的情緒，寒涼、抽痛、咬扯……種種物理上不存在，精神上卻清晰無比的感受聚於胸膛，讓他蜷縮在小小的隔間中無聲打顫。

在司寇夜掙脫情緒輾磨前，燥熱感先找上他。

起初狙擊手以為是自己喝多了，動手解開領結拉鬆衣領透氣，想出去洗把臉醒酒，結果雙腿剛使力，腹部與胯下就一陣痠軟，直直跌回馬桶蓋上。

司寇夜錯愕地睜大眼，扶著牆壁試圖再站起來一次，這回成功打直雙腳，但在前踏同時又摔回原處，痠乏感也向下蔓延至大腿。

同時，複數的腳步聲進入廁所。

「今天的演出真是……嗯？洗手間的薰香換了嗎？」

「聞起來是不一樣，我比較喜歡這味道，清高中透著一絲性感。」

「這是橙花吧？但聞起來比精油甜一些……啊，讓人有點蠢蠢欲動了。」

「等等，這真的是薰香嗎？不是發情 Omega 的香氣？」

司寇夜蹙眉，他進廁所時沒留意有沒有其他人，倘若這裡有進入發情期的 Omega……

「是在這間裡面吧？」

話語聲停在司寇夜所在的隔間前，他透過門縫瞄到深褐色的皮鞋鞋尖，還沒反應過來就嗅到皮革的味道，身體瞬間從燥熱升級為搔熱。

「果然是這間。」

另一人附和，威士忌的味道隨說話聲傳進隔間中，令司寇夜下腹一緊，頓時感覺後庭似乎流出什麼液體。

「你們兩個把信息素收一收！」

第三人低聲喝斥，在布料的摩擦聲中道：「我聯絡工作人員，找 Beta 帶抑制劑過來。」

「別找，萬一壞了橙花先生的好事怎麼辦？」第四人輕笑。

「什麼意思？」第三人問。

「你沒聽說過嗎？有些窮人家或暴發戶的 Omega 會在發情期想方設法混到有上流人的聚會中，看能不能趁機釣到金龜婿。」

第四人回答，放出菸草味的信息素敲門問：「嗨小美人，需要幫忙嗎？」

司寇夜愣了兩三秒才意識到對方喊的人是自己，立刻爆出怒火，張嘴想要將人罵走，卻在吸氣瞬間渾身虛軟。

「要的話應一聲！」

第四人再次敲門，飄進隔間的菸草味也加重：「法律規定 Alpha 只能在 Omega 主動請求後，才能幫忙『緩解』發情期。」。

司寇夜咬緊牙關，他被菸草、皮革和酒味所包圍，這氣味不但近一步奪走他的力氣，還勾起猛烈的慾念。

「啊……」

司寇夜顫抖地吸氣，痠麻感如浪潮拍打下腹，臀瓣不受控制地抽顫，流出的水液既染濕西裝褲，也快速地侵蝕理智。

「夠了！味道都甜成這樣了，不用問了！」第三人粗暴地推開友人，舉腳重重踹上隔間門。

撞擊讓司寇夜猛然回神，盯著大幅震動的門板，被強烈的恐懼所包圍。

他不想和門外的人有任何接觸，但肉體卻無視主人的意願，大聲叫囂著想要被 Alpha 撫摸、擁抱、親吻、深深插入再狠狠攪動。

而只要分隔自己與 Alpha 的門消失，這個呼喚百分百會成真。

「不要……滾……」

司寇夜虛弱地呢喃，然而混著氣音的喊聲根本傳不出隔間，他也沒有力氣按住門板，只能眼睜睜看著門鎖鬆脫，濃烈的 Alpha 催情素籠罩整個隔間。

他憋住呼吸，顫抖地將手伸向槍袋，打算賞自己大腿一槍清醒，再舉槍逼退外頭的人。

然而男廁內並沒有響起槍聲，因為烈日降臨了。

司寇夜沒意識到外頭發生什麼事，聽見重物落地的頓響，接著發現門板不再晃動，正感到困惑時，門外響起蘭開斯的聲音。

「小夜？小夜你在這裡吧！」

司寇夜肩頭一頹，放鬆與窒息感猛烈襲來，讓他反射動作張嘴大吸一口氣。

他在遊樂園中曾因為面罩沒戴穩，短暫地嗅到蘭開斯的威迫素，那宛如直面太陽的焦灼氣味令他陷入恐慌，此刻瀰漫男廁的氣息霸道依舊，帶來的卻是安心。

為什麼？司寇夜不知道，只知道當蘭開斯聽見吸氣聲一個箭步來到隔間前，單手扯下搖搖欲墜的門板時，自己克制不住地哭了。

淚水讓蘭開斯僵直，扔掉門板單膝跪在司寇夜面前，抱住狙擊手狼狽且僵硬地拍撫道：「沒事了！不怕不怕，我把壞 Alpha 都打倒了，沒有一個是醒著的。」

「我、我……好奇怪，身體……」

司寇夜將鼻子靠在蘭開斯的頸邊，嗅著熟悉的暖香，瞇起眼呢喃：「好聞……你的味道，好暖……」

蘭開斯的身體猛然緊繃，靜止片刻將人強行拉開，脫下自己的外套罩住司寇夜的頭道：「不奇怪，你只是進入發情期。」

「發情期？不會，我……我是……」

「是發情期。」

蘭開斯打斷司寇夜，將人打橫抱起，側身走出隔間。

以往司寇夜會對這姿勢有極大抗拒，可裹著蘭開斯氣息的外套如同冬日的太陽，包得他渾身酥軟生不起一絲抵抗。

不，不只不抵抗，司寇夜還下意識貼近蘭開斯的胸膛，如小貓般輕蹭對方的肩窩。

蘭開斯繃緊嘴角，大步跨過昏迷的 Alpha，讓保安機走在前頭，以最快速度進入電梯來到地下停車場。

雅典娜早早將跑車開到電梯口，打開副駕駛座的車門，還調低椅背方便主人上車。

蘭開斯抱著司寇夜坐進車內，不等車輛啟動就粗聲道：「雅典娜，告訴我妳已經準備好抑制劑注射劑。」

「我已備妥，但不確定是否應該為司寇先生注射。」

「有不應該的理由？」

「根據司寇先生的就診與近日生活紀錄，以及他目前的呼吸、心跳與體溫，我懷疑他不是單純進入發情期，而是在發情期遭遇抑制劑戒斷症。」

蘭開斯明瞭雅典娜的暗示，目光一瞬間由急切轉為憤怒。

當 Omega 長期使用劣質、濃度過濃的抑制劑時，不但生育能力會下降，還會逐漸對抑制劑成癮，一旦停止用藥便會觸發幻聽、發燒、沮喪、亢奮……種種神經失調，醫學上將此類反應統稱為抑制劑戒斷症。

蘭開斯在珍珠砸光司寇夜的抑制劑後，主動提供蘭皇生產的口服抑制劑，這款藥劑在濃度和品質上都是上上之選，不可能引發戒斷症，因此出問題的九成九是狙擊手自帶的那份。

蘭開斯眼中流露殺意，靜默五六秒才收斂殺氣問：「車上有能緩解戒斷症的藥嗎？」

雅典娜將跑車開出停車場：「沒有，住宅中有幾款，但必須先做血液檢測，才能決定以何種組合和劑量用藥。」

「檢測要花……幹，至少要半小時。」

「是四十四分鐘。」

雅典娜右轉將駛進大道：「幸運的是主人和司寇先生的契合度相當高，司寇先生單是吸入你的信息素，就能極大幅緩解戒斷症狀。」

「……妳在慫恿我臨時標記小夜嗎？」

「這是解決眼前困境的最佳方案，畢竟主人也快撐不住了。」

「撐不住？妳在對誰說話！區區發情的 Omega……」

「區區發情的 Omega 無法動搖主人，但發情的司寇先生就不同了，只要他有意，不用發情期也能讓主人發情。」

「……」

雅典娜繼續道：「考量到兩位的狀況，以及司寇先生需要比唾液更濃烈、大量的信息素注入，我建議無套內……」

「靜音，除緊急危難外不准出聲。」

蘭開斯下令，注視蜷縮在自己懷中的司寇夜，沉默片刻後輕拍對方問：「小夜，你有聽見雅典娜說的話嗎？」

「什麼話？」司寇夜抬頭問。

在被蘭開斯抱起來後，狙擊手就沉浸在無邊暖香中，除了 Alpha 的氣味與碰觸，一切都遙遠無比。

而蘭開斯在司寇夜仰首同時嗅到清雅的橙花香，靠憤怒與急切壓下的占有慾猛然漲升，讓他反射動作抱緊懷中人。

司寇夜嚇一跳，不過濃厚的太陽之香很快讓他瞇起眼，放鬆身體舒適地偎在蘭開斯身上。

這反應既刺激蘭開斯的 Alpha 本能，也勾起他的內疚，暗罵一聲低頭道：「對不起，我會盡量克制點，不會弄成永久標記。」

司寇夜眨眨眼問：「標記誰？」

蘭開斯以動作代替回答——勾起司寇夜的下巴，低頭吻上對方的唇瓣。

司寇夜睜大眼，反射動作想逃，但被蘭開斯給攔住，嘴唇同時遭對方撬開，陽光的氣息頓時湧入喉中。

——好舒服。

他迷迷糊糊地瞇眼，酥麻順唇舌交疊處竄上頭殼，被撫慰素一度壓下的情慾復甦，笨拙但熱情地回吻。

蘭開斯一面吮親司寇夜，一面垂手解開懷中人的褲頭，拉下西裝褲碰觸半濕的內褲，張開五指揉撫臀瓣。

此舉令司寇夜下身一陣騷癢，模模糊糊地想起幾周前失控的交歡，下意識貼近蘭開斯，再猛然將人推開道：「不、不行！」

「小夜……」

「不可以，好不容易……上周才戒掉！」

司寇夜壓著自己的褲襠，滿臉通紅地搖頭道：「要是再做一次，又會醒著與做夢都想要。」

蘭開斯蹙眉，頓了幾秒才明白司寇夜的意思，眼底霎時冒出火光，一手扣住狙擊手的下顎親吻，一手繼續往對方褲底探，將指頭伸向臀縫中。

司寇夜殘餘的理智發出掙扎命令，然而對發情期的Omega而言，Alpha的體液是春藥般的存在，且契合度越高感覺越強烈，反抗令輕易被慾望吞沒。

蘭開斯的手指同時插進司寇夜的臀口，隔著濕透的內褲戳按內壁，感覺指下嫩肉輕緩抖動，流出更多水液。

司寇夜被手指揉軟了身子，以至於當蘭開斯鬆口放手時，整個人軟癱在對方身上。

蘭開斯抱著司寇夜，動手將座椅完全放平，把人放到椅子上，看著身下神色迷離、雙唇濕潤的狙擊手，再也克制不住情慾，於釋放信息素之時俯身啃上對方的脖子。

在護頸的遮擋下，蘭開斯咬不到司寇夜的腺體，但啃咬的壓力、濃烈的暖香仍滲進狙擊手的肌膚，讓他腿間的性器迅速緊繃，拱起背脊想靠近身上人。

蘭開斯右手貼上司寇夜的後背做支撐，咬上對方的領結，以牙齒和另一隻手粗暴地扯開衣襟

衣釦，沿著鎖骨、胸脯、腹部撒下綿密的吻，最後手口並用拉下內外褲扔到一邊。

司寇夜的胸腹與下半身暴露在空氣中，但他一點也不覺得冷，原因半是興奮、半是蘭開斯的氣息——Alpha 的氣味已從冬陽轉為夏日。

「小夜……」

蘭開斯輕聲呼喚，輕輕吻啄司寇夜半勃的陰莖，在身下人因碰觸而細顫後稍稍後退，拉開並抬起對方的大腳，向濕濡的菊口伸出舌頭。

「唔啊！」

司寇夜上身一震，本能扭腰想逃離陌生觸感，然而蘭開斯的雙手堅固如鐵鉗，令他無法挪動半分。

蘭開斯舔拭司寇夜的臀縫，該處雖然濕潤不堪，但在整整兩周未嚐性事下處於緊繃狀態，內壁在舌尖下收縮，彷彿羞澀閃躲的少女。

不過從車內越發甜美的橙花香能確知，司寇夜喜歡這種碰觸，他兩手扣住椅背，雙頰緋紅一片，腿間半身隨舔吸一抖一顫。

「嗯、哈……奇怪，熱……好麻……」

蘭開斯在司寇夜的喘息聲中勾伸舌頭，在嚐到花蜜般的愛液時，也感覺貼著舌身的肌肉漸漸軟下，被自己架住的長腿從下意識想合攏，轉成難以自抑地張開。

他放下司寇夜的雙腿，抬頭向前看，對方攤平在真皮座椅上，陰莖頂端牽著一絲白濁，敞開的絲綢襯衫下是發脹的乳頭，白皙臉龐嫣紅一片，碧色眼瞳水光蕩漾，像沾染晨露的花朵。

蘭開斯的腹部傳來脹痛，但咬唇強行壓下慾念，張嘴含住司寇夜的龜頭，併攏食指與中指插進對方的蜜穴。

司寇夜的眼瞳一下子放大，再於吞舔抽挖中模糊，雙腿屈起難耐地夾住蘭開斯的頭顱，著絲襪的腳掌掛在對方的後背上，隨另一人的動作弓起。

「唔喔——不要吸……那裡，好奇怪……喔呵！」

司寇夜拱背喘喊，蘭開斯於深吞時觸上他的敏感點，花穴與半身一同被蜜意包圍，令他眼前的景色聲響一瞬間模糊，只有貼著陰莖與內穴的指舌是清晰的。

在他身心融化的前一秒，蘭開斯抽出手指放開肉根，將對方的大腿從肩膀挪到腰間，解開腰帶掏出脹大多時的陽具，對準濕軟的臀口後，動手稍微調高椅背。

司寇夜的身軀隨椅背上升略為下滑，臀縫先貼上蘭開斯的頂端，再隨另一人的上挺將整個龜頭吃進去。

他處於發情期也做過擴張，但蘭開斯在興奮下也比過去粗壯，因此臀穴仍傳來脹痛，讓狙擊手下意識蹙眉，兩手扣住椅背想逃離。

蘭開斯並未拉開司寇夜的手，不過在上挺的同時俯身親吻對方的唇，一面釋放撫慰素和催情素，一面勾起狙擊手的雙腳，調整角度讓陰莖插得更深。

司寇夜腳趾捲曲，突進的肉刃讓他隱隱作痛，但唇舌的交纏抹去了痛苦，配合濃郁的太陽香氛，讓他宛如被曬透的被子親密包裹，從頭到腳都被烘暖烘酥。

當兩人結束接吻時，蘭開斯的性器也抵上司寇夜的生殖腔口，他將頭靠在狙擊手的面頰旁，沒有馬上動起來，只是垂著眼睫粗聲呼吸。

司寇夜雙唇細顫，這不是他第一次被蘭開斯填滿，但上回兩人間隔著保險套，這回則是實打實的親密接觸，Alpha 的信息素透過黏膜直接滲入體內，帶來前所未有的滿足。

不過滿足並沒有持續多久，搔癢攀上司寇夜的內穴，他下意識收卷臀徑，舒爽感隨莖徑交磨湧現，但下一秒就轉為更強烈的癢感，令狙擊手難耐地扭起腰肢。

蘭開斯倒吸一口氣，扣住司寇夜的腰道：「小夜……別動。」

「可是不動會癢。」

司寇夜又扭了一下腰，前列腺偶然擦過陰莖上的筋條，麻得他臀口收縮把蘭開斯夾得更緊，散出帶有明顯甜味的花香。

蘭開斯喉頭滾動，本想等司寇夜完全適應再開始動，但緊緻的肉壁和橙花清香一同侵蝕他的克制力，讓擁有怪物般抵抗性的富豪頭一次被 Alpha 的本能支配。

「……我的。」

司寇夜聽見蘭開斯如此低語，下一秒體內的巨根就抽出，一口氣插上生殖腔口。

這一擊直接將司寇夜操射。

流著精液被蘭開斯頂起，身體還在為高潮發熱，就迎來第二次貫穿。

第二次後是第三、四、五……連綿不斷的深插，蘭開斯壓著司寇夜的大腿一個勁的抽插，粗莖刮輾緊緻的花穴，襯衫沾上對方的精液，敞開的褲襠也被同一人的蜜水染濕。

「啊、啊哈！哈喔——」

司寇夜仰頭喊叫，搔癢被蝕心快意搗碎，被蘭開斯頂得起伏不斷，散開的襯衫與外套皺成一團，乳頭與半身上下晃動，雙手在搖晃中放開椅背，改勾住身上人的頸子。

蘭開斯啃上司寇夜的脖子，插入角度隨動作略微改變，重重輾過司寇夜的前列腺，撞擊已有開啟之勢的生殖腔口。

電擊般的快感流竄司寇夜全身，以 Beta 身分生活十年的他不知道這是什麼，只曉得這一擊的快慰比先前都強烈，搖晃頭顱喘氣道：「不要頂、頂那裡……腦袋、身體啊……好奇怪！」

「小夜……」

蘭開斯話聲輕柔，但動作卻一點也不客氣，龜頭反覆頂撞生殖腔口，很快就將腔門頂開半吋，濃厚的信息素順著開口流進腔中。

司寇夜渾身泛起紅潮，生殖腔在Alpha的氣息刺激下抽動，清楚感受到蘭開斯輾壓自己的腔口，弓起腳背喘叫：「那裡不行……啊啊太深了，會壞掉……啊啊——」

「不會壞的。」

蘭開斯親吻司寇夜的面頰，大幅擺動腰臀道：「只是變成我的小鳥兒罷了。」

「你的鳥兒……」

司寇夜恍惚地重複，看著一身雪色的蘭開斯，腦中浮現劇院舞臺上的白衣王子，嗚咽一聲抱緊富豪喊道：「不要去……哈，去找公主，待著……待在我身、身邊……」

「我才不要公主。」

蘭開斯舔含司寇夜的耳垂，對Omega的生殖腔小幅但快速地抽插，感覺腔門軟化後，用一記深擣將自身送進對方的腔內。

司寇夜腦袋陷入一片空白，生殖腔籠罩在太陽暖香中，熱得讓他無法思考，只能翹著二度勃起的陰莖喘息。

「……我只要我的小夜鶯。」

蘭開斯沙啞地補完，擁緊司寇夜，抽出沾滿另一人春潮的陰莖，用力貫入高潮的蜜穴。

這一插讓司寇夜渾身打顫，肉徑克制不住地抽動，生殖腔泛起陣陣麻癢，雙手為了發洩緊緊掐住蘭開斯的肩頭。

蘭開斯吻著司寇夜的頸子抽挺，清楚感受到身下的腔口從緊繃轉為放鬆，整根陽具都浸泡在散發花香的愛液中。

「嗯喔……不可以哈……肚子好熱……哈，會上癮的……不行啊。」

司寇夜混亂地喘叫，生殖腔被操幹的快感太過強烈，每次徹底的操插都是逼近高潮的極樂，讓他本能地感到害怕，又控制不住地扭腰迎合蘭開斯。

「那就上癮吧。」

蘭開斯輕啄司寇夜的嘴唇，將陰莖完全插入對方體內，頂開生殖腔腔口，扭擺臀部，小幅、快速的磨擦腔頸道：「真想讓你懷孕，你的孩子……不管幾個，我都養。」

司寇夜十指收緊，浪潮般的極樂和愛意湧上心頭，將理智、矜持、顧慮通通溶解，忘情地擁抱蘭開斯喊道：「我也……啊、哈，主人的……寶寶，好想要！」

蘭開斯挺抽的動作一頓，盯著司寇夜驚愕地問：「你喊我什麼？」

「主人……」

司寇夜重複，Omega 的本能、性交的愉悅以及當事人尚未意識到，但確實存在的愛慕重疊，露出甜美的笑容道：「哈……請讓我、讓小夜……受孕。」

蘭開斯在司寇夜說到最後一字時封住對方的嘴，吸吮狙擊手的唇舌，將懷中人的花徑、生殖腔頸烙上自己的紋路，感覺包覆肉柱的軟壁顫抖不已，沒有減慢速度，反而插得更深更急。

拜此之賜，當他放開司寇夜時，狙擊手除了大吸一口氣，還仰首失控地浪叫。

「喔、喔喔——進來了……哈、哈！要去了……啊啊——」

司寇夜雙腿夾上蘭開斯的腰，生殖腔不但完全被搗開，流出的水液還順著臀瓣滴上椅子，帶蜜味的橙花香潰堤般湧現。

蘭開斯的陽具在花香中成結，他緊緊靠著司寇夜的臀口，用全副神經品嚐對方的緊嫩，最後粗吼著射精。

滾熱、蘊含高濃度 Alpha 信息素的精液灌進司寇夜的生殖腔，他嗚咽一聲洩精，內穴湧出一股水液，腹部隨精液灌射細顫，身心都融化在另一人的灼熱中。

蘭開斯斷斷續續射了七八秒才停歇，滿足地深吐一口氣，低頭注視從裡到外都染上自己氣味的青年，低頭吻吮對方的唇瓣。

司寇夜張嘴與蘭開斯唇舌交纏，感覺體內的陰莖結消去，粗硬的莖身漸漸軟下，靜止片刻後再重新硬起，脹得他又麻又癢。

麻癢隨充盈回歸，令司寇夜一結束接吻，就摟著蘭開斯的頸子道：「還要……」

蘭開斯沒有答話，但藍瞳流瀉灼熱的占有慾，凝視狙擊手恍惚、濕潤、滿是陶醉的臉龐，將人抱起放在自己腿上，緩慢而深刻的操幹。

「啊……哈啊、啊……」

司寇夜伏在蘭開斯的肩頭喘息，生殖腔、內穴被粗莖頂磨得發麻，晶瑩愛液被另一人帶進帶出，帶有暖意的橙花香瀰漫車廂，昭示下一輪交歡展開。

作為從未經歷發情期，更是第一次嚐到生殖腔高潮的 Omega，和頭一次被 Omega 的催情素撩撥得失去克制力的頂級 Alpha，今晚注定是個不眠夜。

第七章

發情期是王子的舞會

作為一名不菸不酒不嗑藥，除非任務需要也不熬夜的職業傭兵，扣除重傷昏迷，司寇夜一生只發生過兩次記憶斷片，而這兩回都發生在蘭開斯的別墅。

司寇夜顫了顫眼睫，緩慢地睜開眼看見醫療機，先冒出「劇院也用七矮人嗎？」的困惑，才猛然認出眼前不是包廂，而是別墅主臥室。

「我什麼時候……呃。」

司寇夜僵住，零距離、無遮擋地感受到被褥的鬆軟，以及身後另一人的體溫。

有什麼比睡在他人房中更駭人的事？自己和房主人都一絲不掛，手腳還勾在一起。

蘭開斯在半夢半醒間感覺到懷中人的動靜，先本能將人抱緊，再微微啞著嗓子道：「小夜……醒了？」

司寇夜背脊竄起一陣酥麻，靜止幾秒才擠出聲音：「醒了，放開我。」

蘭開斯乖乖放手抽腿，瞇著眼掀開棉被坐起來，露出烙上咬痕的肩膀。

司寇夜盯著蘭開斯的肩膀，腦中閃過一連串破碎、不連貫、充滿肉色的記憶。

「唔啊啊——」

蘭開斯慵懶地伸展雙手，轉頭正想跟司寇夜說話時，發現狙擊手兩眼直盯自己，面頰紅到快滴出血來。

「我、你……昨天、昨天……」司寇夜張著嘴無法吐出文字，只能瞪著蘭開斯。

蘭開斯一愣，接著迅速明白狙擊手正因昨晚的經歷陷入混亂，跳下床道：「雅典娜，叫阿保和阿清過來，」

「命令已送出。要替二位準備餐點嗎？」

「當然，我的放在餐廳，端小夜的過來就好。」

蘭開斯邊說邊從衣架上抓了件長褲套上，轉向司寇夜道：「我到外面解決生理需求，你有任何需要就跟雅典娜講。」

「開斯……」

「想找我也是。」

蘭開斯彎腰從地上撈起昨晚穿的燕尾服外套，走到床邊放到司寇夜腿上，抬手想碰觸司寇夜，停頓須臾後還是收手，微微一笑離去。

司寇夜抓著外套目送蘭開斯走出房門，呆坐十多秒才放下外套，下床找了件睡袍披上。

清潔機、保安機與烹飪機在司寇夜繫腰帶時推餐車進房，車上濃郁的雞湯香立刻讓狙擊手嚥了口口水。烹飪機將餐車推到司寇夜面前，車上放了一金一銀兩個湯鍋，其中金湯鍋底下有電磁爐保溫。

「烹飪機替你準備了雞豆花和杏仁豆腐。」

雅典娜讓烹飪機掀開金銀湯鍋介紹：「雞豆花是由雞胸脯和蛋清製作，搭配澄清湯食用的料理；杏仁豆腐採甜杏仁、牛奶、鮮奶油和冰糖製成，再淋上桂花醬與水果丁。」

這介紹讓司寇夜的腹部從空虛轉為隱隱抽痛，坐上一旁的椅子，從烹飪機手中接下七分滿的碗與湯匙，迫不及待地以口就碗，喝乾琥珀色的雞湯，再張口吞下綿軟如雲朵的鵝黃色雞豆花。

烹飪機早早幫司寇夜裝好下一碗，一手回收空碗一手遞出新湯。

司寇夜就這麼連喝兩碗，直到第三碗才放慢速度，以舌頭輕易碾碎雞豆花，每個味蕾都沉浸在雞鮮味中，嚥下湯汁難以置信地問：「這真的是用雞肉做的？嫩得完全不用嚼。」

「是真的，這是將雞肉剁碎，加入蛋清後放入上湯小火慢燉，好消化又富含水分與蛋白質，非常適合發情的 Omega 食用。」

「發情的 Omega 不是都喝能量凍飲嗎？」

「一般而言是，你若想要我們也能提供。」

「不用，我對那味道……」

司寇夜頓住，抬頭看天花板問：「妳口中『發情的 Omega』是指我？」

「是的。」

「我才不會發情！」

司寇夜脫口抗議，後才意識到這句話幾乎等同自曝身分，心頭一緊慌亂道：「不是，我的意思是……我、我不應該會發情！」

雅典娜沉默，就在司寇夜以為自己馬上就會被保安機電擊時，人工智慧柔聲道：「我明白，我和主人都非常樂意替你告死抑制劑製造商，他們販售的藥劑不但劣質，還無效。」

司寇夜垂下肩膀，手中空碗再度被烹飪機取走，但這次遞回來的不是溫熱的雞湯，而是骰子般小巧玲瓏的杏仁豆腐。

「吃點甜的，有助於安神。」雅典娜道。

司寇夜咬起杏仁豆腐，相較於第一次品嚐的雞豆花，杏仁豆腐是他吃過好幾次的甜點，不該有太多驚奇，可當豆腐裹著桂花醬、碎果丁滾入口腔時，狙擊手的眼瞳明顯睜大，快速舀起第二口。第二口後是第二碗，接著是第四、第五碗雞豆花，烹飪機巧妙地交錯裝盛甜點和鹹湯，讓司寇夜開胃不膩味，不知不覺將兩鍋菜餚吞進肚內。

「呼……」

司寇夜將空碗放到桌上，摸著微微隆起的腹部放空須臾後，起身走向浴室。

雅典娜警覺問：「司寇先生，你要做什麼？」

「沖澡，熱湯讓我出汗。」

「我不建議你這麼做，洗澡會將主人留在你身上的信息素沖去，對處於發情期又有抑制劑戒斷症的人來說不安全。」

如果是平常，司寇夜就算不接受雅典娜的提議，也會思索一會再拒絕，但一股惱怒忽然支配大腦，他毫不猶豫地往浴室走。

「司寇先生！」

「我已經沒事了，不需要開斯的信息素！」

司寇夜邁大步踏進浴室，扔下睡袍直直走入淋浴間，將水龍頭扭到最大，讓熱水拍打身軀。水花洗去汗水，也沖去司寇夜的不快，他動手將蓮蓬頭關閉，轉身正要壓牆上的沐浴乳時，突然發現自己不知道該壓哪罐。

這嚴重嚇到司寇夜，雖然牆上的清潔用品有整整兩排，沒貼標籤只能靠顏色分辨，可是雅典娜曾對他介紹過每罐的內容物，而他自認不是記性差的人。

「我怎麼會……還沒睡醒嗎？」

司寇夜扶著額頭呢喃，目光掃過牆上的水療噴頭控制鈕，想再次開水柱沖沖背，卻不知道該按哪個鈕，一動也不動的盯著忽然複雜得像另一世界產物的牆面。

這情況持續到清潔機由司寇夜身側探出，快速點了兩個按鈕，這才成功召出水柱。

雅典娜藉由清潔機的喇叭道：「Omega 在發情期時，為了讓生殖系統全力運轉，對大腦的供氧供血都會降低，導致思考能力與自制力下降。」

「思考能力和自制力降低是……」

「用司寇先生熟悉的狀態譬喻，就是類似打自白劑的狀態，畢竟發情期的 Omega 除了降低大腦的供血，還會分泌名為動情素的特殊激素，讓身心都較平日敏感、縱慾、難以維持理智。」

司寇夜僵住，雖很想反駁雅典娜，不過想想自己剛剛才嗑光兩鍋三人份的食物——以往為了維持靈活與思考清明，他吃飯一律只吃七分飽，又半鬧脾氣地進浴室洗澡，硬要否認反而符合人工智慧的描述。

他垂下肩膀，以完全藏不住恐懼的顫音問：「這狀態會持續多久？」

「視發情期長短而定。放心，有我和七矮人在，就算你理性全失，也一定能健康平安活到發情期結束。」

「我才不要理性全失。」

「我相信你不會，我只是假設最壞的情況，大多數 Omega 都不會走到那種地步。」雅典娜柔聲回應，一旁的清潔機則用機械臂做出加油手勢。

司寇夜胸中的不安稍稍緩解，讓清潔機替自己上泡沫，在水柱下站了五六分鐘，擦乾身體披上新睡袍離開浴室。

他穿過主臥室，打算回自己房間換衣服，然而人才剛站上走廊，背脊就一陣寒沉，莫名的慌張湧上心頭，止住他的腳步。

「司寇先生？」

「我沒事。」

司寇夜告訴雅典娜也告訴自己，咬牙強行往前走，可越是遠離主臥室，涼意與慌亂便越強烈，看著離自己只有幾步之遙的房門，怎麼也踏不出下一步。

「走……繼續走……走過去打開門。」

司寇夜細聲命令雙腿，可是腳足非但不移動，還緩緩折下跪倒在走廊中央。

同時，慌張升級為恐慌，他眼前的景色迅速暗下，雙手緊揪睡袍的衣襟，感覺自己裸身跪在一整排機槍前，無助到極點。

一件衣服落到司寇夜頭上，太陽的香氣自布料飄出，他僵住一秒，接著抱住衣衫大吸一口氣。香氣消融了冰寒，將司寇夜拉出慌亂，認出自己手中的衣物是蘭開斯的燕尾服外套。

而醫療、保安、清潔和烹飪機則圍繞在他身旁，雖然金屬外殼沒有五官，卻給人一副憂心忡忡的感覺。

「我沒事。」

司寇夜近乎反射地低語，抓著外套深吸一口氣才接續道：「我是怎麼了？」

「不用擔心，這是發情 Omega 的正常反應，你只是渴望標記對象的信息素。」

「那才不只是渴望……」

司寇夜將口鼻埋進外套中，微微抖著聲音道：「然後也不正常……像是要死了一樣。」

「那是渴望，只是今天是你發情的第二日，在雙方契合度高，你還有抑制劑戒斷症下，反應會比較猛烈。我建議你去找主人，主人目前人在……」

「我不要！」

司寇夜厲聲打斷雅典娜，被自己的口氣嚇到，傻住三四秒才結結巴巴道：「呃、不是，我是……我有外套，有外套就夠了！」

「司寇先生……」

「我已經有外套了！」

司寇夜的聲音再次拔尖，明白自己的反應太過激烈，卻控制不住情緒，緊握燕尾服外套重複：「我有外套了，一個人沒問題。」

長廊陷入寂靜，司寇夜將額頭抵在白色燕尾服上，回憶自己頭一次遭遇火炮攻擊時，是怎麼透過深呼吸冷靜下來。

然而他腦中浮現的不是由斷牆和破洞天花板組成的磚樓，而是純淨的宿舍，小小的自己蹲在教官辦公室外，聽見祿猛與自己父母的對話。

他是被拋棄、沒有價值、無處可去的孩子，為了不再次失去容身之所，必須比旁人更努力，萬萬不能給人帶來麻煩。

所以他只要有外套就夠了，否則他會連外套都沒有。

「……司寇先生！」

雅典娜的喊聲將司寇夜喚回現實，人工智慧透過醫療機道：「獨立是一項美德，但我認為適時倚靠他人也是必要的。」

「我……不需要。」

「我相信，所以我說的不是你。不只有 Omega 會渴求標記對象信息素，Alpha 也是。」

「Alpha……妳說開斯？」

「是的，主人已經用《大黃蜂的飛行》凌虐鋼琴整整五十分鐘，為了主人的手指和鋼琴——那架琴價值約一百萬美金，我懇請你前往琴房安撫他。」

司寇夜微微起身，再倏然跪回地上搖頭道：「我不會安撫人，我不知道怎麼放出信息素。」

「無須煩憂，你只要待在主人身邊，就足以安撫他，請相信自己。」

雅典娜見司寇夜仍跪在地上，懇切地催促道：「請你去找主人，他很需要你。」

「需要你」三個字讓司寇夜胸口一縮，雖然不怎麼信任現在的自己，仍是抓著外套站起來，在七矮人的陪伴下慢慢走向三樓的琴房。

他還沒看見琴房的房門，就聽見一連串暴虐都不足以形容的音符，對自身的不安瞬間被對蘭開斯的關切蓋過，快步走向琴房，從敞開的門瞧見蘭開斯。

蘭開斯穿上上衣，坐在平臺鋼琴前快速敲打琴鍵，夕陽透過落地窗撒在他與鋼琴上，遠遠望去宛若金粉撒身。

司寇夜自認沒有發出腳步聲，可是當他踏進琴房時，蘭開斯馬上停手轉向門口。

「是雅典娜要我來的。」

他搶先聲明，抓緊燕尾服外套道：「她說你需要我。」

蘭開斯一愣，接著像是明白什麼般，露出笑容點頭道：「是啊，非常、非常需要。」

「你需要我做什麼？」

「做……」

蘭開斯拉長尾音，雙眼將琴房掃過一輪，最後拍拍鋼琴椅右側的空位道：「坐這裡。」

司寇夜走到琴椅邊坐下，暖香立刻包圍他的身軀，輕易融化繚繞不去的惶恐。

蘭開斯將手放回琴鍵上，彈的不是殺氣騰騰的《大黃蜂的飛行》，而是一首優雅中帶著幾分神祕感的曲子。

司寇夜覺得有些耳熟，蹙眉細聽片刻發現與昨天舞劇的配樂極為類似，忍不住出聲問：「這是《天鵝湖》？」

「正解！是柴可夫斯基的《天鵝湖組曲》鋼琴版。」

蘭開斯流暢地敲點琴鍵、踩放踏板道：「昨天你中途就跑掉了，我不會跳芭蕾，只能讓你聽音樂了。」

琴音在房中旋繞，司寇夜靜靜看著蘭開斯彈琴，修長的指頭在黑白鍵上跳躍，略為低垂的側臉罕見地專注，讓狙擊手感到新鮮，再漸漸覺得不滿。

蘭開斯按下最後一個音，停下雙手轉頭問：「好聽嗎？」

「好聽。」

「那再來一首？」

「不要。」

「不要？你不是覺得好聽嗎？」

「是好聽，但彈琴時你的眼睛和手都在琴上，完全忘了我。」

司寇夜先看見蘭開斯變了臉色，這才意識到自己說了什麼，雙頰一紅從椅子上彈起來道：「不是！那是、是……雅典娜說過，發情期的 Omega 腦袋有問題！」

雅典娜乾咳一聲道：「我說的是 Omega 在發情期時由於血液供給和內分泌影響，會較平日情緒化並欠缺自制……」

「總之我現在腦子不正常！」

司寇夜強行打斷人工智慧，瞪著蘭開斯惡狠狠地道：「所以剛剛是亂講，每個字都是，聽完就給我忘記！」

蘭開斯眨了眨眼，看著殺氣騰騰的狙擊手幾秒，笑出來點頭道：「好好好，我會忘掉。你要坐我腿上嗎？」

「正常誰會坐別人腿上。」

「正常是不會，但你現在不正常，不是嗎？」

司寇夜蹙眉，隱約覺得蘭開斯的發言有哪邊不對勁，但又找不出問題，盯著對方長且厚實的大腿幾秒，側身小心翼翼地坐上去。

蘭開斯圈著司寇夜的腰稍稍挪動椅子，調整好姿勢後，再次將手放到琴鍵上，彈起輕快甜美的圓舞曲。

司寇夜為了避免妨礙蘭開斯活動，挺直腰肢盡可能不接觸另一人的身體與手臂，可是每當對方的臂膀、胸膛隨手指移動擦過身軀，肌膚都會竄起一陣酥麻。

麻感和空氣中繚繞不去的暖香結合，宛如醇酒般醉人，司寇夜緩緩垂下眼睫，不知不覺放鬆肌肉，倚靠蘭開斯的身體。

蘭開斯感受到司寇夜的重量，眼角餘光瞄到對方靠在自己肩上，趁著休止符偏頭吻了狙擊手的額頭一下。

司寇夜原處於半恍惚中，這一吻讓他驚醒，抬頭看著蘭開斯繃緊嘴角顯然在偷笑，不滿地仰首咬對方的下巴。

此舉讓蘭開斯手指一顫，不過很快就穩住身體，在司寇夜鬆口時追上對方的嘴。

司寇夜瞪大眼瞳，僵住兩秒才回神，不甘示弱地和蘭開斯唇舌交纏。

他們就這麼一面演奏一面接吻，起初只是抱著捉弄——反擊——的心情，但隨唇齒斯磨的時間拉長，清雅的橙花香融進太陽的氣息中，圓舞曲不時搶拍或跑調，最後突兀地終止。

司寇夜扭腰吞嚥蘭開斯的吐息，「給這混蛋富豪好看」的念頭早就拋出腦袋，只剩下對眼前人的愛慾。

兩人一直吻到氧氣耗盡才分開，蘭開斯望著張唇喘氣的司寇夜，將手圈上對方的腰問：「換個地方休息？」

司寇夜點頭，下一秒就被蘭開斯抱起來，轉身走向鋼琴斜後方的貴妃椅。

蘭開斯坐上貴妃椅有靠背的那端，沒將司寇夜放下，而是讓狙擊手繼續坐在身上，一手搭在對方腰間，一手則輕撫懷中人的頭顱。

這是對待孩子或貓兒的舉動，司寇夜認為自己應該生氣，但他非但沒感到憤怒，還從頭到腳都舒適無比。

——沒辦法，誰叫我現在腦袋不正常。

司寇夜這麼告訴自己，中彈的士兵不該勉強自己上陣，那麼腦內缺血、內分泌失調還莫名出現Omega發情症狀的Beta也該好好休息，於是他放棄掙扎靠上蘭開斯的胸膛，用頭輕蹭對方的手掌。

蘭開斯微微一頓，大幅勾起嘴角，展開五指梳順司寇夜的髮絲道：「等你發情期結束後，要不要再去看一次《天鵝湖》？」

「天鵝湖……」司寇夜呢喃，垂著眼睫問：「你先前說王子向黑天鵝求婚了，所以結局時他們在一起了嗎？」

「沒有，王子和白天鵝一起投湖殉情了。」

「那我不要再去看。」

「討厭悲劇？那我們可以挑王子和白天鵝重生的版本。」

「不是悲劇喜劇的問題，是黑天鵝。」司寇夜收緊手指，毫不掩飾妒意道：「我是黑天鵝，我才不要看我的王子和白天鵝一起去死。」

蘭開斯摸頭的手指停頓，再繼續輕撫司寇夜道：「其實，我一直覺得《天鵝湖》的故事有邏輯漏洞。」

「是有，人類怎麼可能變成天鵝。」

「哈哈哈那也不合理沒錯，不過我指的不是那部分，我指的是舞會上發生的事。」

蘭開斯偏頭道：「從王子愛白天鵝愛到願意與她殉情，且部分版本中兩人還因此解除詛咒來看，王子對白天鵝的愛是真實的，但他又輕易被黑天鵝騙著，你不覺得這不合理嗎？」

「如果黑天鵝長得和白天鵝很像，就沒有不合理。」

「長相只能騙過關係普通的人，而王子和白天鵝是真愛，不可能單憑長相就認錯。」

「你和你的男僕關係也不簡單，但你也以為我是他。」

「因為你就是我的小夜鶯啊。」

蘭開斯笑出來，注視窗外半沉半浮的太陽道：「所以我是這麼想的：如同黑白天鵝的舞者是同一人般，故事中的黑天鵝也是白天鵝，只是壞巫師用魔法讓她忘記自己是誰，所以王子才會被騙到。因此，結局時和王子有和黑天鵝在一起，因為黑天鵝就是白天鵝。」

司寇夜蹙眉，運作不順的腦袋轉了數圈才開口道：「你的推斷比原本的故事合理，但我覺得你只是想讓我開心才這麼說。」

「我是啊！」

蘭開斯大笑，摟緊司寇夜問：「你開心了嗎？」

「開心——」

司寇夜拉長尾音，望著蘭開斯平靜到近乎柔和的眼瞳，拉平嘴角道：「不甘心！」

「不甘心什麼？」

「只有我的腦子不正常，你一點事也沒有。」

司寇夜直起上身，陰沉地瞪著蘭開斯道：「不公平，為什麼你的腦袋沒有問題！」

蘭開斯愣住，接著噗哧一聲，「嚴格來說，我現在也是有問題的狀態喔。是吧？雅典娜。」

「是的。」雅典娜道。

「你正常得很！」

司寇夜戳蘭開斯的額頭道：「正常、冷靜又穩重，還完全沒有說錯話，太可惡了！」

「這正是我不正常的地方喔。小夜，想想平時的我，我是能和冷靜、穩重、說話得體連上線的人嗎？」

「不能。」

司寇夜毫不猶豫地搖頭，見蘭開斯沒有假哭抗議——平日的富豪會這麼胡鬧，警覺問：「你怎麼了？」

「我得照顧我的Omega。」

蘭開斯將司寇夜按回自己身上，撫摸對方的背脊道：「所以除非有外敵——例如其他Alpha——入侵，我都會是個溫柔紳士，盡全力應對你的情緒波動。」

「這也是血液和內分泌的影響？」

「一半是。」蘭開斯摟住司寇夜，親吻對方的額頭輕聲道：「另一半是基於情感——我是真的想讓你開心。」

司寇夜緩緩垂下肩膀，蘭開斯的聲音、擁抱和氣息都溫暖得不可思議，他彷彿躺在烘暖的棉花中，安逸得連腳趾都舒展開。

「同樣是Alpha，為什麼你讓我放鬆，劇院男廁裡那幾個卻讓我害怕呢？」

司寇夜先聽到自己的聲音，而後才意識把心底話說出來了，索性繼續道：「當我聞到那幾個Alpha的味道時，身體好熱，非常想被他們碰觸，但是心裡卻覺得噁心又恐怖。」

「現在也怕嗎？」

「不怕了。」

司寇夜抬起頭認真道：「就算我握不住槍，你也會代替我揍暈他們，對吧？」

「他們敢接近你，我就碾碎他們的腿骨。」

蘭開斯揚唇畫出惡龍般的狠笑，再收斂笑容道：「我明白你的感受，我有過相同經驗。」

「你也曾變成 Omega 然後發情？」

「這倒沒有，我是說，我也碰過本能和情感嚴重割裂的狀況。」

蘭開斯仰頭低聲道：「那是差不多……六年前發生的事，我第一次以蘭皇執行長的身分去歐洲談生意，我那陣子太忙，沒注意到自己快易感期了，等發現時不但來不及飛回家，身邊還有十個 Omega。」

司寇夜想起祿陽提過的八卦，詫異問：「所以曾有十個發情期的 Omega 圍著你跳康康舞的傳言是真的？」

「『十個發情的 Omega』是真的，但沒人跳康康舞，只是穿了舞衣——那天是紅磨坊變裝派對。」

蘭開斯注視天花板回憶道：「他們……嚴格來說是他們背後的人買通派對服務生，把我們關在一間包廂中，我被甜得讓人腦袋溶化的 Omega 催情素包圍，身體瘋狂地想標記周圍人，但理智和情感都只想奪門而出。」

司寇夜憶起自己昨晚的無助，胸口一縮問：「有人來救你嗎？」

「有，雅典娜和安德魯發覺情況不對，強行撬開包廂門，賞了每位發情的 Omega 一發抑制劑。」蘭開斯藍瞳轉暗，面無表情地道：「事後跟我談起這事的人中，十個中有五個直接說：『真棒，我也想要這種豔遇。』三個沒講，但言談眼神中都是羨慕，只有兩個覺得太可怕。」

「這是強暴，哪裡棒了？」

「他們不覺得是，這社會對 Alpha——特別是男性 Alpha——的刻板印象，是在性愛中占便宜的一方，所以只要能和 Omega 做愛就是賺到，『被強暴』三個字不存在於 Alpha 的字典中。」

「這也太……」

司寇夜話聲漸弱，想起昨晚與更早之前為了排解線體痙攣的性愛，臉色瞬間刷白問：「我強暴你了嗎？這次和上次都是？」

「上次是……啊。」

蘭開斯理解司寇夜的意思，偏頭笑道：「這有點複雜呢，假如將強暴定義成『違背當事人意願下的性行為』不管這次還是上次，我都不想跟你做愛。」

「對不起。」

「我還沒說完啊。」

蘭開斯微笑，輕輕揉撫司寇夜的後背道：「我不想跟你做愛的原因不是討厭你或對你沒『性』趣，而是單純不希望你為了做愛以外的理由和我做。」

「什麼意思？」

「你是我的家人，我希望如果你要和某人上床，是因為喜歡這人、想和這人做愛，而不是為了急救，或是發情期身不由己。」

蘭開斯低下頭與司寇夜對視道：「救生員在幫溺水者人工呼吸時，肯定沒先徵得對方同意，但事後沒人會指控他性騷擾。同樣的，你是為了給我止痛才搞『夜襲』，因此即使我要你住手，那也不算強暴。」

司寇夜臉上的愧色散去，但馬上又皺眉道：「但我在你不痙攣後又……」

「那部份就是合意性交了。」

蘭開斯啄了司寇夜的額頭一下，「我家小夜驚可愛又色情，叫人欲罷不能只想徹夜狂歡。」

司寇夜面色一紅，望著蘭開斯的笑臉，覺得心底燙得像有團火在燒，在衝動下脫口問：「所以你喜歡我？」

「喜歡。」

「即使我沒有顯赫的家世？」

「我看起來像缺顯赫家世的人嗎？」蘭開斯挑眉。

「我不會做家事，打掃會，但煮飯只會把食物弄熟。」

「所以我發明了七矮人。」

「我也不懂社交禮儀，會在宴會上給你丟臉、得罪人。」

「放心！論得罪人你絕對贏不了我。」

「我身上有刀槍燒傷的疤。」

「你想除疤我可以介紹醫生，不想也沒關係，那是你的勳章。」

「然後我……唔！」

司寇夜被蘭開斯封住雙唇，眼瞳先放大，再敵不過唇舌相貼的歡快，緩緩闔上眼。

這個吻了持續了十多秒，蘭開斯抬起頭，以拇指擦過司寇夜的下唇，目光深沉而灼熱地道：「別小看我任性的程度，我不會抱沒好感的人，即使那人發情還跟我關在同一輛車中。」

司寇夜感覺胸口的火直上頭殼，凝視蘭開斯的笑臉片刻，猛然抱住對方的頸子，送上笨拙但熱烈的深吻。

蘭開斯張嘴回應司寇夜，雙手扶上對方的後腦杓和腰，直至胸中氧氣耗盡，才後退輕聲道：「我有件不妙的事得告訴你。」

「什麼事？」

「我下面硬了。」

蘭開斯喉頭滾動道：「然後這不是單純的生理反應。」

司寇夜先是一愣，再聽懂蘭開斯的暗示，直起上身解開睡袍的綁帶微笑道：「可以喔。」

「你確定？」

「確定。」

司寇夜垂下肩膀讓睡袍滑到腰間，裸身攬住蘭開斯的肩膀道：「我也想和你做。」

蘭開斯的眼中瞬間冒出火光，起身收腿將司寇夜推倒在貴妃椅上，俯下身啃吻對方的頸子。

同時，整個琴房的空氣都因蘭開斯的信息素灼熱起來。

「哈……」

司寇夜仰頭輕喘，標記會使Omega更容易受特定Alpha的信息素影響，更何況在一連串親吻後，他早就是動情狀態，再加上隔著護頸咬啃腺體的牙齒，使狙擊手的下身未受撫觸就濕了。他下意識張開腿，屈膝靠上蘭開斯的腰，頸上咬吻的力道立刻加重，空氣中的催情素濃度也加重。

蘭開斯留下清楚的吻痕，再向下啃著司寇夜的鎖骨，留下一排齒痕後吻吮微微隆起的胸脯，最後張嘴含住中央的乳纓。

這一連串動作介於調情和粗暴間，讓司寇夜的肌膚隱隱作痛，可是他非但沒有推開蘭開斯，還身心都興奮起來。

為什麼？因為他從那彷彿要將人拆吃入腹的吻咬中，感受到露骨的渴望。

蘭開斯是真的想要他，不是謊言更不是安撫。不過喜悅之後是滿滿的不甘心，司寇夜看著衣著完整的蘭開斯，揪住對方襯衫使盡全力拉扯。

蘭開斯聽見布料撕裂聲，抬起頭便發現自己的袖子多出一道裂縫，愣了兩秒後笑出來，將司寇夜的手帶到衣釦上道：「從這邊比較快。」

司寇夜毫不客氣地扯開襯衫，鈕扣在暴力下彈飛到地板，他急切地抓下衣衫，剛感到滿足，就瞧見對方左肩上的疤痕，笑容瞬間凍結，盯著圓疤眼眶迅速泛紅。

蘭開斯看到司寇夜的表情變化，皺眉問：「怎麼了？」

「對不起！」

司寇夜哽咽，他控制不住情緒，雙手抓上額頭顫抖地道：「都是我的錯！我沒有保護好你，我是爛保鑣！」

「小夜……」

「我太大意了！那槍應該打在我身上，我應該……」

「我會宰了所有拿刀槍招呼你的人！」

狠戾的宣告與濃烈的威迫素同時降臨，蘭開斯一反先前的溫柔，藍瞳中寫滿殺意，以低了不只八度的聲音道：「我絕不允許你像當年一樣，為了保護我犧牲自己。」

司寇夜沒料到蘭開斯的反應會這麼激烈，愣了一會才道：「可是我是你的保鑣。」

「在做保鑣前，你是我的家人。」

蘭開斯拉起司寇夜的手，先親吻手背，再將面頰貼上額頭道：「別讓我再經歷一次火車上的事，我會瘋掉。」

司寇夜眼睫一顫，想起虛擬火車上鋪天蓋地的心慌、恐懼與自責，胸口頓時縮緊，支起上身抱住對方。

蘭開斯回擁司寇夜，將頭顱靠在對方肩頭，像要將另一人的氣味刻進體內般，一次又一次深呼吸。

司寇夜輕拍蘭開斯的背脊，直到懷中的身體明顯放鬆，才停下手慎重地道：「我會小心不要死掉。」

「務必要小心。」

蘭開斯停頓片刻，轉過頭對司寇夜的耳朵輕挑地道：「否則我就只能監禁你了。」

司寇夜的背脊竄起一陣騷麻，還沒反應過來就被蘭開斯推回椅墊上。

「閒聊時間結束。」

蘭開斯微笑，俯身再次吮吸司寇夜的乳頭，同時兩手摸上對方的臀瓣，放肆地揉捏。

司寇夜拱起背脊，他的胸膛又熱又麻，雙臀則在抓掐中頻頻抖顫，自臀縫緩緩滲出水液。

和愛液一同流出的還有橙花香，清雅的花香繞上蘭開斯的肩頸，無聲地呼喚Alpha。

蘭開斯的呼吸轉為粗重，起身三兩下將內外褲脫去，將司寇夜推成側躺之姿，再躺下由後貼上另一人的身軀。

司寇夜以為蘭開斯會同時插入，然而Alpha的性器是插入了，插的地方卻是他的腿間。

蘭開斯用陰莖抽磨司寇夜的大腿，含舔對方的耳廓，兩隻手也沒閒著，雙雙貼上狙擊手的胸脯，同時把玩粉色乳首。

「啊……」

司寇夜低頭輕喘，覺得這姿勢莫名熟悉，想起自己頭一次被蘭開斯弄到高潮時，兩人的體位就是如此。

差別是當時蘭開斯沒有意識，此刻則是完全清醒；那時司寇夜是被蘭開斯搓揉至射精，現在他的肉莖未落入對方掌中，卻已是接近勃起狀態。

而當蘭開斯的肉莖劃過大腿內側，頂上他的陰囊時，記憶中、肉體上的騷麻感合而為一，令狙擊手雙腿細顫，呼吸漸漸紊亂。

「你的氣味變甜了……是想到什麼了嗎？」

蘭開斯本只是隨口說說，可懷中的身體卻明顯抖一下，瞬間挑起他的玩心，靠在對方耳側問：「過去看的黃片？」

「沒、沒有……」

「和別人做的記憶？」

「不是！」

「那是什麼？」

蘭開斯垂下左手，握住司寇夜的半身上下套弄道：「告訴我，我可愛的小鳥兒。」

司寇夜張口吸氣，過去與現在完全疊合，被同一人把玩到潮吹的記憶湧上腦袋，雙頰泛紅脫口道：「是你……」

「我什麼？」蘭開斯問，壞心眼地同時搓揉司寇夜的乳頭和龜頭。

司寇夜眼瞳泛起水氣，想要隱瞞蘭開斯那晚的事，但在兩大性感帶都落入對方掌中，空氣裡還有溫熱的暖香下，很快就被撩撥得渾身酥軟，半恍惚地回答：「你回來……見面的第一晚，有相同……有一樣的事。」

「我們見面的第一晚……」

蘭開斯瞇起眼瞳，思索片刻後恍然大悟，挑起嘴角問：「所以那晚我不是做春夢？」

「不是……」

「難怪，我就覺得哪有那麼真實的夢。」

蘭開斯輕笑，吻吮司寇夜的肩膀，緩慢套弄肉根問：「當時你有享受到嗎？」

「……」

「小夜？」

「……有。」

司寇夜搖頭，臉上除了潮紅還有羞紅，將頭埋進手臂和坐墊間道：「第一次那麼……舒服，比自己弄的任何一次都……」

「那我得努力了，不能讓你失望。」

「失望是……啊哈！」

司寇夜弓起背脊，蘭開斯的雙手、臀部和唇舌都突然動起來，胸乳、半身、大腿內側和肩頸四個敏感處一起被把弄，歡愉如蜜糖澆裹身軀。

要命的是蘭開斯還貼著他的脖子，刻意壓低嗓音問：「我當時是這樣摸你嗎？」

「你……哈，自己知……知道。」

「哪個人能把夢記得一清二楚呢？」

蘭開斯故作無辜地反問，繼續把玩司寇夜的胸脯和肉莖，但腰部提高幾分，將性器擦磨的對象從對方的大腿，改成淌著水漬的臀瓣。司寇夜下身一顫，感覺另一人的肉具擦過臀口，內穴近乎反射地收縮，馬眼也泌出一絲白濁。

「小夜，回答我啊。」

蘭開斯含舔司寇夜的耳垂，挺腰貼著對方的臀縫磨抽，用手指揉握狙擊手的卵囊，挑玩懷中人的乳纓問：「那個我有這樣碰觸你嗎？」

「啊！別……不要這麼……唔！」

「沒有？」

蘭開斯揉抓司寇夜的胸肉，握陰莖的手往前滑，在碰觸龜頭下緣之時，把龜頭頂上對方的菊穴問：「那這樣呢？」

觸電般的舒爽竄上頭殼，司寇夜先是倒抽一口氣，再掐著椅墊細聲道：「沒有……不要同時，同時太……刺激。」

「不喜歡刺激的？」

「刺激得腦袋和身體都……會變奇怪哈。」司寇夜仰頭喘息，蘭開斯的半截龜頭插進臀穴，撐脹感喚醒昨晚交纏的記憶，他想起生殖腔被 Alpha 猛插時的各種失控的舉止，羞恥地搖頭道：「不要那麼刺激！也不要插生殖腔……會壞掉！」

「不喜歡壞掉？」

「不喜歡……」

「為什麼？」

「因為……」

司寇夜腦中閃過祿猛的辦公室，下意識縮起肩膀，躲在陰影中道：「壞掉就沒有價值……沒有人要。」

「……」

「所以不要同時，也不要……插進生殖腔。」

蘭開斯沒有答話，但他放開司寇夜的半身，先撫摸狙擊手的大腿，再將手繞到臀上，併攏食指與中指插入臀穴。

拜發情與一整晚的交媾之賜，司寇夜雖有異樣感，卻沒有一絲疼痛，花徑將兩隻手指完全含入，隨指身的曲伸抽顫。

同時，貼著他胸脯的指掌也動起來，像是將狙擊手的身軀當成琴鍵一般，恣意彈奏柔韌的肌肉。而司寇夜也如鋼琴般，很快就按捺不住聲音，隨指頭的按壓忽沉忽高地喘息。

蘭開斯在喘聲中抽動司寇夜臀穴中的長指，指腹很快就摸到細微的隆起，毫不猶豫地按下去。

「嗯啊！」

司寇夜的叫聲一下子拉高八度，蝕心的歡快自蘭開斯指下湧出，他為了逃避過強的快感往前挪時，卻將胸部送到蘭開斯掌中，以左胸為中心漫出另一波騷麻。

「昨晚的你不會躲呢。」

蘭開斯左手揉胸右手抽插花徑，靠在司寇夜耳後輕聲問：「為什麼？」

「昨晚……啊、啊！」

司寇夜被蘭開斯的手指插得流水，腿間性器一抖一顫，再也克制不住情慾，翹起臀部迎合身後的抽磨。

「小夜，話還沒說完啊。」蘭開斯嘴上向司寇夜討答案，雙手卻使勁捏掐對方的身軀，一點讓人好好說話的意思也沒有。

司寇夜兩眼浮起水氣，思緒在放肆的愛撫中融化，一手貼上蘭開斯的手背，一手握住自己的半身套弄。

蘭開斯瞧見司寇夜的動作，藍眸中浮現火焰，咬吮對方的肩頭，抽出手指將龜頭抵上淌水的臀瓣，向前一挺插至生殖腔口。

司寇夜捲起手指，憑藉昨日將身體完全操開的性愛、方才的擴張與愛液潤滑，他沒感到多少痛苦，只清楚感受到肉刃的起伏。

蘭開斯一手圈住司寇夜的腰，一手留在對方的胸前，將陰莖完全抽離再插回相同的深度。

「哈啊！」司寇夜仰頭短喘，臀口遭蘭開斯完全撐開，莖身於突入時輾過腺體，將整個花徑刮得又麻又酥。

而在粗莖動起來後，酥麻立刻升級為歡愉，司寇夜的面頰迅速泛紅，左手扣住蘭開斯的手腕，右手掐在貴妃椅邊緣，腳趾在每次插入時捲曲，內壁也克制不住地收捲。

莖穴交磨的水聲迅速占領琴房，蕩漾與粗沉的呼吸隨後跟上，與太陽、橙花的香氣一同浸染空氣。

夕陽在兩人交媾時完全沉入海面，琴房的水晶吊燈沒有亮起，偌大的房間僅剩遠處燈塔一個光源，所有景物都模糊得只剩輪廓。

黑暗讓司寇夜的注意力更集中於肉體，不用閉眼就能在腦中勾勒蘭開斯性器的形狀，內穴因想像和確實存在的搗幹而抽抖，吮著充盈自己的碩物。

然後，他就漸漸湧起空虛感。

——怎麼回事？

司寇夜喘著氣自問，蘭開斯的粗細、軟硬都與昨晚相同，甚至更粗更硬了些，繚繞鼻腔的Alpha更是霸道濃烈，但他就是覺得少了什麼，花徑因為飢饞而分泌水液。

他身後的操幹加快了幾分，舒爽感隨之提升，空虛感一度消散，但在七八回的交疊後，飢渴再度降臨，程度還遠勝先前。

——好想要……不知道想要什麼，但就是想要！

司寇夜在腦中吶喊，下意識翹起臀部蹭向蘭開斯，生殖腔的腔口按上對方的龜頭，愉悅如湧泉沖刷神經，他露出滿足的笑容，正想再來一次時，體內的陽具倏然抽離。

「小夜……」

蘭開斯挺腰將性器重新插入，用嘴唇磨蹭司寇夜的頸子問：「你什麼時候要回答我？」

「回答……回答什麼？」

「為什麼你昨晚不會躲？」蘭開斯輕聲重複，察覺司寇夜往後靠，先一步將陰莖抽離，再插回同樣的深度催促：「為什麼？」

司寇夜沒回答，飢渴灼燒他的身軀，迫不及待地貼向蘭開斯，卻又一次被對方躲過，啞著聲音呼喚：「開斯……」

「回答我。」

蘭開斯將龜頭靠在司寇夜的臀口，再一口氣插至生殖腔前，輕輕碰觸濕濡的腔口，再後退半吋道：「為什麼不躲？」

司寇夜渾身細顫，想要磨蹭蘭開斯的的陰莖，又怕自己一動對方就會抽出，只能按住腰，泣聲道：「因為……昨晚是壞掉的狀態。」

「壞掉？你是說你嗎？」

「是……」

「那我有不要你嗎？」

「沒有……咦？」

司寇夜愣住，轉過頭注視蘭開斯，翠眼中盡是詫異。

「就算你壞掉了，我也不會拋棄你。」

蘭開斯擁緊司寇夜，親吻對方的唇角道：「我會牢牢抓住你，無論你是單身、結婚、健康或疾病，直到死亡將我們分離。」

司寇夜張口又閉口，如果說愛撫與交媾讓他身體發熱，那麼耳邊的宣告就是將靈魂扔進岩漿中，熾熱的情感自四面八方包圍狙擊手，輕易融化累積十年的恐懼。

「所以不要怕。」

蘭開斯微笑道：「想要什麼就做什麼，我絕不會因此拋棄你。」

司寇夜兩眼泛紅，注視蘭開斯許久，哽咽地道：「我想要你操我的生殖腔。」

「這樣就夠？」

「……要操到我除了你的精液什麼都不想要。」

「遵命。」

蘭開斯抱住司寇夜的腰，將人拉起來放成跪姿，不再克制自己的力道，一個前挺頂進Omega的生殖腔。

「啊！」

司寇夜仰頭短喊，渴望已久的入侵終於降臨，肉徑控制不住地抽搐，生殖腔麻得讓他兩腿打顫，險些撐不住身體。

蘭開斯扣住司寇夜的腰，享受對方的吮吸片刻，退出肉刃再一插到底，一次又一次地搗開腔口，將自身粗硬烙進稚嫩的腔徑中。

「喔……喔呵……嗯哈——」

司寇夜大聲呻吟，強烈的快感讓他腦袋空白，綠眼失焦雙頰盡是嫣色，在幾回深插後無意識地晃動腰臀，迎合身後人的占有。

蘭開斯陷在另一人體內的陽具脹得更大，大幅擺腰屢屢將囊袋拍上對方的臀口，再牽著穴口流出的水液離開。

司寇夜在反覆的擣幹中翹起圓臀，花徑被蘭開斯的體溫、信息素徹底浸染，腿間性器一抖一抖地流出精水，恍惚地道：「好、好熱……哈，要融化了……呃！主人好粗。」

蘭開斯雙眼亮起，將陽具重重刺入司寇夜的內穴，熱切地喊道：「再說一次！」

「主人……」

司寇夜垂下眼睫，沉醉在肉徑、生殖腔頸都被同一人填滿的快慰中，收縮內壁呢喃：「好舒服……哈、哈啊，主人的肉棒……好喜歡。」

蘭開斯先靜止不動，再猛然俯身貼上司寇夜的背脊，兩手環抱對方的腰肢，雙唇貼上光裸的後背，在吻吮偏白肌肉的同時，打樁機般規律的進出狙擊手的身軀。

司寇夜的上身陷於蘭開斯的擁抱，下身被同一人完全盈滿，耳邊迴響對方粗沉的呼吸聲，鼻腔肺葉中盡是太陽的暖香。

歡愉如浪潮自三方拍打神經，讓他心中只剩翹起臀瓣索求深插的念頭。

「啊——啊、哈！主人……主人喔喔——」

他抖著大腿將精液射上椅墊，高潮讓內穴絞得更緊，生殖腔飢渴地抽搐，期待精水的澆灌。

蘭開斯倒吸一口氣，自馬眼流出些許精水，但他壓抑住射精衝動，將陽具從司寇夜體內退出，再操開緊繃的蜜穴。

司寇夜渾身打顫。

高潮與抽插的快感重疊，令他從頭到腳無處不舒爽，臀穴控制不住地抽抖。

蘭開斯被司寇夜磨得渾身發熱，進退的速度加快，肉柱一次次裹著愛液進入生殖腔，直到忍耐到達極限，才用力一捅將精液噴進生殖腔中。

司寇夜被蘭開斯的精液燙得二度高潮，生殖腔貪婪地吸吮蘭開斯的精液，腹部被熱潮所包覆，帶來無邊饜足。

蘭開斯直起腰桿，將軟下的性器抽出，看著司寇夜恍惚而滿足的臉，喉頭一動道：「小夜，我想……」

司寇夜等了幾秒沒聽見後續，抬起頭問：「想什麼？」

「……沒什麼。」

蘭開斯微笑，踏上地板彎腰撿起自己的褲子穿上，再拎著司寇夜的睡袍回到椅邊，用袍子裹住狙擊手的身軀，將人抱起來道：「等你發情期結束我再問，現在先去浴室。」

「現在就要去洗澡？」

「都出汗了……」

蘭開斯頓住，聽出司寇夜的話外意，笑出來道：「浴室的功用可不只有清潔，今晚還長得很，有得是時間一起做愉快的事。」

司寇夜面色一紅，別開頭低聲道：「這樣縱慾不好。」

「你在說什麼？對發情期的 Omega 和深受這名 Omega 吸引的 Alpha，不縱慾才不好吧。」

蘭開斯走出琴房，對司寇夜挑起單眉故作邪惡地道：「死心吧，接下來七到十天，你天天都會跟我黏乎乎地滾在一起。」

「你不會膩？」

「對象是你的話，不會。你會嗎？」

「我——」

司寇夜拉長尾音，停頓許久才低下頭道：「我怕我會上癮。」

「不用怕，不管你癮頭有多大，我都會滿足你。」

蘭開斯眨眨單眼笑道：「你知道嗎，要成為頂級Alpha，單單信息素濃度和抵抗性高可不夠，性能力也得是頂尖的。」

「真的？」

「假的。」

蘭開斯瞧見司寇夜瞬間垮下肩膀，吻對方的額頭一下道：「不過我對自己的身體能力很有自信，所以不要客氣，盡情索求我吧。」

司寇夜沒有說「好」，不過他將頭靠在蘭開斯胸口，放鬆身體將全身重量交給對方。

蘭開斯所言不虛，在持續八天的發情期中一次也沒讓司寇夜失望，不但屢屢令狙擊手溶化在極樂中，還將清潔、餵食、按摩和部分移動工作一併擔下，無微不至地照顧自己的Omega。

司寇夜人生第一個發情期有個最壞的開始，過程卻無比甜蜜。

只可惜收尾美中不足，在司寇夜發情期結束的當晚，安德魯急沖沖地趕到別墅，帶來爆炸性的消息——有一名自稱是真正的司寇夜的青年希望和蘭開斯見面。

王子的舞會結束了。

第八章

如果你再為我犧牲一次，我會發瘋

「……開斯。」

「什麼事？我的小夜鶯。」

「看時鐘。」

「時鐘……喔，過十一點啦，你午餐想吃什麼？」

「你該出門了。」司寇夜垮著臉點明。

他和蘭開斯在別墅的健身房中。

自己剛從跑步機上下來，對方則抱著一桶爆米花坐在重訓椅上。

「不急不急。」

蘭開斯拿起椅邊的水壺扔給司寇夜笑道：「你知道我車庫裡最不缺什麼車嗎？跑車，而且是超跑。」

「超跑的優勢在直線道路，不在城市。」司寇夜邊說邊打開水壺，將烹飪機特製的運動飲料灌入口中，擦了擦嘴接續道：「城市裡有限速和紅綠燈，馬路上還有其他車，你的超跑再能跑，也沒辦法在一小時內抵達中央花園的咖啡座。」

「這可不好……」

「你該出門了。」

司寇夜重複，垂下眼睫低聲道：「別讓找了十年的人等你。」

司寇夜口中「你找了十年的人」，是上周透過安德魯與蘭開斯聯繫上的青年。

青年目前的名字是白晌，職業是油畫畫家，和司寇夜一樣十五歲時因傷失去記憶，被白氏畫家夫婦收養後取名為白晌，幾個月前車禍入院，出院後斷斷續續想起過去的事，偶然看見遊樂園恐怖攻擊的新聞後完全恢復記憶，透過朋友拿到安德魯的手機，傳達想和蘭開斯見面的訊息。

而今日正是兩人碰面的日子。

蘭開斯拉平嘴角，沉默幾秒才恢復漫不經心的笑容道：「都還沒見面，誰知道是不是我要找的人。」

「他有基因鑑定報告，確定和司寇夜的父母有血源關係。」

「報告可以造假，而你的父母一個死在當年的火車上，一個阿茲海默症住療養院裡，有很大的糊弄空間。」

「不會比連報告都沒有的人大。」

司寇夜轉過身，背對蘭開斯放下水壺道：「快出門，你已經遲到了。」

他沒得到回應，片刻後健身房內響起腳步聲，只是聲音不是漸弱而是漸強，司寇夜困惑地轉頭，下一秒就被蘭開斯由後抱住。

「你……我身上都是汗啊！」

「等我回來。」

蘭開斯抱緊司寇夜，親吻對方的頭頂道：「乖乖待在家裡，我去去就回。」

司寇夜垂在身側的手指微顫，靜默許久才開口道：「我不在，你注意安全。」

「那陪我一起去？」

「對方說了，如果可以不想和其他司寇夜見面。」

司寇夜將蘭開斯推開，瞄了對方的襯衫一眼道：「沾上汗了，出門前換一件。」

「你會在家等我吧？」

「去、換、衣、服，然、後、出、門。」

司寇夜舉食指一字一戳蘭開斯的胸口，瞪著富豪直到對方走出健身房，才拿起毛巾、水壺和

Alpha落下的爆米花離開。

他將水壺與爆米花放到廚房，接著搭電梯到三樓，站在能看見別墅連外道路的落地窗前。

約莫十分鐘後，一輛雪白的勞斯萊斯跑車開上道路，司寇夜看著跑車駛過花園穿過大門，直到完全瞧不見車尾，才轉身往自己的房間走。

他進浴室清洗身體，而後將行李箱拉出來，打開箱子再將衣櫃中的衣物通通搬到床鋪上。

「司寇先生，你這是……」

「雅典娜，我有要求妳對開斯保密的權限嗎？」

司寇夜將褲子捲起，不等雅典娜發問就主動道：「我希望妳不要告訴他我走了，更不要洩漏我去哪裡。」

「主人給你設置了最高權限，因此只要你要求，我就不能透漏你的行蹤，但如果他直接修改程式碼，或是駭進我的資料庫查看，依舊能看見你的訊息。」

「那沒關係，等他做完這些事，我已經離開R國了。」

司寇夜邊說邊把衣褲塞進行李箱，眼角餘光看見清潔機拎著洗衣籃從浴室走出來，頓了一秒道：「運動服不用洗，那個來不及乾，直接扔了。」

清潔機停止前進，轉向司寇夜，金屬外殼刻滿茫然。

雅典娜道：「司寇先生，我不懂，你為何急著離開？」

「我接受貴府招待的理由已經不存在了。」

司寇夜擠壓衣物道：「你和蘭開斯照顧我，是因為我是你們要找的司寇夜，如今真正的司寇夜回來了，我自然該離開。」

「恕我直言，我們尚未確定那名青年是否為主人要找的人。」

「但我確定我不是。」

司寇夜闔上行李箱，立起箱子走向房外道：「謝謝妳和七矮人這兩個多月的照顧。不用幫我備車或叫車，我自己到路口攔計程車。」

雅典娜沒有答話，不過清潔機默默跟在司寇夜身後，而當狙擊手走過長廊準備進電梯時，另一臺清潔機與保安機之一——頭上頂著白貓——站在梯邊，一人一貓三機步出電梯廂後，又遇上兩臺醫療機、保安機之二和烹飪機。

七矮人沒有阻擋司寇夜的去路，它們安靜地圍繞在司寇夜左右，陪狙擊手踏出別墅，沿花園的石板路朝大門口走。

機器人走路的聲音、花草的清香、明亮而溫暖的陽光包裹司寇夜，感覺眼眶緩緩熱起來，本以為是太陽太大的緣故，直到面頰傳來濕潤感，才發覺自己哭了。

司寇夜愣在花園中央，伸手抹掉淚水，可手指剛抹過眼角，淚珠就再度落下，最後只能雙手遮住眼睛，蹲在道路中段抽泣。

當他踏進蘭開斯的別墅時，十分清楚自己不是對方要找的司寇夜。

在透過機器體驗火車事故後，他羨慕被蘭開斯真真切切關心的司寇夜。

當兩人因為腺體痙攣相擁時，他開始嫉妒真正的司寇夜。

於通往醫院的救護車上，他強烈希望自己就是對方要找的司寇夜。

當自己無預警發情時，他心中有個微小的期盼，也許自己真是十年前落水失蹤的司寇夜。

而在陽光明媚的石板路上，他清楚認知到自己不是那人。

白天鵝與黑天鵝終究不是同一人，燦爛光輝的王子殿下不屬於滿身血味的殺手。

司寇夜頭頂的陽光忽然消失，他隔著指縫察覺光線變化，放下手向前看，發現七矮人們以自己為中心圍成一圈。

七矮人們和司寇夜對上視線，兩臺清潔機同時從腹部抽出紙巾，醫療機一臺摸出薰香、一臺抓起保安機頭上的珍珠遞給狙擊手，烹飪機摸出了一把棒棒糖，保安機之一、之二互看一眼後摸出警棍拋接表演雜耍，

——不要難過，我們陪著你。

司寇夜從機器人們的動作中讀出這兩句話，淚水一度止歇，再如潰堤般湧現，抱住貓兒跪坐在路上大哭。

不甘、沮喪、失落、空虛……自接到安德魯通知後累積至今的負面情緒一口氣爆發，他摟著貓兒一個勁地嚎哭，直到雙眼再也擠不出一滴淚，才止住哭泣斷斷續續的抽氣。

烹飪機給司寇夜送上澎大海茶——它在狙擊手痛哭時回別墅一趟，醫療機一左一右地替對方擦臉、冷敷雙眼，清潔機則快速收拾地上的紙團。

保安機一臺來回巡邏戒備，一臺靠近司寇夜，發出雅典娜的聲音問：「要回屋裡休息嗎？」

「不、不用。」

司寇夜哽咽地回答，一口一口將茶水吞入喉中，深呼吸數次讓身體恢復平穩後，起身將珍珠放回醫療機頭上，重新握住行李箱的拉桿道：「我沒事……我會沒事的。」

「司寇先生……」

「很高興認識你們。」

司寇夜拉高聲音打斷雅典娜，環顧七矮人和白貓道：「我想我們不會再見面，不過我不會忘記你們。」

七矮人們靜止兩秒，紛紛垂下機械臂。

雅典娜道：「我不認為我們不會再見，但我、七矮人、珍珠與主人也不會忘記你。保重，祝一路順風，主人名下的房舍永遠為你開啟。」

「你們也保重。」

司寇夜向機器人與雅典娜點頭，拉著行李穿過花園，從側門離開別墅。

他打算穿越兩個路口到大馬路上攔車，然而人才剛穿過斑馬線，斜前方就傳來喇叭聲，轉頭一看赫然發現祿陽坐在一輛紅色小轎車中，隔著車窗對自己揮手。

「阿夜！」祿陽搖下車窗，在駕駛座招手道：「過來過來！再五分鐘路邊停車格的錢又要多跳一小時了！」

司寇夜小跑步到轎車前，將行李箱放進後車廂，坐進助手席問：「你怎麼在這裡？」

「老爹派我過來。」

「為何派你……啊。」

司寇夜僵住，想起自己在發情之後整整兩個禮拜都沒寫日記，更未前往甜甜圈店與祿陽碰頭，臉色瞬間轉青。

祿陽瞄到司寇夜的表情變化，拍拍對方啟動轎車道：「誰沒在任務中失聯一兩次呢？斑馬上次斷線搞死兩個人，你只是讓情報部部長多掉一把頭髮，別在意別在意。」

「對不起。」

「都說別在意了。」祿陽打轉方向盤，將車子開向十字路口。

司寇夜從照後鏡看見別墅大門遠去，先是胸口一沉，再咬牙命令自己抹去情緒問：「接下來要去哪裡？機場還是安全屋？」

「機場，不過下午一點前到就行了。這次走了下次不知道多久才有機會來R國，有想去逛的地方嗎？」

「沒有，你決定吧。」

司寇夜靠上椅背道：「回純淨後我想做全身健康檢查。」

「你身體不舒服？」

「沒有不舒服，而是……」

司寇夜拉長尾音，停頓許久後解下護頸道：「沒什麼，就是想檢查一下。」

「那等到麥當當後我再跟老爹……啊啊啊！」

「怎麼了！」

「我差點忘了……」

祿陽停在紅燈前，垮著臉轉向司寇夜問：「我姑且問一下，你有把日記本、傳輸筆和裝假抑制劑的醫藥箱留在蘭開斯的屋子裡嗎？」

「怎麼可能。」

「哈哈哈……我想也是。」祿陽苦笑，待紅燈轉綠後迴轉轎車。

司寇夜蹙眉問：「你要開去哪裡？」

「送你回蘭開斯家。你趁現在想個藉口，讓電子管家開門讓你進去藏日記、筆和藥箱。」

「為什麼要藏這三個東西？」

「因為研發部特製的強力遙控炸彈放在這三個東西裡面，而我們需要用這些炸掉蘭開斯的家。」祿陽打轉方向盤道：「你在那棟屋子裡住了超過兩個月，留下的毛髮、指紋、生物情報太多，不炸掉屋子警方會查到你頭上。」

「炸掉才會查到我頭上吧！就算抹掉我的痕跡，開斯也記……」

司寇夜猛然僵住，一個陰寒刺骨的假設竄進心中，鐵青著臉問：「上面要殺開斯？」

「是。」

「為什麼！因為他和傀儡國王有關？這部分還沒有任何證據吧！」

「是沒有，但根據老爹的說法，上面覺得就算他和傀儡國王沒關係，也是個潛在威脅，再加上有老客戶想要他的命，所以……」

祿陽以聳肩代替言語，向自己五分鐘前離開的停車格駛去：「執行的時間定在兩點，考量到蘭開斯的知名度，他死亡後警方可能會封鎖道路加強機場安檢，我們得在那之前登機。」

司寇夜雙眼瞪直，盯著祿陽沒有答話。

祿陽沒注意司寇夜，將車子停入停車格道：「考量到這次任務撤退不易，所以不是由我們負責，是交給第五隊。五隊沒有我們一隊能打，但整隊都是易容專家。」

「……」

「他們隊長是扮成你……不對，是參考你的樣子，假扮成蘭開斯的男僕。」

祿陽拉起手剎車，打開後車廂道：「行李廂開了，下去吧。」

司寇夜看著祿陽的嘴巴一開一闔，感覺隊友的聲音、面容都變得極為遙遠，而十幾分鐘、一個禮拜、一個月、兩個月前的回憶則近得觸手可碰。

他看見急著安慰自己的七矮人，聽見雅典娜勸自己去找蘭開斯，聞到暖心的太陽暖香，碰到另一人赤裸的身軀。

——就算你壞掉了，我也不會拋棄你。

那個人這麼告訴他，一次又一次，一日又一日，用言語、肢體、信息素與笑容反覆訴說。

「阿夜？」祿陽舉手在司寇夜面前揮了揮。

司寇夜肩頭一抖回過神，望著祿陽滿是關切的臉龐，心跳迅速飆高，可聲音卻異常平靜：「這輛車上有武器或麻醉槍嗎？」

「有啊，武器在後座椅墊下，麻醉槍放在你前面的置物櫃裡。問這做什麼？」

「為防萬一，我想帶裝備進去。」

司寇夜邊說邊打開助手席的置物櫃，找到偽裝成工具箱的麻醉槍盒，打開盒子檢查槍枝狀態，裝上麻醉針後朝祿陽連開兩槍。

祿陽沒想到司寇夜會攻擊自己，直到手臂和脖子傳來麻痺感，才詫異地睜大眼睛，迷迷糊糊地閉上眼睛。

祿陽一失去意識，司寇夜就立刻下車繞到後座，粗暴地扒開椅墊，將兩個武器箱提出，拿繩索把祿陽綁在駕駛座上，最後取出行李箱，把三個箱子疊在一起朝別墅疾走。

他很快來到大門前，還沒開口喊雅典娜，鐵柵門就自動開啟，人工智慧在門柱中問：「司寇先生，出什麼事了？」

「我需要屋裡跑最快，且最好有防彈功能的車子，以及一臺保安機。」

司寇夜穿過鐵柵門，沿著柏油路一路朝別墅面海的那側跑，站在崖邊將武器箱放下，抓起行李箱的拉桿用全身力量原地轉圈，再鬆手憑離心力將箱子甩飛。

行李箱劃出弧線落入海中，司寇夜長喘一口氣，回頭時身後已多了一輛藍寶堅尼跑車、一臺保安機與醫療機。

「這是防彈版的藍寶堅尼。」雅典娜透過保安機道：「你的狀態似乎不大好，所以我把醫療機也派過來。還有其他需求嗎？」

「沒……不，還有。」

司寇夜走到保安機面前問：「你有裝備電擊槍，或其他能快速奪走他人意識的武裝嗎？」

保安機伸出機械臂，臂尖流竄藍色的電光。

「別收起來。」

司寇夜脫下外套，站到機械臂前道：「雅典娜，我不是妳和妳主人要找的司寇夜，更不是失憶兩回的戰地記者。我是一名狙擊手，代號夜鴞，隸屬於一個名為純淨，專門執行暗殺、綁票或恐怖襲擊的傭兵組織。」

「……」

「我的組織派我假冒你們要找的人，好調查妳的主人是否與多次襲擊純淨的神祕人物傀儡國王有關，而我剛剛得知組織對他下暗殺令，動手時間訂在今日兩點，負責的是純淨的第五小隊。目前第五隊的隊長應該已經化妝成真正的司寇夜，在中央花園的咖啡座準備與妳的主人接觸。」

司寇夜靠近保安機的機械臂道：「妳可以選擇將我電暈後報警，或是協助我阻止暗殺……」

「你需要哪些協助？」

「如果妳選擇電……妳說什麼？」

「你需要哪些協助？」雅典娜重複。

司寇夜開口再閉口，反覆好幾次才驅動舌頭問：「妳沒聽見我剛剛說的嗎？」

「有，暗殺定在下午兩點，此刻已是十一點五十七分，考量到別墅與中央花園的車程，我們只有一個小時的時間準備，請盡快下達指示。」

「我是純淨的殺手，而純淨要殺開斯！」

「我知道，我相信你是冒著生命危險告知我此事，因此我決定回應你的信賴。」

雅典娜讓保安機收起電流，拍上司寇夜的肩膀道：「你是純淨的殺手，但也是主人的小夜驚，我與七矮人的貴客。」

司寇夜眼眶一熱，不過他馬上壓下情緒，拎起武器箱放到助手席，坐上駕駛座道：「保安機和醫療機也上車，作戰計劃我在路上說。」

司寇夜讓雅典娜先把車開回別墅，備妥必要道具後啟程前往中央花園。

從別墅到中央花園車程約一小時，雅典娜透過抄捷徑、駭進交通號誌系統中微調紅綠燈秒數，硬是將時間縮短到四十分鐘不到。

司寇夜在車上花三分鐘閱覽首都地圖、五分鐘腦內排演戰術、七分鐘說服雅典娜執行作戰計劃，四分鐘檢查與穿戴裝備、五分鐘寫筆記本，最後闔上眼讓自己轉換為任務模式。

「司寇先生，公園西側入口到了。」

司寇夜睜眼，舉起手錶與車上的電子鐘校對，戴上鴨舌帽與墨鏡打開車門道：「二十五分鐘後南側入口見。」

「祝武運昌隆。」

司寇夜關上車門，拎著側背包朝西南側的露天咖啡座走，步履不快也不慢，看上去與周圍散步慢跑的人毫無差別。

他花了十多分鐘走到咖啡座，站在外圍的斜坡草皮掃視座位群，很快就在正中央的白陽傘下找到蘭開斯。

蘭開斯淺笑地啜飲冰咖啡，對面坐了一名黑髮青年，眉眼、輪廓都與司寇夜相似，但更加柔和，說話時有股說不出的明媚，切鬆餅的動作也極為優雅。

若不是早就知道對方不是真正的司寇夜，而是專精變裝的五隊隊長，他大概會心頭一緊自慚形穢，但在知道真相的當下，狙擊手看對方就像看靶紙一樣。

他壓低帽緣走向蘭開斯，自認將腳步聲控制在會被周圍人聲掩蓋的範圍內，然而在雙方距離縮短至五步時，仍被富豪發現了。

「那真是……小夜？」

蘭開斯轉向司寇夜，蹙眉站起來問：「你怎麼來了？」

司寇夜沒回話，將手伸進側背包中，掏出閃光彈扔到桌上，一秒後強光便降臨整個咖啡座。

「咦？什麼！」

「我的眼睛！看不到了！」

「恐怖攻擊？」

「媽媽嗚嗚嗚嗚——」

喊叫、桌椅和盤碗碰撞聲此起彼落，司寇夜靠墨鏡和閉眼沒被奪去視覺，一手抓住蘭開斯，一手從背包中摸出防彈背心蓋住對方的頭，朝南側出入口跑。

「小夜……」

「上車後再解釋！」

司寇夜厲聲截斷蘭開斯，後背突然竄起一絲寒意，想也沒想就把人往自己的方向拉，一發子彈立刻劃破空氣砸進碎石地。

幾乎在子彈落地的下一刻，司寇夜便向後甩出第二枚閃光彈，背對強光揪緊蘭開斯的手狂奔，踐踏草皮、翻過圍籬再跑過一個水池後，總算看見南側出口。

藍寶堅尼停在出口處，車門早已開啟，司寇夜一把將蘭開斯塞進助手席，揚手同時扔出閃光彈和煙霧彈，翻過引擎蓋鑽進駕駛座。

雅典娜在司寇夜上車後立刻啟動車輛，對著一路長綠的馬路超速行駛，不消片刻便將中央公園甩得不見園影。

司寇夜靠著椅背喘氣，僅讓自己休息五六秒就直起腰，向蘭開斯問：「你會用槍嗎？」

「你問這……」

「會不會！」

「會。」

「這給你。」

司寇夜從側背包中抓出一把槍、兩個彈匣和一條戰術腰帶，將三者放到蘭開斯腿上道：「把防彈背心穿好後，把這些也掛上去，穿好我再解釋發生什麼事。」

蘭開斯快速著裝，側身注視司寇夜，眼中有困惑，但更多的是對另一人的關心。

司寇夜的心頭用力一抽，為了平息情緒將目光從蘭開斯身上挪開，望著窗外道：「約你出來的司寇夜是假貨，他是傭兵組織的殺手，而你是他的暗殺目標。」

「所以你是來救我的？」

「是，但我也不是好人，我和假司寇夜是一夥的。」

司寇夜將槍從槍袋中抽出，上膛、解除安全鎖道：「我也是假貨，與他隸屬於同一組織，差別只是他接到的命令是暗殺你，我則是先調查，再視情況殺死或拉攏你。」

「而你違反組織的命令，趕來救我。」

「對！」

司寇夜的聲音瞬間飆高，注視照後鏡的車輛，掐緊槍柄道：「所以我更加不可信任，我背叛了養育我的組織，襲擊和我並肩作戰、為彼此擋過不只一次子彈的戰友。」

「小夜……」

「然後我這麼做的理由和公理正義恩情通通無關，只是因為我愛上認識不到三個月的男人，無論如何都不希望他死！」

司寇夜的吼聲震動車窗，細顫著肩膀道：「我是個人渣，戀愛腦人渣，這種人不值得信賴、不配得到感謝，最好死了後馬上被人忘記！」

怒吼後是寂靜，司寇夜沒將視線轉回車內，但他感覺到蘭開斯直直盯著自己。

他沒有勇氣轉過頭與之對視，只能繼續以監視後方為藉口，看著照後鏡快速解釋道：「你目前還是有生命危險，我所屬的組織名為純淨，是專接暗殺工作的地下傭兵組織，不會因為目標跑了就收手。」

「……」

「你得先躲起來，只向絕對值得信賴的人透漏自己的行蹤，如果可以去找一個人。」

司寇夜將儀表板上的筆記本推向蘭開斯道：「這人的資訊不多，我把我知道的都寫在裡頭了。他在純淨內部的代號是傀儡國王，多次妨礙純淨執行暗殺任務。敵人的敵人不等於朋友，但以你的財力、技術和被純淨追殺的事實，他幫你的機率很高。」

車內再度被寂靜籠罩，在長達兩個路口的沉默後，蘭開斯沙啞地道：「小夜，其實我……」

雅典娜忽然出聲：「司寇先生，你預料的事態發生了，本車的特徵和一部份車牌被人上傳到網路討論區，他們將你描述為恐怖分子，希望網友提供線索；而警方這邊也在找你，你目前被他們列為中央公園綁架事件的重要嫌疑人。」

「警方開始設攔檢點了嗎？」

「尚未，但已在規劃，目前暫定會設於通往海港與外縣市的主要幹道。」

「盡妳所能確認位置。接應的車呢？」

「已在路上，四分二十三秒後能到達匯合點。我選了李先生的備用車，是一臺堅固的悍馬越野車。」

「很好。」

司寇夜將目光轉回前方，看見聳立的青山與山腳下的隧道入口，高懸的心先是稍稍落下，再難以自抑地湧現哀痛。

——別怨，這是你欠開斯、欠過去殺掉的人的。

理智冷澈地低語，司寇夜深呼吸抹去情緒，轉過頭準備向蘭開斯交代後續計劃。

然後他就看見一向囂張、任性、自信得像全世界都握在手中的男人，像打破花瓶被媽媽發現的小男孩一般，渾身緊繃惶惶不安地看著自己。

「沒事的，」

司寇夜幾乎是脫口而出，握住蘭開斯的手道：「我會保護你，我發誓。」

蘭開斯的臉色變得更難看，搖頭乾啞地道：「不是，我是……我……」

「等我們進隧道後，會有一輛車來接你。」

司寇夜握緊蘭開斯道：「你在隧道中段下車，然後換乘那輛車，這樣就能甩掉純淨的追兵，給你聯絡救兵的時間。」

「你也一起換？」

「……」

「你也會一起換吧！」

「我不能。」司寇夜垂下頭，跑車同時進入隧道，陰影自前方籠罩他：「如果我猜得沒錯，追殺你我的工作會落到代號『燈塔』、本名祿猛的亞洲區總指揮官身上，他是我的教官，我的技術、思考模式都是他打磨出來的，他明白我的所有想法，能輕易預測我的戰術，我要是與你共同行動，你逃不了。」

「那你自己走就能逃……」蘭開斯猛然頓住，盯著司寇夜的神情由憤怒轉為恐懼，反手抓住對方問：「你有打算活著逃走吧？」

「我會盡力活到最後一刻。」

司寇夜感覺蘭開斯的手明顯收緊，手腕微微發疼，忍著痛嚴肅道：「我得爭取時間，要不然我們兩個都活不了。」

「爭取時間的工作交給雅典娜，你跟我一起換車。」

「不行，純淨沒那麼好騙。」

「是你把他們想太聰明了！雅典娜能……」

「開斯！我們是專殺你這種名門富豪的殺手集團！」

司寇夜大吼，看著愣住的蘭開斯痛苦道：「而且我們盯上你好一陣子，對雅典娜、七矮人、你的朋友、你的公司既有調查，更有所防備。」

蘭開斯繃直嘴角一言不發，沉默片刻低聲道：「那顯然他們對我一無所知。然後不是『我們』，是純淨。」

「是『我們』，我是純淨的十年資深成員。」

司寇夜透過眼角餘光察覺車輛正減速駛向路肩，抽動自己的手道：「你差不多該下車了。」

「你下我才下。」

「開斯……」

「你忘了我說過的話嗎？如果你再為我犧牲一次，我會發瘋。」

蘭開斯抓緊司寇夜，既強勢也脆弱地道：「別讓我再經歷一次，要不然我會毀了這世界。」

司寇夜心頭先是發暖，再陷入無邊的惆悵中，他在車輛完全停下時傾身吻上蘭開斯的嘴，吮著對方的唇舌直到氧氣耗盡，才稍稍後退道：「謝謝你，和你相處的這兩個月是我這輩子最快樂的時候。」

蘭開斯像是聽見什麼極度驚悚的言語，雙眼猛然睜至極限，一動也不動地看著司寇夜。

司寇夜趁機抽回自己的手，瞄到助手席的車門滑開後，用力一推將蘭開斯推出車外。

這讓蘭開斯瞬間回神，想要馬上回到車內，然而先一步下車的保安機與醫療機接住他的身體，迅速朝人行道走。

司寇夜則迅速拉上車門，腳踩油門將車速催到最高，直到看見隧道出口才減回原本的速度。

「主人推倒了保安機和醫療機，在追你的車。」雅典娜道。

司寇夜握方向盤的手收緊，不過馬上壓住情緒，冷聲道：「沒關係，他追不上跑車的。接替的車現在在哪裡？」

「一點五公里外的路口，三分鐘內能到達主人的位置。」

「務必讓他上車，然後往我的反方向跑。」

司寇夜打轉方向盤，加速闖過黃燈問：「警方那邊有進一步動作嗎？」

「有，攔檢哨的位置已確定，我顯示在擋風玻璃上。」

擋風玻璃右側浮現首都地圖，雅典娜以紅槓標示攔檢點、綠點代表終點的臨海廢棄工業區。

「我已經計算出避開所有攔檢點最短的路徑，要根據路徑行駛嗎？」

「先不要。」

司寇夜瞄了地圖一眼，左轉將車子開上通往機場的快速道路。

「那樣馬上就會被看出我方有攔檢點的資料，而且我方的最終目的不是逃跑，是將追殺者引走。我先往機場開，再裝作發現前方有攔檢的樣子而改道，在市郊繞一陣子讓純淨的人注意後，再去廢棄工業區。」

「這麼做會將風險提高至少四成。」

「不這麼做，就是開斯那邊危險四成了。」

司寇夜踩下油門，行駛十多分鐘後開始走走停停，果斷掉頭朝通往外縣市的道路開，再次遭遇堵塞後改往舊市區走。

而在將車子從六線道拐進雙線道後沒多久，他就發現照後鏡中的車子有些眼熟。

「有一臺紅色雪弗蘭從十分鐘前就跟在我們後頭。」

「我看見了。給我周圍的街道圖，越詳細越好。」

司寇夜話音剛落，擋風玻璃就浮現極為詳盡的地圖，他沿圖向前開兩個路口，在瞧見燈號轉黃時先是減速，再一秒加速穿過號誌鑽進小巷子中。

舊市區的巷弄不但窄還忽直忽曲，即使有雅典娜輔助，司寇夜本身也練過車技，仍差點將照後鏡撞掉。

不過艱辛是有成果的，當司寇夜轉回大馬路上時，後方已不見雪弗蘭的車影。

「恭喜，你成功甩掉追兵。」

「只是現在，還會有第二波。」

司寇夜注視地圖東北方的綠點——廢棄工業區，但是他沒有朝該處開去，而是駛向正東方的小漁港。

如狙擊手所預期，第二波跟蹤者在他離漁港三個路口時現身，司寇夜毫不猶豫地再次採取鑽巷戰術，和對方糾纏七八分鐘才將其甩開，沿蜿蜒的小路朝工業區前進。

司寇夜選擇工業區當終點的理由有二，一是該處作為等待拆除的園區，沒有活人不用擔心會傷及無辜；二是工業區的碼頭停有幾艘作業船，假如能啟動其中一艘，就能製造蘭開斯逃往海外的假象。

——只剩最後一步。

司寇夜如此激勵自己，油門一踩撞開工業區的側門，正想直奔碼頭時，眼角忽然瞄到火光，接著雅典娜便強行控制車輛猛然右轉。

狙擊手看見的火光來自單發火箭，火箭擦過車尾撞上正後方的鐵皮工廠，引發的衝擊波讓地面震動，顛得司寇夜差點撞上方向盤。

「司寇先生……」

「前面右轉繞到工廠背後放我下車！」

司寇夜解開安全帶拎起側背包，打開車門對車內道：「雅典娜，很高興認識妳。」

「我也是。我會盡力引開敵人的注意，請注意安全，撐到援軍到達。」

——不會有援軍。

司寇夜腦中冒出這個回答，但他明白雅典娜是好心，因此僅是微微點頭，抓緊背包準備跳車。子彈在跑車轉彎撤向車體，合金車殼接下彈頭，稍有顛簸但仍順利拐入工廠間的小路。

司寇夜抓準時機跳車，在地上連滾數圈後側身躲到汽油桶後。

跑車在雅典娜的控制下關門繼續前進，片刻後一輛越野敞篷車載著一名駕駛、兩名槍手經過汽油桶，車上三人緊盯著遠去的跑車，完全沒發現司寇夜。

司寇夜在越野車遠去後，立刻壓低身體沿著工廠牆壁跑，聽著背後逐漸遠去的槍聲、剎車聲和撞擊聲，一心只想在跑車被打壞前到達碼頭。

在穿過七間鐵皮工廠後，司寇夜總算看到鐵灰色的碼頭與兩艘工作船，先是稍稍鬆一口氣，再倏然寒毛直豎，想也不想就閉眼將閃光彈扔到空中。

他聽見左上方傳來細微的悶哼聲，張眼一抬頭就瞧見藏在工廠屋頂上的狙擊手，立刻掏槍連射，打穿對方的手腳。

以此為始，隱藏在工廠內、鐵桶邊、廢棄工程車中……眾多可藏身處的純淨戰鬥員紛紛現形，毫不客氣地將子彈往司寇夜身上招呼。

司寇夜閃身縮到一疊鋼板後，將袋子裡的煙霧彈一股腦扔出，靠煙霧掩護踹開對面工廠的側門，躲進幽暗的廠房中。

工廠內幸運地無人埋伏，他推倒貨架堵住側門，踩著鐵梯來到二樓的主管辦公室。辦公室只有一扇能俯瞰整個廠區的窗戶，司寇夜拉了張桌子到窗邊，將衝鋒槍放到桌腳，對一樓大門架起狙擊槍。

片刻後大門開一條縫，陽光由縫隙射入，照亮廠房與開門者的腳足。

司寇夜在對方完全踏進工廠時叩下板機，精準地打穿進入者的膝蓋，再抓起衝鋒槍對門口掃射。開門的小隊被子彈逼退，但他們沒有放棄，半分鐘後同一批人就改爬二樓西側的窗戶，而這次領頭的人被司寇夜兩槍打穿左右臂。

西側窗戶後是東側，接著又回到大門口，純淨戰鬥員反覆從門或窗進入工廠，即使每回突入都只落得手腳傷殘的下場，仍沒有改變進攻方式。

——是想耗盡我的彈藥嗎？

司寇夜蹙眉，覺得這推論合理，但又缺了什麼，然而還來不及細想，下一波攻勢便降臨。

突進、逼退、突進、逼退……雙方重複相同的動作，直到爆炸聲襲擊工廠的外牆和天花板。

司寇夜反射動作抱住頭，和辦公桌、破碎的屋頂、地板與支架一同摔落地面，幸運地躺在兩根鋼樑的夾角處，沒被屋頂給壓住，但跌落的衝擊仍讓他渾身發疼。

而疼痛還沒散去，一排子彈就飛射而來，司寇夜忍痛翻滾躲避射擊，後背很快就撞上鐵皮牆，一顆子彈同時命中右大腿，疼得他倒抽一口氣。

掃射在此時停止，蓋住司寇夜的鐵皮天花板先微微晃動，接著被人一片一片搬離，露出晴朗的天空，和二十多名純淨戰鬥員。

而站在戰鬥員前方的人是祿猛，他面無表情地注視司寇夜，朝自己的學生兼養子抬手就是兩發子彈。

「嗚！」

司寇夜悶哼一聲，左右手被子彈打穿，忍痛坐起來問：「不直接打頭？」

「不急。」

祿猛跨過斷牆碎樑，走到司寇夜面前道：「我對你很失望。」

「我也是。」

司寇夜斜眼瞄向碼頭的工作船道：「我以為我至少能摸到船。」

「你要是摸到船，就沒全屍了——船上都放了炸彈。」

祿猛蹲下身，對司寇夜動了動鼻子，垮下肩膀道：「你被蘭開斯標記了？」

「Beta 無法被 Alpha 標記。」

司寇夜深呼吸壓抑痛楚才接續道：「不過我們做過，不止一次。」

祿猛的臉色先刷白，再轉為憤怒的紅，起身沉聲道：「Omega 就是 Omega，即使投放藥物還經過大量訓練，還是改變不了服從的本性。」

「你在說什麼？」

「你是透過實驗藥物從 Omega 變成 Beta 的 Beta。」

祿猛瞧見司寇夜眼中的驚愕，冰冷地笑道：「我知道你在想什麼——我若是 Omega，那一晚你和我父母的對話是什麼？當然是謊話啊，傻孩子。」

「你！」

「坐下。」

祿猛一腳踩在司寇夜的右腿槍傷上，注視狙擊手扭曲的臉龐道：「別怨組織，你要是以 Omega 的身分生活，混得好也不過是嫁給有錢 Alpha，弄不好成為玩物都有可能，哪有機會和我們滿世界飛。」

「你……那我真正的父母在哪裡？」

「天知道。」

祿猛將手槍的槍口指向司寇夜的頭頂道：「自己到冥府找閻王問。」

——結束了。

司寇夜抿起嘴唇，正要閉眼迎接自己的終結時，祿猛先前說的話忽然闖進心中，讓他先是愣住，再克制不住地綻放笑靨。

祿猛皺眉問：「你笑什麼？」

「你先前說，你對我很失望。」

失血讓司寇夜臉色蒼白，可這絲毫無損臉上的喜悅：「這表示我做了你期望外的事……你沒想過我會救走開斯，我的行動在你的意料外，開斯是安全的。」

「我沒料到的只有你會叛變，至於你逃脫的路線和手法，那全在預料中。」

祿猛看到司寇夜仍掛著笑，將槍口按上對方的額頭道：「下去後，代我向蘭先生問好。」

「我不會見到他。」

司寇夜微笑，平靜地準備迎接子彈，卻先看見幾尺之外的鐵皮工廠炸開。

爆炸將祿猛的注意力轉向後方，司寇夜立刻躺下避開槍口，用未中彈的腿踹向祿猛的小腿。

祿猛在最後一刻回神，避開司寇夜的腿，舉槍正要打穿狙擊手的頭時，忽然被一個無形的物體撞飛。

其餘戰鬥員見狀立即向司寇夜掃射，子彈如雨點撒來，但卻沒一發落到狙擊手身上，全都被一堵透明的牆給彈開。

司寇夜瞪著離自己只有兩步遠的彈殼山，先是一陣錯愕，接著迅速想起自己曾在哪裡看過類似的物體。

「傀儡國王？」

像是要回答司寇夜的疑問般，替他擋子彈的物體解除光學迷彩——傀儡國王橫持大盾蹲在狙擊手前方，左右還站著兩臺子機。

同時，碼頭邊、工廠頂、馬路上……各處的子機都解除偽裝，總數超過四十臺的國王衛兵將戰鬥員團團包圍。

這震撼了戰鬥員們，一動也不動地看著銀白色的獵殺機械，直到祿猛從瓦礫堆中站起來，發出吼聲才回神。

「第三戰術，全火力投射！」

戰鬥員們在祿猛的喝令下三分之一將槍口對向傀儡國王與司寇夜，三分之二轉向其餘子機，以個人最大火力全力攻擊。

傀儡國王將盾交給兩側的子機，轉過身掃視司寇夜後，攤開掌心對傷口噴灑不知名藥劑。

司寇夜感覺疼痛大幅減緩，長吐一口氣問：「是蘭開斯要你來的？你有把他安置在安全的地方吧？」

傀儡國王處理傷口的動作一頓，他望向司寇夜，合金面罩上明明只有無法動彈的金屬眼瞳，卻讓狙擊手感覺對方處於深切的哀傷與憤怒中。

然後，在司寇夜說出下一個字前，傀儡國王站起來面向戰鬥員，後頸裝甲打開兩個帶風扇的排氣孔，強勢到暴虐的信息素從孔中散出。

如果說蘭開斯在劇院與遊樂園中釋放的威迫素是烈日，那麼此刻的氣息就是地獄的業火，不用吸入鼻腔中，單單是碰觸肌膚就給人被熾焰灼燒的錯覺。

純淨的戰鬥員大多是高級 Alpha 或是受過嚴苛訓練的 Beta，即使沒有面罩也能在高濃度的信息素中作戰片刻，但在傀儡國王釋放信息素後不到三秒，他們便根據遠近距離，一個個口吐白沫倒地抽搐。

司寇夜瞪直眼瞳，不過驚訝的不是傀儡國王的威迫素威力，而是被標記過的身體一秒就認出這股氣味屬於誰。

那是他的 Alpha——蘭開斯的味道。

「我的小鳥兒……你們竟敢……我要你們生不如死！」

傀儡國王——蘭開斯——隔著面罩咆嘯，控制子機跳到戰鬥員身上，碾碎所有人的手腳。

只有祿猛倖免於難，他即時戴上透明濾器面罩，不過在傷勢與信息素影響下行動仍不如平時俐落，狼狽地蛇行閃躲子機。

然而明明躲得如此驚險，祿猛的嘴角卻是上揚的，左手趁隙拍上防彈背心左下角的按鈕，眼底浮出一絲得意。

司寇夜捕捉到祿猛的動作，身體竄起雞皮疙瘩，本能判斷對方藏了什麼殺招，立刻撐起上身大喊：「小心！」

喊聲還沒散去，倒地戰鬥員的背心後背就紛紛亮起小紅燈，祿猛則發狂似地撞開子機，拚命往海邊跑。

蘭開斯見狀，果斷控制子機撤離，只留下三臺繼續圍捕祿猛，自己則抱起司寇夜也往海岸衝，縱身一躍跳入海中。

戰鬥員的背心、兩艘工作船同時爆炸，三十多個小型炸彈與兩個大型炸彈合爆的威力驚人，不但讓整個廢棄廠區震動，湧現的火光甚至滾過海面。

司寇夜隔著海水目睹焰光，先覺得這景象分外眼熟，再猛然想起這不是自己第一次在爆炸中墜入水中。

終　章

徹底成為我的 Omega 吧

「父親，能讓我帶一名貼身男僕去英國嗎？」
「……你不明白，沒有人會喜歡怪物。」
「這是你的責任喔，誰叫你不但把我的人皮給扒了，還發誓會永遠陪著我。」
「小夜！不要──」

「啊！」
司寇夜倏然睜開眼，看著白色的天花板與懸吊透明藥劑的金屬點滴架，呆滯將近半分鐘後，才挪動手臂試圖坐起來。
「司寇先生，多躺一會再起身會比較妥當。」優雅的合成女子聲從天花板降下。
司寇夜僵住，抬起頭不確定地問：「妳是雅典娜嗎？」
「是的，這世上沒有比我更悅耳的人工智慧。」
雅典娜的聲音透著笑意問：「你感覺如何？」
「渾身僵硬。」
司寇夜躺平在病床上，頓了幾秒才低聲道：「我以為我做了一場很長很長的夢，夢醒睜開眼後，發現自己躺在N國首都的醫院。」
「你是說三個月前你因車禍入住的醫院嗎？」
「是啊……等等，妳怎麼知道的？」
「主人透過拷問純淨的俘虜──你的教官祿猛，以及攻進純淨的幾個資料庫後，拿到和你相關的檔案。」

司寇夜睜大眼瞳，藏在被子下的手克制不住地顫抖，乾啞地問：「他有說什麼嗎？」

「沒有，但當晚主人打壞三個拳擊沙袋。」

「……」

「司寇先生？」

司寇夜張口但沒發出聲音，僵硬地轉移話題問：「我是怎麼離開工業區的？」

「靠主人在海巡署的朋友幫忙，他接到主人的訊號，駕船至工業區外將你與主人救上船，送到主人設於離島的醫學研究所。」

司寇夜的病床前三分之一截緩緩升起，正前方牆壁上的液晶電視打開，映出立有白色建築物的翠綠島嶼。

雅典娜將島嶼換成一個透明艙道：「我們用蘭皇研發的醫療艙治療你，而你一直躺到昨晚──兩位落海後十五天──才離開醫療艙。」

「槍傷就算用一般手段治療，也不需要躺十五天吧？」

「是不用，但醫生在替你做全身健康檢查時，發現你的腺體和生殖系統──主要是生殖腔都有嚴重損傷，因此除了槍傷外，臨時加入修復這兩者的作業。」

司寇夜在聽見「嚴重損傷」時顫了下手指，微微緊繃著聲音道：「我沒有多少醫學知識，但就我所知，腺體和生殖腔損傷大多是不可逆的。」

「放在一般醫院是，但放在蘭皇就不一定了，這裡有最先進的設備、眾多優秀的醫生，而金錢上主人也……」

「我這輩子都無法受孕，是吧？」

「司寇先生……」

「跟我說實話。」

司寇夜二度打斷雅典娜，屈膝抱住雙腿道：「別美化或避重就輕，這種事越早知道，就越早能接受。」

「我所言不虛。」

雅典娜將醫療艙的介紹撤下，換成密密麻麻的數字道：「容我概略解釋，這是Omega信息素濃度、卵子品質與生殖腔綜合分數的整理表格，第一行的數據是十萬名不孕症Omega的平均數，第二行是正常Omega的數字，第三行則是你治療前，第四行是首次療程後的。」

「在治療前，你的數字略高於不孕症Omega，首次療程後則介於不孕症和正常Omega之間。這數值遠超醫生的預期，他們推斷原因可能是主人，主人的信息素濃度超乎常人，而你與主人的契合度又極高，這喚醒了你被藥物強行壓制的腺體，展開自我修復。」

「……」

「放心，如果你的生殖系統無法修復，我們還有備案——我有自信慫恿主人為你發明人工生殖腔。」

司寇夜愣住，接著笑出來搖頭道：「別這麼做，聽起來太像瘋狂科學家了。」

「主人本來就是。」

雅典娜輕笑，收起笑意嚴肅道：「抱歉在你心情好時告訴你一個噩耗——你在新聞報導和官方文件中已經死了。」

司寇夜先睜大眼，而後迅速明白原因問：「是為了避免純淨追殺我嗎？」

「是的，所以在主人將純淨徹底摧毀前，請不要離開此處，或對外發送信息。」

「我不會走，也不會聯絡任何人。」

——畢竟我也無人可聯絡。

司寇夜將這句話含在口中，沉下臉道：「純淨是個龐大的組織，黑白道、政商娛樂圈各界都有他們的客戶，不是能輕易摧毀的。」

「各界都有客戶也意味各界都有仇人，例如主人與他的盟友。」

病房的門在雅典娜說話時開啟，烹飪機與醫療機魚貫進入房內，前者端著裝有雞湯稀飯的托盤，後者頭上頂著白貓。

「主人目前正全力清掃純淨，根據我方掌握的情資，至少需要兩個月才能完成此工作，」雅典娜叫出收納在病床右側的電動摺疊桌，讓烹飪機將稀飯放上桌子道：「在主人回來前，將由我、七矮人、珍珠和研究所中的同仁負責照顧你，你有任何需求或問題都可以問我們。」

司寇夜腦中立刻冒出一個問題，遲疑片刻開口問：「妳早就知道開斯是傀儡國王嗎？」

「是的。我讓你失望了嗎？」

「沒有，你是開斯的人工智慧，本來就該替他隱藏身分。」

「謝謝你的大度。不過主人並不知道你計劃營救他，他在換車前的驚慌是真實的。」

「我沒懷疑他。那麼他……」

司寇夜停滯幾秒後搖搖頭，拿起湯匙攪動稀飯。

接下來的日子與司寇夜車禍住院時驚人的相似，他休息一晚後就投入復健。

而事實證明，蘭皇的醫療艙極為優秀，他明明在艙中躺了近半個月，肌肉卻沒流失多少，遭子彈射穿的雙臂、右大腿非但沒後遺症，甚至連疤痕都不容易找到。

這讓司寇夜的目標在短短一周內從復健變成鍛鍊，再迅速演變成研究所的醫生、七矮人和雅典娜必須屢屢阻止的過度訓練——另一個與三個月前如出一轍的發展。

不過最能讓司寇夜休息的不是機器人或醫生，是珍珠，只要白貓走到他面前躺平甩尾，狙擊手就會克制不住慾望，放下手中器具全心擼貓。

這讓七矮人們忿忿不平，烹飪機意圖以廚藝打敗啞鈴，醫療機用薰香和按摩希望能讓司寇夜睡久點，清潔機天天打掃病房、更換花瓶中的花好讓狙擊手願意在房中多待一會。

保安機深感自己除了武藝外一無長處，決定增加自身的娛樂性，跟雅典娜要了電子書和發聲軟體學習朗讀，結果一讀就把司寇夜從跑步機上讀下來。

原因很簡單，它們讀的是《為了找貓，我推開了家門》的最新一集。

兩天後，全套精裝版《為了找貓，我推開了家門》就送進司寇夜的病房。

這種白天鍛鍊、下午玩貓、傍晚接受腺體治療或檢查、晚上在貓與七矮人的圍繞下讀書的生活持續整整一個月，期間蘭開斯沒有出現，司寇夜也沒問雅典娜對方的行蹤，彷彿一點也不關心富豪在哪裡、做了哪些事。

當然這只是假象，每當司寇夜夢見富豪在床邊偷戳自己的面頰，睜眼卻只看見醫療機的藍燈時，都會深切感受到自己有多思念對方。

拜此之賜，當司寇夜又一次因夢睜眼，瞧見蘭開斯彎著腰替自己蓋被子時，第一時間的反應是他還沒醒。

「吵醒你啦？」蘭開斯有些尷尬地問。

「沒醒，還在夢裡。」

「怎麼看都醒……」蘭開斯話聲漸弱，看著司寇夜像是怕自己消失般死睜著眼，明白對方的誤會，勾起嘴角笑道：「你沒有在作夢，我是真的在這裡。」

「你昨天也這麼說，但我一眨眼你就不見了。」

「那是昨天，我保證你今天就是眨上百次，我也不會消失。」

「這是你大前天說過的……」

司寇夜在說話時忍不住酸澀眨了下眼，身體瞬間緊繃，以為自己睜眼時會如以往瞧見空蕩的白牆，然而映入眼簾的仍是蘭開斯的笑臉。

「瞧，我沒說謊。」

蘭開斯張開雙手強調，將牆上的小夜燈調亮，傾身把司寇夜從頭到腳細細看過一輪，輕緩點頭道：「不錯不錯，氣色不差，身體雖然還可以再胖點，但未來有得是時間。」

司寇夜呆滯地望著蘭開斯，直到對方拉了張椅子坐到床邊，才彈起來張口閉口說不出話。

「我懂，我也很想你。」

蘭開斯翹起雙腿，朝一旁的醫療機勾勾手，醫療機立刻奔向房間角落的膠囊飲料機，壓了杯熱可可端給主人。

司寇夜在可可的苦甜香味中取回言語能力，脹紅著臉道：「我剛剛還沒醒！說的是夢話，你別當真！」

「明白明白，你連續三個晚上夢到我。」

「蘭開斯！」

「都說叫我開斯就行了，我可愛的小夜鶯。」

蘭開斯笑容明亮地啜飲熱可可，夜燈的橙光灑在他身上，照亮滾著奇妙銀紋的緊身衣。

司寇夜沒看過蘭開斯穿這套衣服，先是好奇，再猛然嗅到醫療艙藥水的味道，立刻前傾身體問：「你受傷了？」

「是啊，不過已經處理好了。」

蘭開斯聳肩，漫不經心地道：「近距離中了一發火箭，沒打穿裝甲，但有一塊瘀青，到艙裡躺兩小時後已經散了。」

「兩小時哪夠！回去，確定內臟和骨骼都沒問題再出來！」

「已經確定啦，Alpha 天生皮厚血多恢復快，我這個 Alpha 中的 Alpha 更是。」

蘭開斯仰頭將熱可可喝乾，吐一口氣道：「這家的熱可可好喝，你要不要來一杯？」

司寇夜看著渾身放鬆的蘭開斯，在感到重逢的喜悅同時，也嚐到離別的苦澀。

——不要逃避，這是你應付的代價。

理性冷酷地催促司寇夜，他緩緩拉平嘴角，將蘭開斯舒展的眉宇、微揚的嘴唇、自然垂下的四肢和結實的身軀好好看過一回，為對方的完好暗自鬆一口氣後，放沉嗓音問：「你打算何時處理我？」

蘭開斯眨眨問：「處理你什麼？」

「我的命。」

「我為什麼要處理你的命？」

司寇夜低聲道：「因為你手上已經有猛叔了，他是純淨的核心成員，掌握的情報比我這個純戰鬥員多太多。」

「我又不是為了情報來……」

「這一切都是你為了釣出純淨所設的局吧！」

司寇夜高聲打斷蘭開斯，低下頭將臉藏進陰影中：「先讓組織懷疑你是傀儡國王，再放出尋人啟事引我們上鉤。你一定很訝異，純淨竟然派出這麼青澀無能的調查員。」

「小夜……」

「別誤會，我沒生氣，是我自己笨，平常嘲笑電影裡被色誘的幹員，結果在相同的招數上栽得比任何人都徹底。」

「把頭抬起來。」

「你若是懷疑我是想以死隱藏情報，也可以先把我送去用刑或打藥，或者用更原始的方式拷問——我聽說 Omega 對標記自己的 Alpha 的信息素毫無抵抗力。」

「小夜，抬頭看我。」

「不過如果可以，我是希望你給我一個痛快，這樣對你我都好，就算是世界首富，也不該花錢養沒利用價值的人。」

「小夜，抬頭。」

「更別提這人還是個收錢辦事的職業殺手，有中過桃色陷阱的紀錄，難保他哪天不會收了某人的錢，或是糊裡糊塗中色誘計，摸黑朝你的太陽穴射一……唔！」

司寇夜沒能把話說完，因為蘭開斯扣住他的下巴，強行將頭扳起來。

蘭開斯擒著司寇夜的下巴，注視狙擊手泫然欲泣的臉龐，輕柔地笑道：「用這種表情和我說話的人，才不可能把子彈射進我的太陽穴。」

「別小看我，我……」

「你騙不過我。」

蘭開斯放開司寇夜的下巴，起身將司寇夜抱入懷中道：「就像你能憑直覺判斷我是真高興還是假高興一樣，我也知道你是真生氣還是裝生氣。你沒在生氣，你在害怕。」

「你能看穿的是真正的司寇夜，不是我。」

「你就是他。」

蘭開斯撫摸司寇夜的背脊，散出薄紗般淡柔的太陽暖香道：「無論你有無記憶、這十年間做過什麼，你都是我的小夜鶯。」

司寇夜肩頭一顫，知道自己應該推開蘭開斯，用更凶惡的口吻否認、要求對方處死自己、威脅要對周圍人不利……但在暖香與雙手的撫慰下，非但無法將腦中的文字吐出，眼眶還迅速泛紅，掙扎片刻後終究壓抑不住情感，反抱蘭開斯大哭起來。

蘭開斯輕拍司寇夜，將下巴靠在對方頭上輕聲道：「沒事了，不管是邪惡的傭兵集團還是太空怪獸，我通通會為你擋下。」

司寇夜十指揪進蘭開斯的肌肉中，痛哭數分鐘才控制住身體，以濃厚哭腔道：「主人。」這兩個字讓蘭開斯先僵住，再放開司寇夜震驚地盯著狙擊手問：「你喊我什麼？」

「主人……」

司寇夜重複，仰著滿是淚光的臉龐哽咽道：「為、為什麼……知道，我是……我呢？」

「因為你是我的小鳥兒，而我則是你的大怪物。」蘭開斯高揚嘴角，再次擁抱司寇夜道：「你落水失蹤後，我拚了命找你，但當時的我只是個富家少爺，空有蘭皇繼承人的身分，卻沒有多少叫得動的資源人脈，連你的一片衣服都沒找著。」

「不是……嗚，主人的錯……我是被……呼！」

「我知道，你是被那群渾球綁走了。別急著說話，休息一會。」

蘭開斯壓下病床的圍欄，坐上床攬住司寇夜的腰，讓對方靠著自己胸口接續道：「不過我雖然沒找到你，卻發現那場恐怖攻擊不單純，它背後有個訓練有素的組織，我決定從這方面下手，為此我需要累積自己的錢、權、人和技術。」

司寇夜想起蘭開斯驚人的履歷，那些初看時只覺得這人是異形的博士學位、技術進展，此刻都成為揪心的痛。

蘭開斯察覺到司寇夜的情緒變化，拍撫對方的頭顱道：「我的付出是有成果的，在你消失後第四年，我仍沒得到你的消息，可是找到策劃那場恐怖攻擊的組織——名為純淨的暗殺集團。我將他們當成殺害你的兇手，發誓要毀掉這個集團。」

司寇夜微微睜大眼問：「根據純淨內部的紀錄，傀儡國王是在一年多前出現，但其實你六年前就盯上組織了？」

「當然！他們可是奪走你的人，得撒下天羅地網，一隻不漏地收拾乾淨。」

蘭開斯眼中浮現厲色：「我耐心地爬梳純淨的犯罪軌跡，找出他們的受害者和客戶，查清金流物流與基地所在，將整個組織的架構、所在、勾結黨羽摸清八成後，才親自動手獵殺他們。一切都照我的計劃進行，直到我在某棟大樓的屋頂，看見我的小夜鶯穿著對方的裝備。」

司寇夜腦中浮現一年前隊友被蘭開斯斬首，抬起頭難以置信地問：「你那時就認出我了？」

「是啊，一開始還有些懷疑，但在看了幾次你出任務時的影像後，就九成九確定了。」蘭開斯嘆一口氣道：「不過確定後才是難題，把純淨殺光很簡單，把你從他們手中完完整整搶回來就……我的小夜鶯勇敢又護主，難保你不會在我突襲純淨時，為了救那群臭蟲賠上自己的命。」

「所以你拿自己當餌，讓純淨懷疑你就是傀儡國王，讓他們把我送過來調查你？」

司寇夜睜大眼瞳，挺腰將手按上蘭開斯的肩膀喊道：「你在想什麼！太危險了！萬一純淨送

來的是別人，或是我自始至終都忠於純淨，你要怎麼辦！」

「就……看著辦吧！」

「蘭、開、斯！」

「啊啊別掐我！好痛好痛好痛！」

蘭開斯舉手作投降狀，待司寇夜放手後笑道：「我開玩笑的，這兩個問題有什麼難解決，送錯人我就退貨，至於你忠於純淨……我的小夜鶯就算沒恢復記憶也愛慘我，我擔心什麼？」

司寇夜雙頰刷紅，指著蘭開斯的鼻子罵道：「別把生死交付在不確定的情感上，笨蛋！」

「你對我的情感很確定啊。」

「別把個體當成全體！」

司寇夜一拳揍向蘭開斯的胸口，氣得別過頭不看對方。

蘭開斯摸了摸胸膛，湊近司寇夜微笑道：「別生氣啦，我也不是沒有其他備案，例如老建一直都提防著你，然後我還有個能毀滅世界的大絕招。」

「別拿國中生都不會信的話哄我。」

「不是哄，是描述事實。純淨給我的代號是『傀儡國王』，這是他們極少數的英明判斷。」

蘭開斯的話語將司寇夜的目光勾回身上，愉快道：「你聽過《識人不識殺人法則》嗎？」

「聽過，你的研發主任向我說過，那是你寫來防止人工智慧對抗人類的代碼，每個人工智慧和機器人中都有。」

「沒錯就是那個，但我當初創造法則的動機與維護世界和平無關，只是想找個方法在全世界的機器安後門。」

蘭開斯見司寇夜愣住，得意地點頭道：「沒錯沒錯，如你所想，我最大的武器不是遠程連線作戰機——你們口中的子機，而是藏在《識人不識殺人法則》中的後門。只要給我一臺有連線功能的電腦，我能在三十秒內將全世界的機械變成我的士兵，這才是我真正的傀儡。」

司寇夜雙眼圓睜，驚愕了好一會才說：「你瘋了嗎？這事若是曝光，你會變成世界公敵！」

「我一直都是瘋的，只是在你離開後瘋得更嚴重。」

蘭開斯笑容燦爛地回應，攬住司寇夜的腰道：「放心，這件事我只告訴你，連老建都沒講，你不說、我不說哪裡會曝光？」

「你！」司寇夜的臉色一陣青一陣白，瞪著屢次將身家性命交到自己身上，不知凶險還洋洋得意的主子，再次轉開頭看牆壁。

「小夜？」

「……」

「小夜——」

蘭開斯拉長尾音，看著眼前固執如岩石的背影，將頭靠在司寇夜的肩上細聲道：「你再不理我，我就要為你說謊慫恿我殺你生氣囉。」

司寇夜上身一震，垂首結巴道：「不是！那是、我是……呃！」

「不急，慢慢說。」

蘭開斯放開司寇夜，跟醫療機要了兩杯熱可可，一杯塞給狙擊手，一杯自己端著，悠悠哉哉地啜飲。

司寇夜捧著微燙的馬克杯，從蘭開斯的態度明白對方完全不打算放過自己，垂下肩膀沉默近半分鐘後道：「我沒有資格待在主人身邊。」

「誰說的？」

「我。」

司寇夜低著頭，注視杯中漆黑如淵的液體道：「在離開你的這十年，我用保住自己的歸處當藉口，成天磨練殺人技巧，毫無理由的奪走他人的生命，還以此為榮。」

「……」

「雅典娜說純淨的仇家很多，這些仇家中有一部份也是我的，如果我待在你身邊，恐怕也會變成你的，我不能把你捲進我的罪過中。」

「……」

「而且就算不論純淨的仇家，老爺、夫人、蘭家的長輩和我的父母也不會坐視不管，你是蘭家的繼承人，身旁若要有 Omega，那只能是清白、高貴的名門 Omega，而不是一名粗魯、有殺人經驗、父母都是 Beta 的普通 Omega。」

「……」

「更別提這名 Omega 還有生育障礙，忘了禮儀只擅長開槍，這樣的人別說當伴侶了，做僕從都不及格。」

司寇夜乾澀地說出最後一句話，他不敢看蘭開斯，只能緊握馬克杯，杯中的可可依舊燙熱，可身體卻像浸在寒冰中一般，無處不凍涼。

而在長達一分鐘的寂靜後，他忽然被蘭開斯揪起衣領，前拉半尺狠狠吻住雙唇。

司寇夜雙眼睜大，手裡的熱可可撒上床單與大腿，但他的注意力卻完全釘在蘭開斯身上。

為什麼？因為蘭開斯的吻強勢得可怕，粗暴地奪取司寇夜的吐息，霸占另一人的唇舌口腔，直到對方窒息才退開。

「……我要殺光家裡那票老頭。」

蘭開斯貼著司寇夜的鼻尖低語，藍瞳中鑲著熾熱的殺意道：「誰敢說你沒資格、配不上、不可以待在我身邊，我就殺掉誰。」

「開斯！」

「還有你的仇家，他們若想要賠償，我給。若想傷害你，無論什麼理由我都不會放過。」

蘭開斯捧起司寇夜的臉，近距離凝視碧色雙眼道：「小夜，我花了十年才讓自己有能力奪回你，別為了無聊的人離開我。」

司寇夜心頭一暖，但馬上就恢復理性道：「他們不是無聊的人，他們是……」

「無聊又自以為是的人。」

蘭開斯打斷司寇夜，將人拉進懷中緊緊摟住道：「我只在乎你一個人，告訴我你想要什麼，不管上天下海鑽地心，我都會替你弄來。」

司寇夜垂在床上的手指收緊，隔著衣衫感受到蘭開斯的心跳，嗅聞著空氣中暖燙的信息素，愛戀、思念、渴望……

種種情緒一湧而上衝破理智的藩籬，讓他放棄掙扎道：「我想待在主人身邊。」

「好。」

「如果可以想獨占你。」

「好。」

「然後懷上你的孩子。」

「……好。」

最後一個「好」遠比先前低沉，蘭開斯鬆手將司寇夜按上病床，左手撐在狙擊手身側，一隻手則沿 Omega 的額頭、面頰、下巴、喉結一路往下撫摸，最後停在護頸上，藍瞳燙熱如陽，緊鎖身下人的眼眸。

這是個混合詢問與強烈占有慾的動作，司寇夜的心跳迅速加快，顫著指尖解開護頸，轉過頭露出一部份後頸。

蘭開斯俯身咬上司寇夜的頸子，不過沒有咬破腺體，只是將牙尖微微壓進肌膚中，在薄薄皮肉上轉圈。

同時，夏日般溫熱的太陽之息散開，催情素與撫慰素一同覆蓋病房，既是傳達當事人的愛慾，也是如孔雀開屏般向身下 Omega 展現自己身為 Alpha 的力量——只有頂級 Alpha 能同時釋放複數種類的信息素。

「哈……」

司寇夜張嘴吸氣，頸上的啃咬已讓他散出淡淡花香，鼻尖的氣味則進一步將身體推向發情邊緣，理智與矜持被撫慰素輕柔安撫，慾念和本能則在催情素的呼喚下高漲。

蘭開斯近距離嗅聞橙花香，喉結滾動兩下，雙手搭上對方的肩膀，左右一扯直接撕破對方的病人服，摟起戀人的腰肢向下吻咬鎖骨。

司寇夜摸上蘭開斯的肩背，想要將阻隔彼此的緊身衣脫下來，胡亂抓扯幾回後按到某個圓鈕，貼合的服裝瞬間轉為鬆垮。

蘭開斯空出一隻手脫去緊身衣，赤裸裸地伏在司寇夜身上，貪婪地吮舔狙擊手的肩、頸、胸膛，宛如餓極的野獸終於得到食物，迫不及待地想將獵物拆吃入腹。

飢餓的不只蘭開斯，司寇夜也是，他咬不到蘭開斯，因此改用腳鉗住對方的腰，兩隻手貼上 Alpha 的後腦杓和後頸，拱起腰盡己所能貼近另一人的身軀。

兩人維持一人斜躺在病床上，一人站在地上的姿勢深吻，交織的人影烙於床鋪地板，濕熱的吻聲輕敲牆壁，與陽光、橙花的香氣一同讓病房熾熱又甜蜜。

蘭開斯在司寇夜的胸膛撒下一個又一個吻痕，含住對方的乳首以唇舌挑逗，一隻手擱到對方的腿上，在纖長的大腿走了幾圈，再向後摸到臀瓣上。

司寇夜扭腰蹭蘭開斯的掌心，這舉動放在平常時是拿槍指著太陽穴他都抵死不幹，可在催情素與撫慰素的澆灌下，他拋下所有克制，用甜美的氣味、嬌柔的喘聲和放蕩的動作傳達慾求。

蘭開斯的回應是兩手一同揉司寇夜的臀股，大力吸舔對方的胸乳，濃烈的催情素如暴風般席捲整個房間。

Omega 本就易被標記自己的 Alpha 影響，而司寇夜對蘭開斯不僅是肉體吸引，還有累積半個月的思念、滋長兩個月的愛苗與丟失十年的暗戀，在身心都被對方擄獲下，臀口很快流出愛液，徹底進入發情狀態。

蘭開斯的指腹傳來濕潤感，迅速明白司寇夜的內褲被水液浸濕了，沒將褲子脫去，而是隔著布料揉戳對方的花穴。

「呵、啊！開斯……哈！」

司寇夜仰頭喘息，感覺蘭開斯的指頭裹著布料插進肉徑，不輕不重地攪動。

「小夜……」蘭開斯貼著司寇夜的胸脯低語，將手指往內捅幾吋，指身立刻被對方夾住，微笑道：「饞成這樣不能喊你小鳥兒，得改叫小母貓了。」

司寇夜面頰一燙，不過羞恥很快就被手指的抽戳抹去，他垂下眼睫張開雙腿道：「是，我是主人的小母貓……發情的小母貓。」

蘭開斯喉頭竄起一陣乾渴，扯下司寇夜接近全濕的內褲，抬起對方的雙腿，張嘴貼上沾滿蜜水的肉縫，粗魯地吸吮舔拭。

「喔呵、呵……好麻……哈啊，主人的舌頭……啊——」

司寇夜雙腿打顫，Alpha的信息素透過口舌湧進花徑，撩撥內壁與最深處的生殖腔，讓他渾身潮紅，難耐地挺臀將自己送向蘭開斯。

蘭開斯沉浸在花香中，伸長舌頭勾舔穴壁與穴口，直到舌下的嫩肉放鬆，隨自己的逗弄一抖一顫，才收起舌頭改將食指中指插進去。

手指不帶信息素，但長度和硬度都勝過舌頭，司寇夜臉上嫣紅更盛，腿間性器泌出一絲白濁，難耐地扭腰道：「不要手……直接進來。」

「不行，前幾次都讓你疼到，這回可不行。」

蘭開斯彎下腰，在司寇夜抗議前啄了對方的嘴唇一下道：「今晚可是洞房花燭夜，不讓我的新娘欲仙欲死幾回，怎麼對得起他對我的愛？」

司寇夜先睜大眼瞳，再勾住蘭開斯的頸子，撐起上身熱切地親吻對方。

蘭開斯回應伴侶的熱吻，右手抽動擴張司寇夜的臀穴，左手貼上對方的背脊，支撐也愛撫狙擊手。

司寇夜勾纏蘭開斯的唇舌，體內的手指在接吻時增加到三根，指節蹭過前列腺，讓他瞬間全身酥麻，腰肢一軟鬆手往後倒。

蘭開斯攬住司寇夜的上身，在深吻時也將手指整根插入，反覆壓磨對方的敏感處，直到懷中身軀完全酥軟，才將人放回床上。

然後他調整兩人的姿勢，分開司寇夜的雙腿，挺起膨脹至極限的陰莖，對準愛液淌流的蜜穴，挺腰一插到底。

「啊啊！」司寇夜拱背喘叫，蘭開斯的龜頭直擊生殖腔口，將處於閉合狀態的腔門直接頂至半開，強烈的快感貫穿神經。

蘭開斯沒等司寇夜回神，就扣住對方的腰肢將性器抽出再刺入，徹底撞開生殖腔後，重複相同深度的占有。

司寇夜在第三回深插時高潮，尚未射空精液就迎來第四回充盈，肉根一面流精一面隨操幹前後擺動，深刻的滿足讓他陷入恍惚，洩出了甘美的花香。

蘭開斯享受身前窄穴的吮纏，望著眼前的伴侶，司寇夜雙目濕潤，面頰上盡是嫣色，嘴角曳著自己流下的水光，乳首尖起並脹大，腹部沾著點點精液，長腿大大張開，俏實的臀部不斷吞嚥 Alpha 的碩大。

「小夜……」蘭開斯撫揉司寇夜的腰肢，稍稍改變角度輾上對方的前列腺，感受著內壁的抽抖問：「你不會再……動離開我的念頭吧？」

「哈不……不會！」

司寇夜在回答的同時又被輾了一次腺體，歡愉如甘泉湧現，他收縮菊穴沉浸在另一人的硬實中，陶醉地喊道：「嗯呵，頂……又頂到了，要化了哈……好喜歡和主人做愛。」

「只喜歡和我做愛？」蘭開斯挑眉問。

「不只，也……喜歡，最喜歡主人……啊、啊啊開斯——」

司寇夜全身震顫，因為蘭開斯以極為刁鑽的角度小幅、快速地抽插，龜頭反覆進出生殖腔口，粗壯的柱身來回摩擦腺體，囊袋拍打白臀，讓他從臀口到生殖腔都酥軟欲化。

「我也……最喜歡你了。」蘭開斯低沉地回應，俯下身扣住司寇夜的雙手，一面持續操搗對方的花徑，一面親吻對方的胸脯。

司寇夜下意識將乳頭往蘭開斯的口中送，後穴、口腔與上身都籠罩在 Alpha 的氣味中，歡愉自交合處不斷湧出，讓他雙眼失焦，腦中只剩對方的形狀與溫熱。

他甚至沒發覺自己又射精了，肉徑因高潮而收卷，再立刻被蘭開斯一個抽插操開，吮著充盈自己的肉刃打顫。

蘭開斯在幾次進出後開始成結，停止挺退抱住司寇夜，感覺對方的穴口、內壁和生殖腔都緊咬自己，無聲地索求精液。

而他從不讓自己的小鳥兒失望，因此在成結後一秒，精水就灌進生殖腔。

溫熱的精液讓司寇夜迎來第三次高潮，生殖腔被精水燙得又暖又麻，內壁緊貼 Alpha 的粗莖，直到莖結退去莖身軟下都沒回神。

蘭開斯將陰莖抽出，坐上病床再抱起司寇夜，兩手拉開狙擊手的大腿，讓對方的後背靠上自己的胸膛，慢慢下滑直到坐上性器。

充實感將司寇夜從高潮的餘韻中驚醒，感受著體內接近全勃的陽具，詫異地回頭問：「你怎麼那麼快就……嗯呵！」

「因為我想要你啊。」

蘭開斯貼著司寇夜的耳廓低語，一隻手撫上司寇夜的胸脯，掐捏高高翹起的乳首道：「你也是吧？不管是不是發情期，只做一次都不夠，不是嗎？」

司寇夜滿臉通紅，很想回答「不是」維護形象，但不管是過往記憶，還是此刻僅是插入就陣陣發麻的臀穴，都清楚告訴他，蘭開斯說的是事實。

「放心，不管你要幾次，我都給你。」

蘭開斯放開司寇夜的胸部，重新扣住對方的大腿道：「畢竟我也很想把你要到壞掉。」

「壞掉是……喔喔喔——」

司寇夜仰頭喘息，他被蘭開斯無預警抬高再猛然放下，內穴被磨出愛液，龜頭與一小截莖身插入生殖腔中，直逼高潮的快感在腔內穴內流竄。

蘭開斯很快就展開第二回抬放，在體格差與 Alpha 的肌肉強度加持下，一次又一次徹底貫穿司寇夜的蜜穴，將懷中人操得渾身痲軟。

「啊、啊哈！慢些……喔喔——插太深了……不要這麼……哈、哈，肉棒的輪廓……烙進腦子了。」司寇夜仰頭喘息，在兩人第一次做時他就知道坐姿會進得很深，但當時自己距離前次高潮有將近十分鐘的間隔，生殖腔裡也沒另一人的精液。

而此刻他帶著高潮餘韻，花徑分外敏感，生殖腔因 Alpha 精液處於興奮狀態，讓每次占有都強烈得可怕。

「烙進腦子裡才好啊。」

蘭開斯靠在司寇夜耳後低語，將陰莖深深插入對方體內道：「記住我的滋味，對我的滋味上癮，就無法被其他 Alpha 滿足了。」

「主人……哈啊。」司寇夜綿軟地喘息，體內體外都浸淫在 Alpha 的信息素中，滿臉緋紅地靠在對方肩上問：「你也……嗯啊，也記住了……喜歡我嗎？」

「當然，要不然我怎麼會硬那麼快？」

蘭開斯吻了吻司寇夜的面頰，將人抬起柔聲道：「好了，該進行今晚最重要的程序了。」

「什麼程……嗯喔！」

司寇夜的身體猛然下墜，後穴剛被磨出一陣水，就再度被蘭開斯托起，重複相同的墜升。

「當然是在你高潮時永久標記！」

蘭開斯笑容燦爛地回答，以最大限度和力度將司寇夜抬離再下壓，陽具一次次沒入菊徑突進

腔口，帶出對方的愛液與一絲精液。

司寇夜眼前的景色迅速模糊，電流般的愉悅打上腦殼，後穴控制不住地抽顫，生殖腔無比騷麻，過強的快感讓他仰頭哭喊：「呵啊、啊！不行……這麼弄會……啊啊太深了，腦袋和身體都……好奇怪！」

「小夜……」

「會壞掉的……喔——好舒服，插得好深……不行！再繼續的話……哈、哈，要懷孕了！開斯的寶寶……」

司寇夜混亂地哭叫，抓住蘭開斯的手，蜜穴在激烈的搗刺中抽搐，橙花香瀰漫整間病房。

蘭開斯微微張開嘴，在將司寇夜放下的同時上挺，感受著內壁的收卷，陰莖開始成結。

司寇夜的花穴在填滿時擠出愛液，腿間的性器一顫一顫地吐出濁水，清麗的臉上盡是饜足。

蘭開斯透過窗戶的倒影目睹司寇夜的身姿，雙眼熾熱如焰，將陰莖完全抽離再重重搗入，看著窗上高潮射精的狙擊手，貼著對方的頸子低語道：「徹底的……成為我的Omega吧。」

語畢，他張嘴咬上司寇夜的後頸，將自身信息素、滾熱的精液同時注入對方體內。

司寇夜睜大眼瞳，另一人的熱度自生殖腔和後頸蔓延全身，熱潮和登頂的極樂相結合，將神經、大腦乃至每寸血肉通通溶解。

——這就是……被心愛的Alpha永久標記的感覺。

他垂下眼睫，在無邊的溫暖中失去意識。

當司寇夜再度睜眼時，人已不在病床上，而是病房浴室的浴缸中。

「醒了？」

蘭開斯的聲音從司寇夜的頭頂傳來，狙擊手微微一愣，抬起頭才發現自己靠坐對方胸前。

「清潔機在打掃房間，掃完前我們只能待在這兒了。」

蘭開斯伸手抓來毛巾，抹去司寇夜額上的汗珠問：「水會太熱嗎？」

「不會。」

司寇夜想直起上身，但腰肢卻一陣痠乏，讓他倒回蘭開斯身上。

「別勉強。」

蘭開斯用毛巾戳了司寇夜的鼻子一下，垂下手輕輕按摩對方的腰側，注視對方頸上的咬痕道：「不管是過去還是現在，你總是出乎我意料。」

「胡說什麼……」

「才不是胡說。」

蘭開斯抬手碰觸咬痕道：「其實你第一次發情時，我就想問你願不願意讓我永久標記了。」

「你那時候問，我大概會答應。」

「我也這麼認為，所以我沒問，那對你不公平。」

蘭開斯輕撫司寇夜的頸子道：「我告訴自己，這問題得等你脫離發情期，我徹底殲滅純淨後再處理，結果……不愧是王牌狙擊手，被你打個措手不及呢。」

「不滿？」

「沒有不滿，只是有些不甘心，我本想準備九十九朵路易十四玫瑰、八心八箭鴿子蛋起跳的鑽戒與羅曼尼康帝紅酒，讓你大吃一驚後單膝下跪先求婚再求標記。」

「我不要那些麻煩又不實用的東西……」

司寇夜懶洋洋地調整姿勢，眼角餘光瞄到遠處洗手臺上的手機，瞬間脫離放鬆，抬頭警覺地問：「有人找你？」

「嗯，國際刑警那邊。」

蘭開斯瞧見司寇夜抿唇，抬手掐掐對方的面頰笑道：「放心，不是找我問話，是要討論下次行動的細節。」

「突襲純淨的行動？」

「是。」

蘭開斯摟住司寇夜道：「不用立刻過去，天亮前動身就行。」

司寇夜胸口緊縮，凝視蘭開斯的笑臉片刻，忽然挺身勾下對方的頭，狠狠吻住微彎的唇瓣。

這是個突然又粗暴的吻，結束時兩人的嘴唇都腫了，近距離看著另一人喘氣。

「你離開時，我不會使用抑制劑。」

司寇夜雙手圈抱蘭開斯的頸子，哀傷、害怕但更堅定地道：「所以你得在我下次發情期前回來，活生生、完整無缺的回來。」

蘭開斯微笑，靠上司寇夜的額頭，凝視對方輕聲道：「遵命，我的天鵝公主。」

司寇夜雙唇微顫，再次親吻蘭開斯，兩人的手在水下相扣，雙腿緊緊交疊。

拜此之賜，清潔機整理完病房後，浴室成了它們下個清潔目標。

（完）

番外

一、往昔回憶

二、築巢以待

【番外一】

往昔回憶

在司寇夜的記憶中，天天見面，日日照顧、管教、督促自己的人是爺爺奶奶，一周只出現兩到三天，但每回都會給自己帶點心、小禮物或唸故事書的是爸爸媽媽。

唸同一間幼稚園的鄰居說：「你們家不正常，正常的家都是倒過來。」司寇夜將這話轉述給爺爺奶奶聽，爺爺奶奶沉默許久後抱住他，告訴他爸爸媽媽是礙於工作沒辦法陪在他身旁，絕不是不愛他。

爺爺奶奶的擁抱十分溫暖，而司寇夜也從不懷疑爸爸媽媽愛自己，但他仍覺得胸口莫名空虛，用比平常大了些的力道回抱爺爺奶奶。

自那日之後，司寇夜和爸爸媽媽見面的日子增加了，爺爺奶奶會在周六帶他到爸媽工作的場所：一間有著迷宮花園、天鵝水池和尖屋頂的漂亮大房子。

「這裡是蘭家家主的家，」奶奶指著大房子向司寇夜道：「蘭家的祖先幫助過我們的祖先，之後幾代人也一直照顧著司寇家。」

「照顧？像是每天叫爺爺奶奶起床，準備點心和洗澡嗎？」

「不是那種照顧，是……資助學費、醫藥費和退休金，爺爺奶奶能在退休後悠閒地照顧小夜，都要謝謝蘭家。」

司寇夜不懂奶奶的意思，但他很快就喜歡上蘭家的大房子，這裡有爸爸媽媽、親切的阿姨

叔叔和不理人的貓咪，且每個地方都漂亮得像繪本插圖。

他在蘭家大宅中度過幼稚園到小學的時光，從在宅中跑跳都要人看著，漸漸成長成可以在廚房幫媽媽一些小忙，或去書房和爸爸一起將書籍歸位。

這種生活一直持續到司寇夜升上小學二年級，那一年的春天蘭家家主的長子蘭開斯以十三歲的幼齡取得牛津大學入學資格，家主為此舉辦盛大的歡慶宴，邀請所有族人朋友到大宅裡作客。

盛宴需要老練的侍者和廚娘，司寇夜的爺爺奶奶帶著小孫子回到大宅，短暫地恢復原職一天。奶奶在廚房門口拉正司寇夜的衣領，看著孫子的小臉蛋嚴肅道：「小夜，待會不要跑、不要跳，走路小心別撞到人，知道嗎？」

「知道！我會走得很穩。」司寇夜挺直腰肢回答。

「乖孩子。」奶奶摸摸司寇夜的頭，起身指揮年輕廚娘將餅乾拿出烤爐。

奶油的香味讓司寇夜嚥了口口水，但他記得爸爸媽媽說過，今晚的食物是要拿來招待貴客的，所以忍住嘴饞轉身離開廚房。

他沿著長廊想去貓房找貓咪，不過中途就聽見鋼琴聲，停下腳步往右一看，視線穿過半掩的門，停在一架黑色鋼琴上。

一名少年坐在鋼琴前，那是司寇夜見過最漂亮的人，金色短髮在夕色下閃閃生輝，白玉般的面容如雕如琢，天藍色的眼瞳沒有一絲雜質，修長的手腳、挺直的腰桿讓他聯想到繪本中的王子殿下。

幾個大人圍繞在少年身旁，在少年奏完一曲後報以熱烈的掌聲，少年起身向他們躬身致謝，眼角餘光掃過門口，和司寇夜對上眼。

「哎呀，有個可愛的偷聽者呢。」

少年走到門口，拉開門扉蹲下問：「你是誰家的孩子？迷路了嗎？」

「我沒有迷路，我是司寇夜。」

司寇夜嘟嘴回答，看著少年優雅的笑容，直覺對方一點也不高興，想也沒想便發問：「大哥哥不開心嗎？」

少年愣住，還沒給出回應，前方便有人叫喚他的名字。

「開斯，該到花園了。」

「好的，父親。」少年——蘭開斯——快步跨出琴房，在離去前瞄了司寇夜一眼。

司寇夜不明白那一眼的意義，但他也沒細想，因為貓咪突然出現在長廊上。

等到司寇夜再次看見蘭開斯時，已是宴會開始後。

司寇夜坐在宴會廳角落的椅子上，隔著憧憧人影在小舞臺上看見蘭開斯，對方站在爸媽和蘭家家主身邊，臉上掛著明亮的笑靨，看上去一點也不快樂。

他拉平嘴角，思索著要不要去和對方分享口袋裡的餅乾——任何人吃了奶奶烤的小甜餅心情都會變好，還沒拿定主意，樂隊便停止演奏。

「諸位蘭氏宗親、敝人的摯友與賢達們！」蘭家家主的聲音劃過宴會廳，環顧賓客笑容滿面道：「感謝你們抽空滿足一位父親的虛榮心，容我再次宣布這個所有人都知道的訊息——小兒開斯將在今年秋天成為牛津大學的一員！」

掌聲如浪花拍打整個宴會廳，司寇夜也跟著鼓掌，拉長脖子遠望大人們。

蘭家家主舉手做出「安靜」的手勢，從僕人手中接過高腳杯，再用眼神示意蘭開斯上前，高舉酒杯道：「小兒預計在八月底前往英國，同行的還有擔任管家與廚娘的司寇夫妻，屆時還請諸位看在我的面子上，稍加照顧他們！」

掌聲再次席捲宴會廳，但這回司寇夜沒一起拍掌，他瞪大眼睛看著站在蘭開斯身後的父母，僵直七八秒後跳下椅子，穿過半個宴會廳抓住爺爺的手。

爺爺正在和老朋友說話，這一抓讓他嚇一大跳，先是僵直再低頭，「小夜？怎麼這麼……」

「爸爸媽媽要去英國嗎？」司寇夜問，聲音有些破碎，雙眼微微泛濕。

爺爺清楚瞧見孫子的表情變化，肩頭一垂蹲下身道：「是，爸爸媽媽要陪小少爺去英國，但不是去一輩子，寒暑假時會回來。」

「所以我以後只能在寒暑假看見他們了嗎？」

「大致是，不過爺爺和奶奶會一直陪著小夜。」爺爺握緊司寇夜的手強調。

司寇夜很想說「我不要只有爺爺奶奶陪，我也要爸爸媽媽！」但他不是小孩子，他已經八歲了，知道大人們必須工作賺錢，否則大家都會沒飯吃。

因此他忍住眼淚和喊叫，只是轉過頭拚命注視父母，要將兩人的臉留在眼中。

司寇夜的父母沒感受到孩子的注目，但蘭開斯卻在轉身拿酒時偶然與司寇夜四目相交，他微微睜大眼，與孩童對視片刻後，望向蘭家家主問：「父親，能讓我帶一名貼身男僕去英國嗎？」

「當然可以！我想想誰適合……」

「我想帶司寇夜去。」

「司寇夜？家裡有這名字的男僕嗎？」

「司寇夜是犬子。」

司寇爸爸面色尷尬地上前道：「小夜今年才八歲，雖然有在大宅幫忙的經驗，但沒有受過完整的訓練，恐怕無法擔當貼身男僕這種重任。」

「的確，才八歲的孩子做不了僕人呢……開斯，你再選一個人吧。」

「我就要司寇夜。」

蘭開斯向一臉錯愕的司寇夫妻道：「讓八歲孩童離開父母太殘酷了，做不了僕人就別做，當我的玩伴，或單純的同行者也行。」

「這……」司寇夫妻面露難色，妳看我、我看妳拿不定主意。

蘭開斯對夫妻倆的反應早有預料，轉頭朗聲呼喚：「小夜！小夜你在下面嗎？」

「在！」

司寇夜舉起手，努力穿過大人來到小舞臺前，「什麼事？」

蘭開斯蹲下問：「你想不想跟爸爸媽媽一起去英國？」

司寇夜雙目亮起，兩手攀上舞臺激動問：「我可以一起去嗎？」

「可以喔，不過會有點辛苦，你得跟這裡的玩伴說再見，還要學習說英語和很多很多事。」

「我要去！我不怕辛苦！」

「好孩子。」蘭開斯摸摸司寇夜的頭，起身對自己的父親和司寇夫妻笑問：「能讓我帶這個好孩子去英國嗎？」

三名大人各自露出猶豫、掙扎或趣味的表情，但片刻後所有人都點頭同意。

司寇夜高高揚起嘴唇，望著站在水晶吊燈下的蘭開斯，想起繪本中穿著閃亮盔甲拯救眾人的王子。

這就是我的王子與主人！司寇夜在心中宣告，截至蘭開斯離開舞臺前，視線都沒從對方身上

挪開。

自此之後，司寇夜的生活一下子忙碌起來。

他白天繼續上學，下午到大宅上一對一英文課，吃完晚餐後則在爺爺奶奶的公寓，接受兩老的男僕禮儀訓練。

對年僅八歲的孩童而言，如此密集的課程幾乎可說是折磨，但司寇夜本來就不討厭讀書，又有著一旦決定目標，就會一股腦往前衝的固執性格，非但沒哭著喊停，反而讓周圍大人擔心他太認真會拖垮身子。

密集的學習生活持續了整整五個月，司寇夜在機場和爺爺奶奶擁抱告別，與父母一同先行前往英國，整理未來數年的居所。

半個月後，蘭開斯也帶著行李來到英國，四個人在三層樓附小庭院的別墅展開新生活。

然後司寇夜就發現新生活沒有他想像中美好。

不美好的原因不是司寇夜無法適應新學校，或是和父母有摩擦，而是蘭開斯。

蘭開斯自大學返回別墅的時間越來越晚，從能一起吃下午茶，後退到只能共進晚餐，最後走至連消夜見不著人的地步。

同時，蘭開斯臉上的笑容雖然半分不減，甚至比歡慶會上更加完美，可司寇夜卻清楚感覺對方一天比一天不開心。

——主人的狀態不對勁！

司寇夜將自己的憂心告訴父母，然而父母都只是摸摸他的頭，笑著說不用擔心，蘭開斯只是太受教授與同學歡迎，年輕人愛玩晚歸很正常。

他完全無法接受父母的說法，但也無法說服大人採取行動，在煩惱整整一個禮拜後，司寇夜決定自行調查。

司寇夜調查的方式取自他熱愛的兒童偵探小說——跟蹤，他會在不用上學的日子潛伏在蘭開斯的房門外，偷偷跟著對方出門，隔著五公尺的距離尾隨，直到弄丟主人的身影，被路人當成迷路的孩子送回家。

倘若是尋常孩子，跟丟兩三回後就會放棄，可司寇夜是越挫越勇的性格，他鍥而不捨地尾隨蘭開斯、認真背下街道圖與公車路線、天天跑步上學鍛鍊腳力，終於在三個月後成功將人從早跟到晚。

唯一的問題是，那晚蘭開斯的最後一站是間私人俱樂部。

司寇夜遠遠看著蘭開斯和幾名大學同學進入俱樂部大門，年幼如他也清楚，門口的門衛不會放沒有會員資格的孩子入場，他焦急地在俱樂部外繞圈，幸運地碰上員工推開後門倒垃圾，立刻弓著身溜進門中。

俱樂部內部並不複雜，司寇夜拐了幾個彎就順利從內場到達外場，縮在柱子的陰影中睜大眼尋找蘭開斯。

他很快就在斜前方的吧檯邊瞧見蘭開斯，少年斜倚檯面，笑容燦爛地和一男兩女交談。

而司寇夜的好運也在此時用盡。

「這裡怎麼有小孩子？」

俱樂部保全的聲音和手同時降臨，司寇夜被拉出陰影，抬頭看著比自己高兩倍寬三倍的保

全，本能地抓緊腰包。

「你從哪裡進來的？」

保全蹙眉問，注意到司寇夜鼓脹的腰包，眼神瞬間轉為嚴厲：「那裡面有什麼？」

「錢包、電擊棒、辣椒水和電擊槍。」

「你帶這些東西混進俱樂部想做什麼？」

「保護自己，媽媽說晚上出門比較危險。」

「是想襲擊別人吧！年紀這麼小就做……」

「小夜，你怎麼在這裡？」

蘭開斯的話聲打斷保全，他不知何時來到柱子邊，臉上堆滿詫異。

保全轉向蘭開斯詢問：「蘭先生，這是你的孩子？」

「不是我的，是我家的，他是我的管家的孩子。」

蘭開斯蹲下身，輕戳司寇夜的額頭道：「這裡可不是你能來的地方，壞孩子。」

司寇夜嘟嘴道：「我是主人的貼身男僕，主人在哪裡我就在哪裡！」

「蘭家不雇用童工。」

蘭開斯又戳了司寇夜一下，起身朝跟過來的同學與教授苦笑道：「抱歉，我得送這孩子回家，下回再繼續聊吧。」

同學與教授紛紛露出不捨或失望的表情，和蘭開斯簡單話別後，目送兩人離開俱樂部。

司寇夜和蘭開斯一同走在人行道上，晚風讓他縮一下肩膀，剛覺得有些冷，帶著體溫的外套就罩到肩上。

「你的跟蹤遊戲還要持續多久？」

外套的主人——蘭開斯——沉聲問，不等司寇夜開口就主動回答：「是，我知道你偷偷跟蹤我三個多月。不，我沒告訴你爸媽，但我考慮今晚告知他們。」

司寇夜先面色轉白，再雙手扠腰嘴硬道：「就算你告訴我爸爸媽媽，我還是會跟著你！」

「為什麼？別說『因為我是你的貼身男僕』，我很確定尾隨主人不是貼身男僕的工作。」

「如果有必要，貼身男僕也會尾隨主人！」

「哪個國家的男僕會啊……然後你最好是有必要尾隨我。」

「當然有！因為我必須弄清楚主人哪裡不對勁。」

「謝謝關心，我一切正常，沒有不對勁。」

「明明有！主人越來越不開心！」

司寇夜的發言讓蘭開斯停下腳步，他與對方四目相交，認真、堅定也憂心忡忡地道：「主人笑得很開朗，但看起來一點也不高興，比在慶祝宴上、我第一次見到主人時更不高興。」

蘭開斯雙唇微啟，靜默片刻後轉開視線道：「俱樂部是玩樂的地方，我怎麼會不高興。」

「但主人就是不高興。」

「所有人都圍著我打轉，我怎麼會不高興？」

「主人就是不高興。」

「我都笑成那樣了，怎麼會不高興？」

「因為主人就是不高興。」

司寇夜腦中忽然浮現父母說過的話，想也沒想便開口問：「主人不喜歡年輕人的玩樂嗎？」

蘭開斯垂在身側的手指猛然抽動，張口又閉口幾回，最後粗暴地搶回自己的外套道：「吵死了！你是麻雀嗎？嘰嘰喳喳叫個不停！」

「主人……」

「如果要當鳥，起碼當隻夜鶯，雖然一樣吵，但至少叫聲悅耳些。」

「我……」

「剛滿九歲的小鬼懂什麼！」

蘭開斯斜眼瞪向司寇夜道：「等你搞清楚人性和人心兩個字怎麼寫，再來管我要怎麼活！」

司寇夜僵在原地，直到蘭開斯走出七八步外才回神，跑步跟上對方。

蘭開斯沒向司寇夜的父母提起跟蹤的事，但司寇夜仍停止了尾隨。

為什麼？因為他覺得蘭開斯的話十分有道理。

爺爺奶奶曾告訴司寇夜，好的僕人不是主人一個指令一個動作，而是先行預測主人的需求，並且在主人犯錯時勇敢而委婉地提出建言。

而給建言時若是聲音不悅耳，就會折磨主人的耳朵；不懂人性和人心——他查了字典還是不大明白這是什麼，也無法給出精準的建議。

——我需要學習！

司寇夜握緊拳頭在心中吶喊，問爸爸要如何使自己了解人心、聲音悅耳，得到了「多閱讀經典書籍」和「參加合唱團」兩個答案。

自此之後，司寇夜的假日活動就從跟蹤蘭開斯，轉成泡圖書館和歌唱班。

而在浸淫音樂書本整整四個月，司寇夜覺得自己有點長進時，蘭開斯緊急送醫了。

這事發生在司寇夜放學後，他一推開家門就看見父親拖著行李箱下樓，愣在房門口問：「你要出國？」

「沒有，爸爸只是要去醫院照顧開斯少爺。」

「主人怎麼了？」

「他在學校分化了，目前控制不住信息素，得暫時住在醫院中。」

司寇夜的母親從餐廳走出來，手裡提著裝有餐點的籐籃，蹲下身道：「媽媽要和爸爸去一趟醫院，爸爸要留在那裡陪開斯少爺，但媽媽會回來，你一個人乖乖待在家，好嗎？」

司寇夜先反射動作點點頭，再抓住母親的手問：「我也可以一起去嗎？」

「這……」母親看向父親。

父親思索片刻，頷首道：「小夜也一起去，他和我們一樣是 Beta，又還是個孩子，不會受信息素影響。」

母親輕拍司寇夜道：「用最快的速度沖澡換衣服。」

司寇夜扔下書包小跑步上樓，進浴室快速洗去身上的汗水灰塵，換上運動服後兩階做一階跳下樓。

他坐上父親開的車，三人一同前往醫院，負責蘭開斯的醫生早早就在大門口等著，在他們下車後立刻開始報告目前狀況。

「還在尋找可用的抑制劑」、「Beta 也需要防護」、「本院沒接收過這麼年輕的……」醫生的話語斷斷續續傳進司寇夜耳中，他不大明瞭大人在說什麼，可是從對方的口氣中感受到清晰的焦慮。

「蘭先生目前在三樓的 VIP 隔離室休息，進入時請務必戴上濾氣面罩。」醫生將濾氣面罩

遞給司寇夜的父母，確定兩人戴好面罩後，輸入密碼打開隔離室的金屬外門。

司寇夜留在門外的長椅上，抓緊自己的小背包，一見到大人出來就起身，「主人怎麼樣？」

「他沒事。」

母親微笑回答，將司寇夜按回椅子上道：「爸爸和媽媽要到醫生叔叔的辦公室談一些事，我們很快就會回來，你能自己一個人待一會嗎？」

「可以。」

「好孩子。」

母親親吻司寇夜的額頭，放下籐籃與丈夫、醫生一起離去。

司寇夜目送大人們遠去，聞到淡淡的麵包香，先是一愣再低頭往下看，發現籐籃中的餐點一個都沒少。

但方才母親明明有把籃子提進隔離室，食物沒少只有一個解釋——蘭開斯沒吃。

司寇夜的面色瞬間轉為嚴峻，抓起有自己半個高的籐籃，跑到金屬門前墊腳尖輸入密碼，拉開大門進入隔離室。

為防信息素外洩，內部還有一扇透明氣閉門，司寇夜關好金屬門走向氣閉門，拉下門用全身力氣將門推開。

溫熱的氣息撲面而來，司寇夜感覺自己像被曬透的被褥包圍一般，全身上下都微微發燙，先本能地後退，再咬牙跨過門檻。

門檻是扣除排氣孔外，從地板到天花板都由軟墊包覆的空間，空間角落放著一張床墊與矮桌，蘭開斯背對入口側臥在床上。

司寇夜走到床墊前，先將籐籃放上矮桌，再跪在床上搖晃蘭開斯的肩膀。

蘭開斯張開眼，轉頭瞧見司寇夜近在咫尺的小臉，呆滯兩秒後猛然坐起來喊道：「你怎麼進來的！」

「我背下大門的密碼，然後第二扇門沒有鎖。」

「我不是問這個，我是問……明叔和玉姨上哪裡了？放你一個小鬼到處亂跑！」

「爸爸和媽媽去和醫生叔叔談事情了，然後我不是小鬼，我已經九歲了。」

「九歲就是小鬼。」

「我不是小鬼，我會唱歌，還讀了很多書！」

司寇夜轉向籐籃，將籃子中的三明治、飯糰、果汁、炸雞塊……種種餐點一一拿出來道：「書上說，Alpha 和 Omega 分化很耗力氣，必須吃很多很多東西。」

「我打過營養針了。」

「營養針哪裡比得上媽媽做的菜！」

司寇夜拿起三明治，先嚥一口口水，再咬牙遞向蘭開斯道：「吃吧，我不會跟你搶。」

蘭開斯哭笑不得地看著司寇夜，別開頭道：「你吃吧，我沒胃口。」

「為什麼沒胃口？」

「因為我打過針，飽了。」

「打針只會痛，不會飽。」

「我說飽了就飽了。」

「才不會飽。」

「我飽了。」

「沒飽！」

「飽了！你這隻吵死人的麻……」

「我是夜鶯！」

司寇夜打斷蘭開斯，望著傻住的少年，雙手抱胸認真道：「歌唱班的老師讚美過我的聲音，說我像夜鶯一樣，所以我已經是夜鶯了，不能叫我麻雀！」

蘭開斯雙眼圓睜，看了司寇夜好一會，肩頭抖動，仰頭大笑起來。

這下換司寇夜呆掉，隔了三四秒才回神脹紅臉道：「我說的是真的！不信的話我現在就唱給你聽。愛是恆久忍耐——」

「別、噗哈哈！別唱，我信我信！」

蘭開斯揮手阻止司寇夜開唱，深呼吸好幾次才壓下笑意道：「你不是麻雀，你是夜鶯，愛亂飛的小夜鶯。」

「是主人的小夜鶯。」

「好好好，你是我的小夜鶯。」

蘭開斯敷衍地回應，伸手抓了塊炸雞塞進嘴中，但也僅此而已，沒有再拿其他食物。

司寇夜蹙眉，靠近蘭開斯問：「還是沒有胃口嗎？」

「一點也沒有。」

「為什麼？」

「因為我深切認知到自己是什麼。」

蘭開斯抓起枕邊的紙巾擦手，不等司寇夜發問就主動道：「你讀的書上，有提過 Alpha 和 Omega 的平均分化年齡嗎？」

「有！大部分人都是十八歲，早一點的十七歲，晚一點的十九歲。」

「而我是十五歲，你知道這代表什麼意義嗎？」

「代表……」司寇夜歪頭思索，雙手一拍道：「書上說 Alpha 和 Omega 越早分化能力越強，主人十五歲就分化了，將來一定是很厲害的 Alpha！」

「錯，代表我是怪物。」

蘭開斯沉下臉，垂首注視自己的雙手低語：「原本就被當成異類了，再加上超前分化……混帳老天爺，開玩笑也得有個限度。」

「是怪物不好嗎？」

「你不明白，沒人會喜歡怪物。」

蘭開斯向後靠上牆壁，表情陰鬱地道：「怪物只會被排斥、驅逐、仇視，如果想受人喜愛或有個起碼平和的生活，就只能披上人皮，假裝喜歡自己壓根不感興趣的人事物。你先前說我在俱樂部、慶祝會和琴房中都不快樂，你沒說錯，我不快樂，我只是迎合周圍人的期待，掛著笑臉面具換取他們對我的好感。」

「但那樣的好感是假的，他們不是真心喜歡主人，只是喜歡主人的皮。」

「是啊，對我而言，那已經是最佳解了。」蘭開斯聳肩。

司寇夜雙眉緊鎖，凝視蘭開斯片刻後前傾上身問：「現在的主人有人皮嗎？」

「沒有。」

蘭開斯偏頭冷笑道：「失望了嗎？發現心中高貴優雅的主人，其實是個尖酸虛偽的怪物，是不是讓你幼小的心靈受傷了？」

「沒有受傷也沒有失望，只是有點驚訝，這種程度我應該可以。」

「可以什麼？」

「可以喜歡主人。」

「……你說喜歡誰？」

「主人！」

司寇夜揚起嘴唇回答，手按胸口自信地笑道：「在小說《貓咪騎士的星際穿越》中，我最喜歡的角色是有尖牙和毛茸茸身體的怪物索索，他嘴巴很壞、成天演戲但其實很怕寂寞很想要被人愛，主人跟他很像，所以我可以的！」

蘭開斯整個人僵住，望著司寇夜的笑臉好一會才開口問：「你知道自己在說什麼嗎？」

「知道！我在說我可以喜歡怪物一樣的主人。」

司寇夜抓起蘭開斯的手，拍拍手背笑容燦爛地道：「所以主人不用再假裝了，就算主人是怪物，我也喜歡主人！」

蘭開斯傻住，靜默幾分鐘後別開頭細聲道：「你根本不知道自己在說什麼吧。」

「就說我知道！」

司寇夜嘟起嘴，跪在蘭開斯面前，前傾上身伸長脖子最大限度逼近對方道：「很多人都喜歡怪物索索，主人個性像索索，但比索索漂亮得多，一定會更受歡迎！」

「兒童讀物和現實世界哪能相提並論……」蘭開斯轉開臉。

司寇夜見蘭開斯一臉不屑的模樣，怒火瞬間燒上頭殼，扳開對方的手鉤住小指。

「你做什麼？」

「做約定！」

司寇夜以自己的小指勾住蘭開斯的小指，憤怒而認真地抬降手道：「勾勾指，不說謊！只要主人脫下人皮，用真正的樣子生活，我就會永遠喜歡主人。」

「這種孩子氣的宣示……」

「我如果違反約定，就永遠見不到爸爸媽媽，下輩子還會變成胖麻雀！」司寇夜重重勾了蘭開斯的手指一下，惡狠狠地瞪著對方以示決心。

這一眼讓蘭開斯意識到對方是認真的，不解地問：「你為什麼那麼堅持要我脫人皮？」

「因為主人讓我能和爸爸媽媽一起來英國，是我的恩人，我希望我的恩人跟我一樣快樂。」

司寇夜停頓片刻，仰望蘭開斯微微紅著臉道：「而且主人這麼好看，如果能真正笑起來，一定會把全世界的人都迷倒。」

蘭開斯抬起眼睫，凝視孩子有些羞澀但絕對真誠的笑靨，倏然抿直雙唇，一把將人拉進懷中緊緊抱住。

司寇夜嚇一跳，但很快就回過神，耳朵捕捉到細弱的哽咽聲，抬手輕拍蘭開斯道：「主人乖，我會陪著你，不哭不哭。」

「誰……誰哭了，我是……分化中比較敏感，被炸雞的胡椒粉……熏到眼。」

「那要擦眼睛嗎？我有手帕。」

「不用。」

蘭開斯將額頭靠在嬌小的肩膀上，截至司寇夜的父母與醫生慌張地推開隔離室的大門前，都沒將頭抬起。

司寇夜被父母和醫生帶出隔離室，三名大人先將孩子拉去做檢查，再花整整一個半小時講述

分化期的 Alpha 有多危險。

司寇夜不覺得隔離室內的蘭開斯有多危險——主人只是想要抱抱卻不承認罷了，但由於父母、醫生眼中都刻滿驚恐，他沒將心底話說出來，只是乖乖點頭承諾不會再獨自溜進隔離室。

不過司寇夜的父母顯然被兒子嚇得徹底，接下來數日都沒讓司寇夜再進醫院，甚至不曾讓孩子獨自在家。

拜此之賜，等到司寇夜再次見到蘭開斯，已是兩周後 Alpha 出院時。

那日別墅內聚滿了來恭喜蘭開斯完成分化的男女，司寇夜擔任母親的助手，在廚房、客廳、餐廳間忙碌奔走，在放杯盤的空檔遠遠注視蘭開斯，發現對方仍掛著不真心的笑容。

在隔離室中的對話、爭執和約定沒有造成任何改變，主人還是不開心。

司寇夜失落地垂下肩膀，不過隔天一早他就發現自己錯了——當孩子在暖意中睜眼時，發現床上除了自己還有蘭開斯。

「……主主主主主！」

「人。」

蘭開斯替司寇夜補完話，一隻手圈在孩子腰上，一隻手掩嘴打哈欠道：「人是顆好抱枕，就是床太小了，回頭要叔換一張吧。」

司寇夜張大嘴巴說不出話，看著蘭開斯悠悠哉哉地下床離開，直到對方換上外出服走出別墅，才倒抽一口氣衝下樓找爸媽。

以此為開端，蘭開斯漸漸褪下「人皮」，他開始拒絕自己不感興趣的邀約，返回別墅的時間大幅提前。

面對外人時仍維持禮貌笑容，但眼中不時會流露無聊、輕蔑、趣味……種種真實情感。

然後，當他與司寇夜獨處時，會徹底露出怪物的面貌。

這讓司寇夜既喜悅又頭痛，喜悅的是他的主人終於能真正開心地大笑，頭痛的是對方的笑聲有一半是建築在捉弄自己身上。

摸黑溜到司寇夜的床上，於天亮時享受孩童的混亂是其之一；虛構網頁、編造新聞、手繪封面讓司寇夜相信世上真有名為《噗喵噗喵王國風雲錄》的暢銷書其之二；將自製小型音箱機器人藏在孩子的房中，不定時不定位播放貓叫聲，讓司寇夜滿房間找小貓是其之三。

每回被耍弄，司寇夜都會氣得追打蘭開斯，但即使他至少兩天就要揍對方一回，卻沒有討厭自己的主人。

為什麼？因為當蘭開斯與司寇夜同床時，會釋放一整晚的安撫素，讓孩子睡得又穩又甜；《噗喵噗喵王國風雲錄》雖然不存在，可是蘭開斯編造的書籍大綱、封面、書評報導卻極為有趣、過分認真。

當司寇夜得知房裡沒有貓咪極其失落的三日後，蘭開斯拎了一隻全白的小貓給他。

司寇夜將小貓取名為珍珠，珍珠是一隻除了他以外誰也不親的貓，為了爭奪孩子的大腿屢屢和蘭開斯開戰。

他在針對同一人的喜悅與惱火中從孩童成長為少年，不再被無預警出現在床上的男人嚇到，卻漸漸為睜眼時沒瞧見對方而感到失落。司寇夜感到困惑，翻遍書籍尋找答案，最後在自己十四歲生日宴的前一日夜晚，意外得到解答。

那晚蘭開斯沒蹭司寇夜的床，而他因為緊張睡不著，翻來覆去兩個多小時後，決定下床給自己熱一杯牛奶助眠。

他瞇著眼往廚房走，在經過父母的寢室時聽見自己的名字，本能地停下腳步。

「小夜……怎麼會這樣。」

母親的聲音中滿是苦惱：「老公，這份報告是不是有錯誤？會不會……」

「這是與蘭家往來多年的醫院做的，不大可能有錯。」

「但小夜先前的性別預測都是 Beta，怎麼會突然變成 Omega！」

「可能是青春期第二性徵發育的影響，我聽醫生說，大概一成的人會在這時期變換性別。」

父親長嘆一口氣道：「等小夜滿十五歲時再去醫院做一次檢查吧，如果結果還是一樣，就不能讓他繼續擔任少爺的貼身男僕。」

「那孩子會很傷心的。」

母親停頓片刻，稍稍壓低聲音道：「不過少爺和小夜的感情那麼好，也許……」

「妳在妄想什麼！」

父親吼斷母親的話語，以司寇夜沒聽過的嚴厲口氣道：「少爺是什麼出身？我們是什麼人家！出身名門，由 Alpha 和 Omega 所生的純血 Omega 都不見得配得上少爺，何況是 Beta 管家與 Beta 廚娘生出的孩子！小夜做少爺的男僕已經是高攀了，當妻子……不，做情人都不可能！蘭家不會允許，我也不會同意！」

司寇夜雙唇緊抿，隔著門板聽見母親向父親道歉。

他緩慢、僵硬、安靜地轉身，回到自己的房中。

那晚他徹夜未眠，心中充斥對自身性別預測改變的錯愕、可能丟失蘭開斯貼身男僕身分的不安，以及對蘭開斯未來妻子的嫉妒。

沒錯，在想到蘭開斯未來會與某位血統純正、身分高貴的 Omega 結為連理，他的胸口就像火燒般疼痛。

不過和瞧見蘭開斯與某人步入禮堂相比，不能站在對方身邊更讓司寇夜痛苦，因此當他掛著黑眼圈吹熄生日蛋糕的蠟燭時，許下的願望是「希望我永遠是Beta」。

可惜，這個願望沒有實現。

蘭開斯在十八歲那年獲得牛津大學雙碩士學位，但他沒有繼續攻讀博士，而是拉著司寇夜一起休學環遊世界。

兩人與珍珠、司寇夜的父母以英國為起點，耗費一年半的時間走過七大洲三大洋無數小海島，最後回到起點歐洲，搭上行經萊茵河的觀光列車。

在上車後的第一晚，司寇夜被父母告知他的第二性別檢查結果出來了，確定將分化為Omega。

司寇夜躲在棉被中哭了一整晚，以為這會是自己這輩子最心痛的時刻，殊不知最撕扯心臟的時分是隔日中午。

他頂著紅腫的眼睛去餐車和蘭開斯同桌用早餐，對方理所當然問起發生什麼事，而在失眠、失落與衝動下，他坦白了。

「我未來會分化成Omega。」

司寇夜看見蘭開斯睜大眼，想起父親的話語，掐著三明治低下頭道：「所以我以後……」

「你變成比我稀有的人種了呢！」

「不能再服……你說什麼？」

「Omega 比 Alpha 稀有喔！」

蘭開斯搖晃沾有楓糖漿的叉子道：「Alpha 占總人口的百分之三十，Omega 則是百分之二十，你要成為人類中特別珍貴稀少的一群了喔！」

「這……」

「那我得做好準備，抑制劑蘭皇自己有生產，回國後我要藥劑部送樣品過來給你挑；護頸……各品牌的型錄都先要個三本吧！」

「三本也太多了！」

「一點也不多！我的小夜鶯值得最好也最多的選擇。」

蘭開斯故作嚴肅地強調，再燦爛地笑道：「當然你未來的伴侶也是，你有喜歡的 Alpha 就直說，天涯海角我都會替你牽線。」

司寇夜僵住，望著蘭開斯真誠、沒有一絲虛假的笑靨，壓抑許久的戀心、鬱悶和不甘猛然爆發，他抓起桌上的柳橙汁潑向對方。

「你一點也不懂成為 Omega 代表什麼！」

司寇夜顫肩咆嘯，不等蘭開斯有反應就起身奔出餐車廂。

而在他衝動離去後不到十分鐘，恐怖分子拿出藏在椅子下的槍械，將觀光列車拉入混亂中。

司寇夜在慌亂的人群中尋找蘭開斯，責備著衝動拋下主人的自己，每次聽見槍聲都深怕子彈是打在蘭開斯身上。

幸運的是，他的擔憂沒有成真；不幸的是，在他與蘭開斯會合後沒兩秒，兩人腳下的車皮就炸開。

司寇夜直覺爆炸點離自己比較近，反射動作把蘭開斯往反方向推，身體迅速往下墜，直到被蘭開斯一把扣住手腕。

他懸掛在斷裂的車廂外，腳下是冰冷的萊茵河，頭頂是蘭開斯流著血的手臂。

「小夜，抓緊我。」

蘭開斯一手攀住座椅，一手插著鐵片緊握司寇夜，滿額冷汗地吸氣道：「別怕，我馬上把你拉回車廂。」

司寇夜望著蘭開斯淌血的手臂，猛然意識到世上最痛苦的事既不是目睹心上人結婚，也不是無法跟隨對方左右，是看見那人為自己流血負傷。

「主人。」

司寇夜用另一隻手握住蘭開斯的手腕，哀傷而真誠地微笑道：「謝謝你，和你相處的這七年是我這輩子最快樂的時候。」

蘭開斯先困惑地皺眉，再明白司寇夜想做什麼。

而在蘭開斯做出反應前，司寇夜大力抽出自己的手，放開對方將身體交給地心引力。

「小夜——」

嘶吼伴隨司寇夜墜入河流，他在河水的牽引下撞上石頭，在劇痛將意識吞噬殆盡前，最後的念頭是希望蘭開斯平安獲救，找到能理解他、包容他、一生相愛相伴的Omega。

而這個願望實現了。

（完）

【番外二】

築巢以待

在司寇夜與蘭開斯完成永久標記後三個多月，安德魯乘上運輸船，帶著兩個行李箱，來到蘭氏醫學研究所所在的島嶼。

保安機在碼頭邊迎接他。

在人類詢問司寇夜在哪裡時，保安機伸長機械臂指向大海。

在海面與橙色夕陽間有一艘小遊艇，當安德魯將頭轉向遊艇時，正巧目睹司寇夜浮出海面，一手抓住船尾的登船繩，一手握著插著白帶魚的魚叉。

安德魯愣住，看著司寇夜扛著魚叉爬上遊艇，直到船艇返回碼頭，才回過神快步走到船邊。

司寇夜直接從甲板抓住欄杆翻身跳向碼頭，他在下船前已換下潛水服，穿上簡樸的灰衫和牛仔褲，衣襬在半空中掀起，露出柔韌的腰腹。

安德魯看著司寇夜穩穩落地，那清麗的五官、纖白的頸子、修長的手腳都帶著Omega特有的柔美，但稜角分明的鎖骨、半空中驚鴻一瞥的腹肌、此刻挺拔的站姿，卻散發不輸Alpha的銳氣。

安德魯看得入迷，遲了兩三秒才回神笑道：「司寇先生，好久不見，你看起來氣色不錯。」

「這裡有超過一打的醫生盯著我，很難氣色差。」司寇夜聳肩，眼角餘光瞄到搬運機器人抬著漁用冰箱靠近，轉身道：「走吧，今晚吃烤魚。」

安德魯帶著行李箱跟上，保安機與搬運機器人尾隨其後，兩人兩機沿著碼頭前行十多分鐘，來到一棟面對沙灘的雙層小屋。

烹飪機早早在大門口等待，迅速指揮搬運機器人將冰箱送進廚房，右手菜刀左手磨刀棒，準備大幹一場。

司寇夜繞過烹飪機，從壁櫃中找出茶壺茶杯和茶葉，熟練地舀茶葉沖熱水蓋蓋子後，將杯壺放上木托盤，端起盤子向安德魯道：「離晚餐弄好至少需要一小時，我們到客廳等。」

安德魯先點頭，再猛然想起自己和司寇夜的身分——來探病的人、傷患兼老闆的伴侶，急急伸手道：「我來端吧，你才剛出院，不要太勞累。」

「我已經出院兩個月了。」

司寇夜苦笑，避開安德魯的手穿過餐廳走向客廳。

安德魯只能放下手走在司寇夜後頭，隨狙擊手來到客廳茶几邊，坐上沙發椅從對方手中接過花茶。

「雅典娜說，你今晚七點才會到。」

司寇夜側頭看向時鐘道：「但你五點就出現了，這是好事還是壞事？」

「對我來說是好事，我的工作提前完成，趕上運輸船的開船時刻。」

安德魯啜飲一口熱茶，有些訝異地抬眉道：「好好喝……你練過泡茶？」

「沒有，那是茶葉的功勞。」

司寇夜停頓片刻，嘆口氣搖頭道：「不，也不算完全沒練過，我八歲時跟爺爺學過，不過現在只記得我糟蹋了好幾罐茶葉，至於要放幾克茶葉、加幾度的水、等多久時間之類的細節，我全忘光了。」

「你的大腦忘了，但身體似乎還記得。」

安德魯又喝一口茶，視線偶然落在司寇夜的手腕上，腦中忽然竄出對方手持染血魚叉的模樣，身體瞬間僵直。

司寇夜先是困惑，再迅速明白安德魯想到什麼，有些無奈地問：「我抓魚的方式嚇到你了？」

「不算嚇到，只是……有些驚訝，沒想到你還有這種技能。」

「我沒有，是這兩個月跟港口守衛學的，他出身海島，祖先用魚叉捕魚捕了上百年。」

司寇夜端起茶杯，停頓幾秒低聲道：「這不是 Omega 會做的事吧？」

「不是。」

安德魯瞧見司寇夜的肩膀明顯下垂，立刻補充道：「正確來說，是不符合大眾對 Omega 的刻板印象，我想開斯少爺知道後會很驚喜。」

「他會喜歡？」

「肯定會，我在少爺身邊工作了近七年，他不喜歡普通、尋常、符合刻板印象的人事物，如果你是優雅、賢淑、溫柔、順從的 Omega，他恐怕連房門都不會讓你進。」

「你這是拐彎說我不優雅、不賢淑、不溫柔也不順從嗎？」

「咦？呃！沒有，我、我……」

「我知道你沒那意思。」司寇夜淺笑，飲一口茶靠上椅背道：「不過就算你有那個意思，我也不覺得怎麼樣，那是事實。」

「司寇先生……」

「你差不多該說來意了吧？」

司寇夜打斷安德魯，放下茶杯嚴肅、不流露一絲情感道：「如果是開斯出事了，不用壓到晚餐後再告訴我，我沒那麼脆弱。」

安德魯一愣問：「你怎麼會認為我是來告訴你少爺出事了？」

「因為有太多跡象。」

司寇夜目光轉沉道：「雅典娜在兩周前就以要全力協助蘭開斯為由，停止與島上系統、七矮人間的連線，至今都沒有恢復；而在一周前島上的保安機密度明顯提升，外圍還多了幾艘巡邏艇；最後，連線一向只用視訊或電話跟我聯繫的你突然親自跑過來，」

「我親自過來是為了勸你使用抑制劑。」

「我不需要。」

「你距離上次發情期已經有四個多月，再不使用抑制劑就……」

「我向開斯說過，在他回來前，我不會使用抑制劑。」

司寇夜二度截斷安德魯，端茶啜飲道：「我不打算食言，你可以死心了。」

安德魯垮下肩膀，沉默片刻後坦白道：「開斯少爺自上周就和我這邊斷了聯繫。」

「……」

「但這不代表他遭遇不測，而是少爺的決定，純淨的剿滅作戰進入最後階段，為防情報洩漏，他斷掉定期聯繫，不管是我這邊、李執行長還是國際刑警都連絡不上他。」

「……」

「我不知道少爺目前的位置、剿滅是否順利、何時會歸來，但根據醫生的資料，若不服藥你確定會在三天內進入發情期。」

安德魯前傾上身，注視司寇夜憂心道：「永久標記後的發情期比較和緩，但仍是發情期，開斯少爺不會希望你受苦。」

「那他就該在三天內回來。」

「這……」

「只要開斯沒回來，我就不會用抑制劑，他三天才回來我就三天不用，一輩子沒回來我就一輩子不用。」

司寇夜仰頭飲盡杯中茶水，起身道：「我到樓上沖澡，茶喝完請自己加熱水。」

司寇夜在二樓浴室待了將近半小時，下樓時炭火與肉魚的香味已包圍整個樓面。

七矮人們在廚房與餐廳間忙進忙出，炭烤白帶魚、英式烤牛肉、義式蔬菜湯、酒蒸蛤蠣、香煎干貝佐檸檬奶油、清炒水蓮、生菜泡菜與刈包……國籍風格皆不同的美味排滿原木餐桌。

司寇夜坐上清潔機拉開的椅子，安德魯則被安排在他左手邊，席間住宅管理員談天氣、談八卦、談自己被蘭開斯鬧到犯胃病的過往，就是沒再提起打抑制劑的事。

晚餐過後，安德魯向司寇夜道別。

「你不留下來過夜？」司寇夜訝異問。

「我還有工作，不能久留。」

「不能久留帶那麼多行李做什麼？」

「那是要留給你的。」

「我不缺衣物。」

「不是給你的衣物……不對，是給你的衣服，但不是給你穿，是讓你築巢的。」

「築什麼？」

「築巢。」

安德魯重複，將自己帶來的行李箱拉過來，打開箱子拿出一件明顯不符司寇夜尺寸的長風衣道：「這是開斯少爺的衣服。過去抑制劑沒那麼普及時，有標記的 Omega 若必須自己撐過發情期時，會將帶有自家 Alpha 氣味的衣物鋪在床上，這舉動稱為築巢。」

——我不需要。

司寇夜本想這麼說，但當晚風穿過窗帷，把衣服上淡淡的太陽香氣吹過來，他反射動作伸手，一把將風衣搶過來。

安德魯呆住，維持拎衣服的姿勢三四秒，露出笑容放下手道：「你喜歡就好。」

「不是！剛剛是手自己……」

「我懂我懂，不用在意，這本來就是要給你的東西，不夠再聯絡我，我馬上送過來。」

語畢，安德魯向七矮人們揮手道別後，愉快地走出小屋大門。

司寇夜脹紅著臉目送安德魯離去，佇立了足足半分鐘，才僵硬地將風衣放回行李箱，將兩箱衣物拖到二樓臥室。

為了讓腦袋降溫，司寇夜進浴室給自己洗了個冷水澡，當他裸著上身頂著毛巾回到寢室時，房中的雙人床邊躺著兩個空蕩蕩的行李箱，床上多了一個用多件衣褲編織成的大鳥巢，巢中央還窩著珍珠。

製作鳥巢的是七矮人，它們圍繞在床鋪左右，左臂長褲、右臂襯衫，聽見司寇夜的腳步聲轉過頭，整齊劃一地彈起來，排成一列試圖遮住還未完成的衣褲鳥巢。

司寇夜的視線輕易越過七矮人的頭頂停在鳥巢上，靜默好幾秒才臉色難看地道：「謝謝，接下來我自己來就行了。」

七矮人你看我、我看你一陣，將鳥巢設計圖傳到床頭的投影儀中，再一個個走向司寇夜，用機械臂抱抱狙擊手後離去。

司寇夜關上房門，走到床邊低頭注視只差三四件衣服就完工的布鳥巢，嘆一口氣先把珍珠抱到椅子上，再動手拆巢。

「居然把衣服擰成粗條……這裡隨便一件都上萬吧，之後還能穿嗎？」

司寇夜喃喃自語，將襯衫、大衣、長褲、圍巾、汗衫……一件一件拆離，拆扯的動作漸漸放緩，終至完全停止。

他兩手抓著長風衣，坐在一半散開一半完整的布鳥巢邊，掙扎、拒絕、忍耐、克制許久，終究抵擋不住欲求，側身倒進巢中。

「該死……該死該死該死！」

司寇夜將頭埋在衣服堆中低吼，嗅聞布料上稀薄的太陽香氣，既感到放鬆，又覺得羞愧。

書上說永久標記後的 Omega 無論情緒還是身體都會較穩定，可司寇夜的狀態完全相反，在與蘭開斯分別後，他一日比一日焦躁，白日下意識尋找金髮藍瞳的人，夜晚夢見對方的背影、屍體或噩耗。

他像渴求空氣、陽光與水一般，強烈渴望著蘭開斯，和雅典娜交談時想套出 Alpha 此刻的行蹤，隔窗眺望大海時思考如何離開海島奔至對方身邊。

當然以上都沒有付諸實行，因為司寇夜作為傭兵的常識和理性壓制住衝動。

越危險的任務就越需要縮減知情者，自己不是任務成員，擅自打探情報輕則浪費雅典娜的時間，重則洩漏情報——雖然島上人員都經過層層審核，仍難保不會有人意外洩密，或遭到收買。

而考量到他和蘭開斯——傀儡國王——的戰力差距、純淨對自己的熟悉，自己出島後別說幫

忙，不要被誘捕成為人質就不錯了。

——為了你更為了他的安全，安安靜靜地待在島上。

司寇夜的理性、十年傭兵經驗如此告誡，然而渴望與日與時與分俱增，迫使他必須自物理意義上圍堵自己。

向港口守衛學習魚叉捕魚，每天都累到倒床就失去意識是其之一；拒絕使用抑制劑，讓自己渾身無力、大腦渾沌是其之二。

安德魯擔憂司寇夜會因發情期而受苦，但對狙擊手而言，他不用發情便已飽受煎熬。

「開斯……主人……」

司寇夜貼著長風衣呢喃，衣上的氣息喚醒強壓下的思念，將思緒帶回兩人完成永久標記那晚，閉著眼磨蹭身下的衣褲，將層層疊疊的布料想像成伴侶的手足與胸膛。

——不夠……不夠不夠不夠一點也不夠！

他在腦中咆嘯，為了追求不存在的撫慰迅速蹬掉內外褲，以腳勾纏西裝褲，用手緊抱燕尾服外套，翻過身用背脊磨輾襯衫，捲曲腳趾抓扯絲巾。

當蘭開斯降落在寢室外的小露臺時，瞧見的便是如此香豔刺激的畫面；司寇夜赤裸裸地躺在床上，髮絲凌亂面頰微紅，雪色身軀壓住凌亂的襯衫，燕尾服外套斜遮著胸口曳於腰側，曲起的腿繞有西裝褲，白玉般的腳尖踩在深紅絲巾上，圓翹臀瓣隱約能瞧見一抹水光。

他的 Omega 一絲不掛、綿軟濕潤地躺在他的衣服上。

司寇夜聽見金屬落地聲，睜開眼瞧見一個背有滑翔翼與噴射器的機械人站在露臺欄杆上，還沒弄清楚這是夢境還是現實，機械人就閃過一抹銀光後展開。

蘭開斯脫離機械人——空式傀儡國王，踏上露臺一把拉開玻璃門，邁大步奔到床前，俯身抱

住司寇夜吻上對方的雙唇。

司寇夜雙目圓睜，在短暫的呆滯後完全確定這不是作夢——夢裡的吻與暖香都沒這麼具體、強烈、刻滿占有慾。

蘭開斯一直吻到氧氣耗盡，才放開人大喘一口氣，撫摸司寇夜的面頰道：「我回來了，我的小鳥兒。」

「歡迎回來，我的主人。」

司寇夜將手覆上蘭開斯的手背，望著上方掛著鬍碴與淡淡黑眼圈的臉，愛慾迅速被關切蓋過，捧起對方的臉問：「你幾天沒睡了？」

「五天。其中三天打純淨，兩天飛過來。」

蘭開斯垂眼將司寇夜從頭到腳掃過一輪道：「我的努力非常值得，我的小夜鶯用超級可口的姿勢迎接我。」

司寇夜想起自己方才的癡態，臉色一紅推開蘭開斯，坐起來道：「聽不懂你在說什麼！先去清潔身體，有傷口的話順便包紮，然後吃點東西好好睡一覺！」

「那種事之後再……」

蘭開斯頓住，雙眼一亮靠近司寇夜問：「你也一起？」

「一起什麼？」

「一起洗澡。」

蘭開斯眨眨眼，縮起肩膀無辜又無助地道：「我打了三天飛了兩天，手腳無力頭腦暈眩，一個人進浴室會摔倒。」

——我聽你在說瘋話！

司寇夜本想這麼說，但一看見蘭開斯眼底的青印，想到對方後背或其他地方可能有無法獨自處理的傷口，心疼就蓋過一切，抓起一件襯衫套上，將富豪推向浴室。

「你答應了？」蘭開斯詫異問。

「是，有意見嗎？」

「一點也沒有。」

蘭開斯偏頭露出大大的笑容，抬腳跨進浴室內。

考量到小屋的淋浴間要塞進兩名成年人有難度，外加站著洗有跌倒的風險，司寇夜沒有將蘭開斯推進淋浴間，而是要對方脫下戰鬥服後進入浴缸。

他將蘭開斯從頭頂到腳底仔仔細細檢查過一輪，確認對方沒有骨折或流血傷口，僅有幾處輕微瘀青後，才放心拿起蓮蓬頭，將溫水灑向 Alpha 的身軀。

水花沖去塵埃與汗水，司寇夜抓起沐浴球壓上沐浴乳，揉出泡沫彎腰輕刷蘭開斯的肩頸，再拉起對方的手臂抹泡沫。

過程中，司寇夜清楚感受到蘭開斯的目光落在自己身上，那毫不遮掩、專注到彷彿帶有熱度和觸感的視線在領口、胸脯與襯衫下襬上遊走，讓他有種正被對方的眼睛剝去衣物的錯覺。

當他探進浴缸中刷揉蘭開斯的上半身時，這感覺更強烈了，燙熱的注目掠過他的背脊，在翹起的臀股上打轉，露骨地傳達對另一人的飢渴。

這令司寇夜的身軀緩緩發熱，一度被關懷所壓下的情慾抬頭，腹部與胯間隨之蠢動。

他重重咬唇，用疼痛斥退慾念，扭頭將注意力擺到蘭開斯的身上，注視腰側、大腿與手臂上的瘀青，胸口不禁微微抽痛，雙手不自覺放輕。

而在司寇夜將沐浴球輕輕壓上蘭開斯的腹部時，對方忽然扣住他的手臂，猛然一拖，將人拉

進浴缸內。

「主人！」

司寇夜嚇一大跳，掙扎著想從蘭開斯身上爬起來，可宛若夏日豔陽般，讓人身心都燙熱欲化的熾香便迎面襲來，令他先陷入愉快的酥軟，再緊急回神手腳並用退到浴缸另一端。

「小夜……」

「你瘋了嗎！」

司寇夜怒吼，別開頭背脊緊貼浴缸壁道：「你以為現在是什麼狀況？把催情素收回去！」

「你不想要？」

「現在、立刻、馬上收！不然我……唔！」

司寇夜被蘭開斯封住嘴，人也同時被對方撈到跪坐的腿上，馥郁的暖香撲鼻而來，陰莖隔著襯衫靠上另一人的性器，搔麻感竄上頭殼，臀瓣一顫流出愛液。

蘭開斯自腿部捕捉到濕意，嗅到帶有明顯甜味的橙花香，放開司寇夜的唇，垂手輕捏對方的臀肉問：「真的不想要？」

司寇夜張口再閉口，反覆數次才擠出聲音道：「想要……但不可以，現在不行。」

「為什麼不行？」

「因為我快到發情期了。」

司寇夜語尾細顫，垂下頭道：「如果在這邊做了，就會直接進入發情期……最短七天最長十天的發情期。」

「那又如何？」

「你剛結束和純淨的戰鬥，需要休息。」

司寇夜看著蘭開斯腰側的瘀青，在慾念與憐惜兩種情感的拉扯中顫音道：「所以我不能……不可以現在進入發情期，那樣你會……負擔過重。」

蘭開斯拉平嘴角，先將司寇夜的下巴挑起，再雙手一收將人攬進懷中。

「主人……」

「我一直在想，為什麼老天爺要給我一副無論靠信息素還是靠體力，都瞬間壓制頂級 Alpha 的身體，畢竟不管作為 Alpha 或蘭家的繼承人，只要是高級 Alpha 就能過得非常悠哉了。」

蘭開斯將手貼上司寇夜的後頸，順著脊椎骨輕輕往下摸道：「現在我懂了，那是為了讓我在打爆奪走我妻子的壞蛋後，還有充足的力氣陪他度過發情期。」

司寇夜睜大眼瞳，眼眶迅速泛紅，靠著蘭開斯的肩膀說不出話。

「我是個任性的人，所以你也別客氣，想索討時就索討。」

蘭開斯撫上司寇夜的後腦杓，貼近對方的耳畔輕聲問：「我的夫人，你想要我嗎？」

「……想要。」

司寇夜沙啞地回答，下一秒豔陽的氣息就包覆他的身軀，唇舌也再度被蘭開斯封住。

蘭開斯一面親吻司寇夜，一面用雙手揉按對方的臀部，毫無保留地釋放催情素，在氣味和指掌的雙重進攻下，很快就讓懷中人癱軟在自己身上。

同時，被司寇夜掛在牆上的水龍頭被雅典娜開啟，溫水灑上地板，水霧沿著牆壁爬上天花板，溫暖空氣模糊了室內景物。

「哈……」

司寇夜在蘭開斯鬆口後垂眼喘氣，趴伏在 Alpha 身上，感覺對方展開十指貼在自己的臀瓣上，其中一手的食指與中指探向臀縫，在愛液的潤滑下抽動。

於此同時，蘭開斯稍稍抬起腰臀，在替司寇夜擴張時輕緩搖晃，讓自己的半身蹭上伴侶的陰莖。這舉動先讓司寇夜雙腿一顫，再喘著氣收捲臀徑，拱腰貼近對方的身軀，以肢體語言渴求更多撫慰。

蘭開斯很快就回應司寇夜，他啃上Omega的頸子，輕咬頸肉與其下的腺體。

司寇夜雙唇微抖，酥麻感以頸部為中心竄上頭殼，配合胯間的磨蹭、穴內的抽插，以及繚繞鼻腔的暖香，將他的理性融化大半。

蘭開斯嚐到花蜜般的甜香，舔拭司寇夜的頸側，將手指插得更深，再幾次屈伸後觸上Omega的敏感點。

快感如電流般打上司寇夜的頭殼，他本能地收夾雙腿，內穴一陣收縮，湧出晶瑩水液。

蘭開斯併攏指頭按壓該處，感受懷中人的抽顫，靜止兩秒後對敏感的軟肉一陣連壓。

司寇夜雙眼睜大，快意一次次敲打神經，內穴克制不住地收捲，手指腳趾也難耐地曲起，掐著蘭開斯的肩肉喘息。

不過在司寇夜登頂前一刻，蘭開斯忽然抽出手指，將狙擊手抱起後轉一百八十度，擺成跪姿後扳開白臀，俯首舔勾濡濕的臀縫。

「嗯、啊……哈喔——」

司寇夜翹著臀部趴伏在浴缸底，舌頭的長度和硬度都不如手指，但舌身上滿是富含Alpha信息素的唾液，深深刺激Omega的本能。

不，不只是本能，還有記憶，他的肉體與腦袋都浮現過去被蘭開斯完全充盈，反覆頂撞生殖腔的回憶，是收縮菊穴，再扭動腰臀渴求更深入的舔吮。

而蘭開斯沒有讓司寇夜失望，伸長舌頭大力挑戳伴侶的內壁，兩手也反覆揉捏臀瓣，將狙擊手撫弄得兩腳打顫、陰莖流水。

然而與先前一樣，蘭開斯在把司寇夜舔射前退出，拉起對方的身軀右轉，由後扣住狙擊手的指掌，將人壓在玻璃與浴缸壁之間，挺起勃發已久的陰莖插入臀瓣間。龜頭刮過司寇夜的臀縫，雖然沒有直接插入，卻已讓他泛起麻癢，泌出水液沾上蘭開斯的陽具。

蘭開斯帶著伴侶的愛液反覆挺退，半身未進入司寇夜的身軀，僅是緊貼著對方的股間，頂磨軟脹的陰囊。

這讓司寇夜飢渴難耐，臀穴在嚐過手指與舌頭後，過而不入的磨頂完全是折磨，更別提每次相磨時他都會具體感受到對方的碩硬。

而這毫無疑問能填盈、撐脹、給生殖腔注滿精液的肉根，卻始終只磨不插。

「小夜……我可愛的小夜鶯。」

蘭開斯靠在司寇夜的耳邊，望著前方的玻璃，由下而上斜斜插進司寇夜腿間道：「甜美、誘人又高潔……真想把你鎖在籠子裡，誰也不給看。」

司寇夜抬起頭往前看，這才發現自己前方的玻璃窗因為天黑化為鏡面。

鏡中鑲著兩條交疊的人影。

在前的是一名黑髮青年，清麗的臉龐滿是豔色，纖長而結實的身體只穿著一件白襯衫，襯衫接近全濕，布料緊貼身軀，讓尖起的乳首、滴水的肉莖全都原形畢露。

青年身後是一名金髮藍眼，俊美得宛若雕塑的男子，男子緊緊扣住青年，雙眼直盯鏡面，從眼神到肢體語言都寫滿占有慾。

——我渴望的人，也一樣渴望我。

司寇夜忽然感到強烈的饜足，為了回應蘭開斯的渴求，將臀部往後蹭，拋開羞恥道：「才不

是小夜鶯，我是小母貓……想要懷上主人寶寶的小母貓。」

蘭開斯靜止兩秒，倏然放開司寇夜的雙手，扳開對方的臀肉，一口氣將陽具插進去。期待已久的填滿終於降臨，司寇夜仰頭喘息，在龜頭觸上生殖腔口時高潮射精，精液還沒流盡，體內的肉柱就拔出再插入。

蘭開斯反覆進出司寇夜的後穴，雙手圈上對方的胸膛，左右一拉將襯衫扯開，進入衣下揉抓酥軟的胸脯，貼著狙擊手的頸側粗喘道：「小夜……我的珍寶，誰也不給……不讓，你是我的！」

「是……我是主人的。」

司寇夜顫著嘴唇回應，吮咬著蘭開斯的肉具喘喊：「喜歡……哈！最喜歡主人了……再也不要……嗯啊！不要分開！」

「當然。」

蘭開斯一個後抽加前挺，將司寇夜的花徑完全操開，摟住吟喘不止的 Omega，一個勁地快拔深搗。

司寇夜渾身震顫，蘭開斯太粗了，幾乎不用調整角度就能輾過前列腺直撞生殖腔，腔口在幾次撞頂後門戶大開，而同一時間對方還放肆地把玩他的乳頭，在三重快感的衝擊下，他很快就雙腿虛軟，全靠身後人支撐。

而蘭開斯樂於承受這份重量，他啃咬著司寇夜的腺體，感受對方肉徑的吸捲，呼吸著滲入自身氣味的橙花香，用力一挺把龜頭插進生殖腔中，對著腔口小幅但快速地抽插。

「啊、哈！好深……太激烈了！不行……會壞掉！」

司寇夜混亂地呼喊，闊別三個多月的生殖腔插入強烈得可怕，陰莖每次突入都帶來滅頂般的歡快，蓋去外界的聲音、膝下浴缸冷硬的觸感甚至面前的玻璃窗，只留下肉莖的形狀與熱度。

「你咬我咬得好緊。」

蘭開斯在司寇夜的耳邊低語，捏抓對方酥脹的胸脯，感覺Omega的內穴和生殖腔口瞬間收縮，露出笑容道：「沒關係喔，盡情的索求我吧，這是僅屬於你的特權。」

「主人……」

司寇夜腿間的性器隨深插一抖一顫，蜜意像潮水一般自交合處湧出，將身心都融化在歡愉之洋中。

他很快就迎來二度高潮，半身與蜜穴一同抽搐流水，生殖腔口吮咬著Alpha的肉刃，甜美的橙花香瀰漫整間浴室。

蘭開斯在香氣中成結，張嘴含住司寇夜的腺體，靜止幾秒後將精水灌進生殖腔。熱流包圍司寇夜的腹部，既讓他渾身發熱，也延長了高潮的時間與強度，直至蘭開斯軟下退出，都還沉醉在歡愉中。

蘭開斯沒有叫醒司寇夜，一手將人穩穩摟在懷中，一手把浴缸塞塞上，再打開水龍頭注水。當司寇夜緩過來時，已是蘭開斯再度插入時，他在充盈感中緩緩回神，發現浴缸已是半滿狀態，而自己身上的襯衫已被除去，裸身面對面地坐蘭開斯腿上。

「醒了？」

蘭開斯柔聲問，撥開司寇夜額上的髮絲笑道：「我以為你會再恍神幾分鐘，看來我還能再努力一點。」

「努力什……哈啊！」

司寇夜被蘭開斯抬起再放下，粗壯的性器裹著熱水撐開身體，速度與力道都不如先前，可對經歷兩次極樂的敏感花徑來說，這已是讓人全身細顫的刺激了。

「努力讓你高潮久一點啊。」

蘭開斯輕柔回答，接著雙手握住司寇夜的臀瓣，貼近狙擊手沉聲道：「我的小鳥兒，扶著我的肩膀。」

司寇夜雙手搭上蘭開斯的肩，經歷了一回托高與降沉，穴壁被莖身刮出愛液，生殖腔的腔口與龜頭相抵，酥麻感以腹部為中心擴散。

蘭開斯將頭埋進司寇夜的胸口，在水上舔吮被自己揉脹揉軟的胸脯，於水下緩慢地頂磨伴侶的臀穴。

司寇夜的手指緩緩曲起，和緩的抽插無法融化腦袋，卻也因此讓他清楚感受到自己的後穴是如何被撐開、刮磨、浸染另一人的形貌氣味。

而相較於幾乎可說是溫柔的操幹，蘭開斯的嘴巴就相當不客氣了，他咬啃、拉扯、大力吸吮司寇夜的胸肌與乳尖，留下綿密的紅印，以及混雜痛楚的快感。

——我的……我的……全是我的！

司寇夜從蘭開斯的動作中聽見吶喊，挺胸將上身往對方口中送，扭動腰肢迎合伴侶的進占，以肢體語言回應另一人的飢渴。

蘭開斯喉頭滾動，感覺司寇夜的臀腿隨扭動刷過身軀，花蜜般的橙花香隨搖扭散開，嬌柔的喘息聲於頭頂迴盪。

而這是平時的司寇夜絕對不會有的舉動，不管身為男僕還是狙擊手時皆是。

——我獨屬於你。

蘭開斯透過觸覺、嗅覺和聽覺捕捉到司寇夜的回答，占有慾瞬間轉為愛慾，放開狙擊手的胸乳，抬起頭追逐對方的嘴唇。

司寇夜低頭與蘭開斯相吻，纏綿、溫柔、滿是愛意的吻既讓他頭殼酥麻，也撩動原本就高漲的情慾，腰肢扭動的幅度加大，飢渴地吮含伴侶的唇舌。

這讓蘭開斯的身體馬上熱起來，上頂的力度和速度不自覺加大，貪婪地吞嚥司寇夜的氣息，直到窒息感生起才放開對方。

拜此之賜，蘭開斯一鬆口，司寇夜就難以自抑地淫叫起來。

「喔、喔呵！磨到了……主人好粗……哈啊——」

司寇夜雙手扶在蘭開斯肩上，浪蕩地扭晃身軀，翠色眼瞳水氣瀰漫，秀雅的臉龐上盡是春色，翹挺的乳首在水上晃搖，勃起的陰莖則在水下擺動，忘情地喘息道：「插進來了……哈！好脹，好脹好麻。再給我……給我主人的肉棒、精液！」

「都是你的。」

蘭開斯輕柔回應，下一秒猛然上挺，將整個龜頭乃至一小截莖身捅進司寇夜的生殖腔。

強烈的歡愉貫穿司寇夜的身軀，他拱起背脊雙眼失焦，內穴控制不住地抽顫，肉根在水中吐出一小股精液。

而蘭開斯這方則被司寇夜咬得粗喘一口氣，摟著伴侶的腰一反先前的克制，使出全身力氣將狙擊手頂起再壓下。

司寇夜渾身抖顫，臀穴被蘭開斯反覆占有，Alpha 的信息素、碩大與燙熱一次次烙上穴壁直達生殖腔，將先前和緩抽插時累積的愉悅一次引爆，混亂地喘喊：「啊啊要壞掉……哈、哈！生殖腔被撞麻了……主人插得好深呵……好舒服，要上癮了……」

「我也是。你真是……太可愛了。」

蘭開斯高高揚起嘴角，一面感受司寇夜花徑的緊緻，一面注視狙擊手神色恍惚，扭腰綿喘的

媚態，同時將懷中人上頂下壓，耳邊的喘叫聲立刻拉高好幾度，繚繞鼻尖的花香也轉濃。

他的吐息在一次次抽插中轉為粗重，粗沉的呼吸與蕩漾的水聲、嬌軟的呻吟一同拍打空氣，太陽的暖香與橙花的蜜息相織相染，讓整間浴室無論視覺、聽覺、嗅覺上都溢滿春色。

司寇夜的腳趾在反覆的占有中捲曲，翠眼失焦裹上水色，薄唇勾起畫出恍惚而陶醉的笑靨，全身泛起潮紅，進入高潮前的緊繃。

蘭開斯被緊收的花徑咬得一陣舒爽，長吐一口氣再扣著司寇夜的腰肢猛烈進出，將稚嫩的蜜穴磨得頻頻出水，穴壁抽抖不止。

司寇夜在蘭開斯成結時射精，菊穴緊吮蘭開斯的半身，生殖腔腔口敞開咬捲 Alpha 的龜頂，以最直白、原始的方式渴求對方的播種。

蘭開斯立刻回應司寇夜。

燙熱的精水一股股灌進司寇夜的腔穴，直至對方意識融化都沒有止歇。

上回司寇夜因高潮昏迷後，是被蘭開斯從床上轉移到浴缸裡，而這回他睜開眼時，身下躺臥的是床鋪。

蘭開斯坐在司寇夜身邊，面前浮著由保安機投射的投影螢幕與鍵盤，聽見翻身聲低下頭，有些不好意思地問：「我吵醒你了？」

「沒有……」

司寇夜搖頭，看著蘭開斯眼前的投影螢幕，心頭一沉問：「還有事沒處理完？」

「稱不上『事』，只是幾封郵件，國際刑警那邊發現有些大人物對傀儡國王過分有興趣，寫信來問我怎麼辦。」

蘭開斯按下發送鍵，垂下一隻手替司寇夜拉高被子道：「放心，我交給雅典娜和安德魯處理了，沒有人會來打擾我們。」

——如有必要你可以回去，不用擔心我，我可以照顧自己。

「若有人來，我就爆他們的頭。」

司寇夜的嘴巴和腦袋給出截然不同的回答，看見蘭開斯愣住，急急揮手道：「不是！我的意思是以主人的安全為重，不用顧慮我，該離開就離開。」

「但是我走了你生氣，然後想殺掉拉走我的人？」

「是……不是！」

司寇夜狼狽地吶喊，先不明白自己為什麼管不住嘴，再迅速想起這不是他頭一次陷入此類窘境中。

「我進入發情期了。」

司寇夜告訴蘭開斯也告訴自己，緊繃著臉道：「現在的我跟上次發情時一樣，講話不經大腦，不要認真更不准記住！」

「這對我來說難度太高了。」

「……」

「我忘我忘，不要用想把我一發爆頭的眼神盯著我！」

蘭開斯舉雙手投降，在司寇夜收回注目後揮手關閉投影螢幕與鍵盤，鑽回被子中貼近對方問：「我可以問你幾個問題嗎？」

「如果主人能把我的回答忘光的話。」

「我會。」

蘭開斯側臥，凝視司寇夜問：「我不在的時候，你有想我嗎？」

「很想，想著想著就覺得我果然是人渣。」

「怎麼說？」

「我希望主人平安歸來，可是你若是好好回來了，就表示純淨的人都死透了。」

司寇夜拉平嘴角道：「但純淨中有和我一起躲子彈的戰友，熬夜三天只為了弄來任務情報、讓我能順利撤退的同事，還有照顧過我的教官與前輩，而我為了能再見到我的Alpha，希望他們通通身亡。我是個見色忘友的人渣，不懂主人看上我哪一點。」

「看上你的固執和善良啊。」

蘭開斯將司寇夜攬入懷中，輕撫對方的髮絲道：「你不用對純淨良心不安，你作為他們的一員中時盡全力完成任務，沒有怠工、洩密或私吞財務；在被派到我身邊時……雖然最後是叛變了，可在那之前你一次都沒向我洩漏過情報，面對追兵時甚至全程打手腳不打腦袋，已經仁至義盡了。」

「可是……」

「該下地獄的是純淨。」

蘭開斯將司寇夜摟緊，藍瞳閃著殺意：「他們策畫的恐怖攻擊害死了你的父親、把你從我身邊帶走，然後為了把你打磨成武器，還捏造不存在的雙親，給你留下心理陰影。你不欠純淨，是純淨欠你。」

司寇夜緩緩抬起眼睫，自決定叛變後便壓在胸口的重石消散，取而代之的是無邊暖意，他在溫暖中深深吸氣，靠著蘭開斯的上身道：「我還是覺得自己配不上你。」

「小夜……」

「但我不會放你走的。」

司寇夜雙手一推讓蘭開斯從側臥轉為仰躺，翻身跨坐在對方腿上，右手拉開睡袍的腰帶，左手碰觸身下人的胯間道：「覺悟吧，你的體力和精液都是屬於我的。」

「這是我的榮幸。」

蘭開斯兩手撫上司寇夜的大腿，放鬆地微笑道：「一切都結束了，從今往後，我再也不是你的暗殺目標，而是戀愛對象。」

「是結婚、生子、共度一生的對象。」

司寇夜糾正，俯身親吻蘭開斯。

片刻後，太陽與橙花的香氣瀰漫寢室，重疊的喘息、肉體拍響與海潮聲一同迴盪於月光下。

（完）

【紙上訪談】

創作花絮及精采內幕大公開

Q1：M．貓子老師您好，請跟讀者打個招呼吧！能否談談當初怎麼開始走上寫作這條路？

A1：大家好我是M．貓子（揮手揮手）。我寫作的契機簡單來說是找不到我想看的文。我從國小就是個動漫宅，但當時的主流是傻白甜女主角、熱血笨蛋男主角，而我熱愛的聰明、沉著、美貌男性角色不是和男主角不打不相識的男二，就是注定陣亡的反派，在經歷多次二次元生離死別後，我就決定自己來了。

Q2：請談談《在暗殺目標前B轉O了》的創作緣由吧，尤其作者後記中提到這是第一次在商業誌寫ABO文，是否在創作時有什麼特別想嘗試寫的內容嗎？以及，在已經有很多ABO文的情況下，您要如何寫出屬於您個人風格的作品？

A2：一開始我想寫一個專業殺手被迫潛入敵營調查的故事，此外，長期寫與看年下攻文的我，因為某部動漫感受到年上攻與年下受的美好，所以也想寫一部！不過雖說是年上攻和年下受組合，我家受還是比攻成熟就是。

特別想嘗試寫的內容……既然是ABO當然要搞發情和生殖腔啊！沒有肉的ABO都是不講武德的ABO（爆言），而正經一點的回答……我想連同下一題一起答。

在ABO已經從小眾題材變成熱門題材的當下，很難找到完全沒有人寫過的方向，不過本書的世界觀，提到頂級Alpha的痛苦還是相對少數，大多數作品中頂級Alpha就是人生贏家無敵的象徵，《暗殺》中的蘭開斯乍看也是如此，但隨故事進展會發現他的強悍、聰明、出身和性別也是他的枷鎖，甚至是痛苦的源頭。當社會環境扭曲時，身處其中的人都會受到傷害。

Q3：創作過程中有沒有發生什麼有趣或難忘的事情？有沒有遇到什麼困難？您覺得寫ABO文最大的挑戰是什麼？

A3：創作過程最讓我難忘的是蘭開斯和七矮人都與我原本設想的不同，在大綱和人設中，蘭開斯日常是任性屁孩，關鍵時刻非常可靠，司寇夜發情時是王子殿下，而實際寫稿時這位先生除了第一章，屁孩度都比我設定時低，整個可靠好多怎麼回事（司寇夜：並沒有）；七矮人則是從小配角變成重要配角，我特別喜歡他們送別司寇夜的橋段，好想要這種家務機器人啊！

《暗殺》也有做性別設定扭轉，不過並非直接設定ABO三性是平等的，因為我覺得ABO世界觀下三性的不平等是這世界觀的特色，且不平等轉為平等的過程也是此世界觀的魅力，而我採取的扭轉是……工業革命風！天生的缺陷就交給科技來補足，人類的兩性因為踏進工業社會漸漸平等，我相信ABO世界也可以！

Q4：請問針對世界觀或是角色設定，有沒有什麼小說沒提到的裡設定？有沒有被您忍痛修改掉的情節？

A4：這題接在上題後真是太好了，關於本文的工業革命（？），蘭開斯開發的遠端連線機有一個找不到地方交代的設定，就是平均而言同級Omega能控制的子機多於同級

Alpha，因為Omega比Alpha更容易接收外界訊號。

然後照這世界觀發展下去，百年後他們就要用精神力開裝甲上太空了，只是開裝甲的主力會是Omega而非Alpha。附帶一提某人能開那麼多臺是因為他既是頂級Alpha，又給自己搞了許多喪心病狂的訓練，正常Alpha請勿學習。

而忍痛修改的部分……其實我砍掉不少地方，其中覺得最惋惜的是司寇夜扭到腳，穿著女僕裝被蘭開斯背回家的地方，這段我覺得很萌，無奈與主線無關，放進去會影響節奏，只能含淚砍掉了。

Q5：請問您眼中司寇夜是個怎樣的人？有符合原本的設定嗎？我覺得礙於篇幅，對司寇夜發現自己從B變成O的內心戲著墨不多，但這裡是很有衝擊性及戲劇性的情節，不知是否能利用此機會補充一下？

A5：司寇夜是個認真工作，但不管在哪裡隊友很愛亂來的苦勞人（笑），他算是和我原設定九成一致的角色，不一樣的一成是他變得比較有幽默感。

如果純淨沒有在司寇夜B轉O後馬上啟動備用計劃，那麼司寇夜會先否定自己是Omega，畢竟在過去十年他都以Beta的身分生活，且不管十年前還是十年後，他都不想當Omega。可是司寇夜（自認Beta）內心又羨慕真正的司寇夜（Omega），因此他會很煎熬，希望成為蘭開斯要找的司寇夜（Omega），可又下意識排斥做Omega，這種情況下想必會嚴重心神不寧甚至抗拒打抑制劑，引發發情事故。

走到這步，司寇夜再不願意也得承認自己是Omega，然後為了避免將蘭開斯牽扯進純淨的工作，想方設法說服上面蘭開斯沒有威脅性，再找機會假死離開。

不管是十年前的司寇夜還是現在的司寇夜，都覺得自己沒資格待在蘭開斯身邊，然後本書就會從一集完結變成三集起跳（喂）

Q6：您覺得帶有貴族血統的蘭開斯是個怎樣的人？當初怎麼想到要安排他對司寇夜從家人變情人的這種感情變化？

A6：我覺得蘭開斯是個狂人。他在遇上司寇夜前是個天才的中二病……我是說因為自認旁人無法理解自己，所以掛著面具生活，在遇上司寇夜得到肯定有限度地恣意發展，而失去司寇夜後則為了奪回對方與報復社會完全拋開克制，奪取權勢和開發新科技。而他的感情變化的靈感來自司寇夜對他的感情變化，最初小司寇夜是把蘭開斯當家人，無奈蘭開斯太愛抱抱與撩人，不經意就讓自己從奇怪的大哥哥變成小司寇夜的初戀，而這種感情債當然要蘭開斯自己來還，所以他也被成年司寇夜不自覺的撩到從家人變情人。這方面得感謝純淨，要不是他們把司寇夜拐走，這兩人的感情路會多拐好幾個彎。

Q7：如果讓兩人互相介紹對方，會怎麼介紹？

A7：蘭開斯：「這是我家的小夜鶯，眼如星夜面如蘭玉，上得了廳堂進得了靶場，在床上也一整個……噗！」

司寇夜（放下揍蘭開斯的手）：「這位是蘭開斯，我的雇主，蘭皇集團前任執行長，所說的話要打七折。」

Q8：這部作品中有沒有什麼讓您寫完後很滿意的情節？寫起來特別開心的情節？以及寫得特別痛苦的情節？為什麼？

A8：我最滿意的情節是有關《天鵝湖》的部分，不管是司寇夜看芭蕾舞後受到刺激躲進廁所時的內心活動、之後發情狀態下和蘭開斯討論劇情，或是他末段自認自己是邪惡黑天鵝的地方，建議大家閱讀時配合《天鵝湖組曲》。

特別開心的情節則是司寇夜被迫拿戰地記者來解釋自己帶槍的段落，那邊司寇夜非常尷尬，但我覺得很好笑！

而特別痛苦的則是遊樂園恐怖份子殲滅戰，我在這章嚴重爆字數，處於「我已經寫超過一章的字數了但為什麼這章還沒寫完啊啊啊啊」，最後完稿時還砍掉三千多字，爆字數真是個恐怖的東西。

（編按：感謝M·貓子老師不藏私的分享，礙於字數限制，其餘精采訪談內容請見愛呦文創臉書粉專，謝謝！）

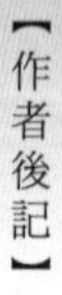

創作的樂趣之一，就是寫作途中仍會有意料之外的發展

嗨大家好，我是M·貓子，感謝你購買這本書，希望這個故事能讓你滿足。

這是我第一次寫ABO商業誌，在那之前只有寫過一回完結的短篇，不過我接觸ABO算挺早的，是〇九年掉入歐美影視坑，到處爬衍生文時就有看到，當時的ABO設定還非常簡單粗暴，大家的脖子上都沒有腺體，只要沒戴套基本上就一發標記，且幾乎篇篇都是R18。

當時的我挺愛看ABO，但絕對沒想過在十多年後，這個在歐美二創圈中算小眾的黃爆設定，會成為BL的大宗題材之一，而且不同國家的作品還有不同風格，真是太神奇了，這種變化請再給我十個！

回到本書，我想說的第一件事是……司寇這個姓氏真的存在喔！

真的，我沒有騙人，這是《百家姓》中排四百四十二的姓氏，源自古代職掌刑獄、糾察的官職司寇，當初給司寇夜選這姓氏的原因是中二……更正是因為它的來源與「寇」字。

寇是盜匪、入侵者的意思，而司寇夜初登場時的身分是殺手，廣義上是盜走他人生命的匪徒，對蘭開斯而言也是名符其實的入侵者，不過隨故事進展，司寇夜從匪徒轉為保護者，從「寇」轉回「司寇」。

至於「夜」，很簡單就是來自司寇夜的代號、暱稱和人物形象。

至於蘭開斯部分，他的名字來源是英國的蘭開斯特王朝，我很喜歡「蘭」字，又想要給他一個有貴族感的名字，兩者結合第一個想到的就是蘭開斯特，然後他就差點要變成歐洲人了。

作者後記

考量到裡設定中他的祖母和母親都是歐洲人，以血統比例來說他是比較接近歐陸人士。

第一件事到此結束，我要說的第二件事是……全書中我最喜歡的臺詞是蘭開斯的那堆「小夜鶯」、「小鳥兒」！

這稱呼在初登場時想必讓不少人感覺油膩不已，但這句話蘊含複雜的情感，他第一次對司寇夜提起夜鶯是諷刺對方像吵鬧的麻雀，之後這個代稱成了調侃，等到兩人重逢時，每一聲都是思念和呼喚。

我希望大家在看完全書，重翻第二次時能對這個愛稱有不同的感覺，如果有，我就成功啦！

最後來說說我在寫這本書時幾個意料之外的事，第一個是雅典娜和七矮人比我想像中可愛，他們在大綱中其實就是甘草人物和物理和戲份意義上的工具人，但隨著故事發展，我好想要有一套七矮人與雅典娜啊啊啊啊，不過請不要扮鬼嚇我。

第二是《天鵝湖》這意象的存在感比我想像中高，雖然《天鵝湖》本身就是兩人關係的轉變點，可是我最初在擬大綱時沒想到它會這麼貼合兩人的關係，甚至達到劇透最終真相的地步，在此感謝柴可夫斯基。

我想這就是創作的樂趣之一，雖然大綱是作者擬的，可是寫作途中仍會有意料之外的發展。

該收尾啦！再次感謝購買這本書的你（附帶一提本書是我寫過單本最長的商業誌）、花大把心力陪我磨大綱的愛吻文創編輯、給本書精美封面的繪者九月紫老師，以及所有為本書付出心力的人，希望我們還有機會再次相遇與合作。

M．貓子

二〇二二年夏

i 小說 050

在暗殺目標前B轉O了 (全一冊)

國家圖書館出版品預行編目（CIP）資料

在暗殺目標前B轉O了 / M.貓子著；. -- 初版. -- 臺北市：
愛呦文創有限公司, 2022.08
冊； 公分. --（i小說；50）
ISBN 978-626-96024-2-1（平裝）. --

863.57 111010596

愛呦文創

作者	M.貓子
封面繪圖	九月紫
Q圖繪圖	魅尨
責任編輯	高章敏
文字校對	劉綺文
版權	Yenyu Hsiang
行銷企劃	羅婷婷
發行人	高章敏
出版	愛呦文創有限公司
地址	10691台北市忠孝東路四段59號10-2樓
電話	（886）2-25287229
郵電信箱	iyao.service@gmail.com
愛呦粉絲團	https://www.facebook.com/iyao.book
總經銷	聯合發行股份有限公司
電話	（886）2-29178022
地址	231新北市新店區寶橋路235巷6弄6號2樓
美術設計	廖婉禎
內頁排版	廖婉禎
印刷	沐春行銷創意有限公司
初版一刷	2022年8月
初版二刷	2024年4月
定價	340元
ISBN	978-626-96024-2-1